Das Ikarus-Gen

© Pascal Retleub

JAMES PATTERSON

Jahrgang 1949, wuchs in Newburgh, New York, auf, und studierte Englische Literatur am Manhattan College und an der Vanderbilt University. Während seines Studiums, das er mit Auszeichnung abschloss, jobbte er in einer Psychoklinik. Lange Zeit war Patterson Chef einer großen New Yorker Werbeagentur. Heute lebt er als Autor äußerst erfolgreicher Psychothriller in Florida.

»Das Ikarus-Gen« ist die in sich abgeschlossene Fortsetzung zu dem Roman »Der Tag, an dem der Wind dich trägt«. Eine Verfilmung der Geschichten um Max und ihre Geschwister ist geplant.

JAMES PATTERSON

DAS IKARUS GEN

THRILLER

Aus dem Amerikanischen von
Axel Merz

Weltbild

Die amerikanische Originalausgabe erschien unter dem Titel
The Lake House.

Besuchen Sie uns im Internet:
www.weltbild.de

Genehmigte Lizenzausgabe für Verlagsgruppe Weltbild GmbH,
Steinerne Furt, 86167 Augsburg

Übersetzung: Axel Merz
Umschlaggestaltung: Frick Graphikdesign, Augsburg
Umschlagmotiv: Getty Images, München
Gesamtherstellung: GGP Media GmbH,
Karl-Marx-Straße 24, 07381 Pößneck
Printed in Germany
ISBN 978-3-8289-8693-0

2010 2009 2008 2007
Die letzte Jahreszahl gibt die aktuelle Lizenzausgabe an.

Dieses Buch ist für die andere Max,
Maxine Paetro, die von Anfang an stark
mit den Vogelkindern verbunden war.

Sie kennt und liebt sie genauso wie ich.

Und die Vogelkinder lieben sie!

Vorwort

Es mag einige Leser überraschen, dass *Der Tag, an dem der Wind dich trägt* mit Max und ihrer Gang mein weltweit erfolgreichstes Buch ist. Wer kennt schon den genauen Grund dafür – ich vermute, es liegt daran, dass eine ganze Menge Leute (mich selbst eingeschlossen) eine immer wiederkehrende Fantasie hegen, in der sie fliegen können. Sie lieben diese Vorstellung. Auf der anderen Seite gibt es reichlich Leute, die keine Fantasien haben und sich nicht in eine Traumwelt versetzen können. Sie wären nicht mit Peter Pan ins Neverland gekommen.

Noch etwas ist vielleicht von Interesse für diejenigen, die dieses Buch lesen. Während meiner Recherchen habe ich mit Dutzenden von Wissenschaftlern gesprochen. Sie alle sagten, dass Dinge wie die hier geschilderten noch zu unseren Lebzeiten geschehen werden. Tatsächlich behauptet ein Forscher in New England, dass er schon jetzt imstande ist, einem Menschen Flügel zu verpassen. Jede Wette, dass er es kann.

Also gewöhnen Sie sich besser dran, Gläubige, und selbst Sie, Muggles.

Erlauben Sie sich zu fliegen.

Prolog

Resurrection

DAS HOSPITAL,
IRGENDWO IN MARYLAND

Gegen elf Uhr abends trottete Dr. Ethan Kane durch den grau und blau gestrichenen Korridor zu einem privaten Aufzug. Seine Gedanken waren erfüllt mit Bildern von Tod und Leiden, doch auch von Fortschritt, großem Fortschritt, der die Welt verändern würde.

Eine junge, hausbackene OP-Schwester bog um die Ecke des Ganges und senkte respektvoll den Kopf, als sie Kane näher kam. Sie war verknallt in Kane, und sie war nicht die Einzige.

»Doktor«, sagte sie, »Sie arbeiten ja immer noch!«

»Esther, Sie gehen aber jetzt bitte nach Hause«, erwiderte Kane gespielt fürsorglich und bemüht, was nicht weiter von der Wahrheit hätte entfernt sein können. Er betrachtete die OP-Schwester als in jeder Hinsicht minderwertig, einschließlich der Tatsache, dass sie eine Frau war.

Er war außerdem erschöpft von einem chirurgischen Marathon. Fünf größere Operationen an einem einzigen Tag. Endlich kam der Aufzug an, die Türen glitten auf, und Kane stieg ein.

»Gute Nacht, Esther«, sagte er und zeigte ihr seine blendend weißen Zähne. Seinem Lächeln fehlte jede echte Wärme, denn er spürte keine.

Er straffte seinen hoch gewachsenen Körper und strich sich müde mit einer Hand durch das lange blonde Haar. Während der Aufzug in das Tiefgeschoss fuhr, säuberte er seine Drahtgestellbrille am Saum seines Laborkittels und rieb sich die Augen, bevor er sie wieder aufsetzte.

Noch etwas, das zu überprüfen ist… immer gibt es noch etwas, das erledigt werden muss.

Ein halbes Dutzend schneller Schritte bis zu einer massiven Stahltür. Er drückte die schwere Tür auf.

Vor ihm lag ein unterirdischer Lagerraum. Es war dunkel und kühl hier unten. Ein durchdringender Gestank stieg ihm in die Nase.

Vor ihm lagen auf einer doppelten Reihe von Bahren sechs

nackte Körper. Vier Männer und zwei Frauen, alle zwischen fünfzehn und fünfundzwanzig Jahre alt. Jeder von ihnen war hirntot, also ohne Bewusstsein, doch jeder hatte einem guten Zweck gedient, einem höheren Ziel. Die Plastikarmbänder an ihren Handgelenken trugen die Aufschrift SPENDER.

»Ihr macht die Welt zu einem besseren Ort«, flüsterte Kane, als er an den Körpern vorbeikam. »Vielleicht schenkt euch das Trost.«

Dr. Kane ging zum anderen Ende des Raums und stieß eine weitere Stahltür auf, ein genaues Duplikat der ersten. Diesmal begegnete ihm kein Schwall kühler Luft, sondern eine Hitzewelle wie aus einem Brutofen, das ohrenbetäubende Brüllen eines Feuers und der unverwechselbare Gestank des Todes.

Alle drei Verbrennungsöfen waren in dieser Nacht in Betrieb. Zwei der Nachtportiers blickten auf, als Dr. Ethan Kane die Kammer aus Schlackenbeton betrat. Die muskulösen Körper der Männer glänzten vor Schweiß und waren rußverschmiert. Sie nickten respektvoll, doch in ihren Augen stand Angst.

»Beeilen wir uns ein wenig, Gentlemen«, sagte Kane. »Das dauert alles viel zu lang für meinen Geschmack. Vorwärts, vorwärts! Sie werden gut bezahlt für diese einfache Arbeit. Viel zu gut!«

Dr. Ethan Kanes Blick streifte den nackten Leichnam einer jungen Frau auf dem Betonboden. Sie war hellblond und ausgesprochen hübsch, wie aus einem Musikvideo. Wahrscheinlich hatten die Männer an ihr rumgefummelt. Das war sicherlich der Grund, weshalb sie hinter dem Plan herhinkten.

In einer Ecke standen zusammengeschobene Bahren achtlos wie Einkaufswagen auf dem Parkplatz eines Supermarktes. Ein ziemlich beeindruckender Anblick. Ein *höllischer* Anblick, um genau zu sein.

Während Kane die Männer beobachtete, schob einer der schweißglänzenden Lakaien ein Holzbrett unter den Leichnam eines jungen Mannes, während der andere die schwere Glastür eines Verbrennungsofens öffnete. Gemeinsam schoben und stießen sie das Brett mit dem Toten in das Feuer, als wäre es eine Pizza.

Die Flammen fielen für einen kurzen Augenblick in sich zusammen, doch als die Männer die Tür geschlossen hatten, loderte das Inferno wieder auf. Die Verbrennungskammer wurde auch Retorte genannt. In jeder Retorte herrschte eine Temperatur von 3600 Grad Celsius, und es dauerte etwas mehr als fünfzehn Minuten, einen menschlichen Körper zu reiner Asche zu verbrennen.

Für Dr. Kane bedeutete das vor allem eines: keine Beweise für das, was im Hospital geschah. Absolut nicht der geringste Hinweis auf Resurrection.

»Schneller, Männer, schneller«, rief Kane erneut. »Verbrennt die Toten!«

Die Spender.

Erstes Buch

Vormundschaft

Sie nannten den Prozess die »Mutter aller Vormundschaftsverhandlungen«, was vielleicht erklären mochte, wieso an jenem warmen Frühlingstag fünfzigtausend Menschen nach Denver gekommen waren.

Der Fall galt außerdem als möglicherweise explosiver und aufrührender als Baby M. oder Elian Gonzales oder O. J. Simpsons Schlacht gegen Wahrheit und Anstand. Ich dachte bei mir, dass dieses Mal der Hype in den Medien durchaus passend und angemessen war, sogar vielleicht ein klein wenig zu unterkühlt.

Das Schicksal von sechs außergewöhnlichen Kindern stand auf dem Spiel.

Sechs Kindern, die in einem Labor erschaffen worden waren und Geschichte gemacht hatten, sowohl in wissenschaftlicher als auch in philosophischer Hinsicht.

Sechs bewundernswerten, warmherzigen Kindern, die ich liebte, als wären sie meine eigenen.

Max, Matthew, Icarus, Ozymandias, Peter und Wendy.

Die eigentliche Verhandlung sollte planmäßig in einer Stunde im City and County Building beginnen, einem glänzend weißen neoklassizistischen Gerichtsgebäude mit einem architektonischen Stil, der unverwechselbar »juristisch« wirken sollte. Der Bau besaß einen spitzen Ziergiebel, der genauso aussah wie der des U. S. Supreme Court Building.

Ich saß mit Kit auf den Vordersitzen meines treuen alten, verbeulten und staubigen blauen Suburban. Wir parkten einen Block vom Gerichtsgebäude entfernt an einer Stelle, von der aus wir alles beobachten konnten, ohne selbst gesehen zu werden – wenigstens bis zu diesem Zeitpunkt.

Ich hatte mir vor Nervosität die Fingernägel bis hinunter auf das Bett abgekaut, und Kits Wangenmuskeln zuckten verdächtig.

»Ich weiß, ich weiß, Frannie«, hatte er vor einer Sekunde gesagt. »Mein Gesicht zuckt wieder.«

Wir hatten auf Vormundschaft für die Kinder geklagt, und wir wussten, dass die volle Macht des Gesetzes gegen uns war. Wir waren weder verheiratet noch mit den Kindern verwandt, und ihre biologischen Eltern waren keine schlechten Menschen. Es sah überhaupt nicht gut aus für uns.

Das Einzige, was für uns zählte, war unsere unerschütterliche Liebe zu diesen Kindern, mit denen wir durch die Hölle gegangen waren, und ihre Liebe zu uns.

Nun mussten wir nichts mehr weiter tun, als zu beweisen, dass es im besten Interesse der Kinder war, bei uns aufzuwachsen – und das bedeutete, dass ich eine Geschichte würde erzählen müssen, die selbst in den Ohren meiner besten Freunde und Freundinnen verrückt klang – manchmal sogar in meinen eigenen.

Doch jedes einzelne Wort davon entsprach der Wahrheit, so wahr mir Gott helfe.

Die erstaunliche Geschichte hatte ihren Anfang sechs Monate zuvor in einem winzigen Kaff namens Bear Bluff genommen, etwa fünfzig Meilen nordwestlich von Boulder, Colorado, gelegen, am Peak-to-Peak Highway.

Ich fuhr eines Nachts spät nach Hause, als ich plötzlich eine hellweiße Gestalt entdeckte, die nicht weit von meinem Zuhause Hals über Kopf durch die Wälder rannte. Dann erkannte ich, dass es sich um ein junges Mädchen handelte.

Doch das war nur ein Teil dessen, was ich sah. Ich bin Tierärztin, und mein Gehirn wollte nicht akzeptieren, was meine Augen ihm sagten, also hielt ich den Wagen an und stieg aus.

Das fremde Mädchen mochte elf oder zwölf Jahre alt sein, mit langen blonden Haaren und einem locker sitzenden weißen Kinderkittel, der an mehreren Stellen zerrissen war und fleckig von Blut. Ich ächzte erschrocken und musste mich buchstäblich an einen Baumstamm lehnen. Alles in mir sträubte sich gegen diesen Anblick, der mir vollkommen absurd erschien.

Doch meine Augen hatten mich nicht belogen. Das Mädchen besaß zwei merkwürdig verkürzte Arme sowie – *Flügel*!

Sie hatte Flügel mit einer Spannweite von ungefähr drei Metern. Die Arme befanden sich irgendwie unterhalb der Flügel. Sie besaß vier obere Gliedmaßen. Und die Flügel passten absolut perfekt. Ein außergewöhnlicher Anblick, sowohl vom wissenschaftlichen als auch vom ästhetischen Standpunkt her betrachtet. Es war eine bewusstseinserweiternde Erfahrung.

Das Mädchen war verletzt, und deswegen gelang es mir

auch schließlich, sie mit einem Netz einzufangen und zu betäuben, wobei mir ein FBI-Agent namens Thomas Brennan half, den ich als »Kit« kannte. Gemeinsam brachten wir das Mädchen zu meiner kleinen Tierklinik, dem Inn-Patient, wo ich sie gründlich untersuchte. Sie hatte ein überdimensionales Brustbein mit sehr großen *Musculi pectoralis majores*, dazu vordere und hintere Luftsäcke und ein Herz, das so groß war wie das eines Pferdes.

Sie war genetisch erschaffen worden. Ein perfektes Design, absolut brillant.

Aber warum? Und von wem?

Ihr Name war Max, Kurzform von Maximum, und es war zu Anfang unglaublich schwer, ihr Vertrauen zu gewinnen. Doch mit der Zeit begann sie mir Dinge zu erzählen, die mich ganz krank machten und wütender, als ich je in meinem Leben gewesen war. Sie erzählte mir von einem Ort, den sie »Schule« nannte, wo sie seit dem Tag ihrer Geburt gefangen gehalten worden war.

Im Übrigen ereignet sich all das, was Sie auf den nächsten Seiten erfahren werden, jetzt und in diesem Augenblick. Es geschieht in illegalen Labors überall in den Vereinigten Staaten und in anderen Ländern der Welt, regelrecht vor unseren Augen! Es ist schwer zu begreifen, und ich kann nur sagen, schnallen Sie sich an! Jetzt werden Sie erfahren, was mit Max und einigen anderen wie ihr geschehen ist.

Biologen hatten in dem Versuch, die Barriere der menschlichen Sterblichkeit zu durchbrechen, Vogel-DNA mit menschlichen Zygoten verschmolzen. Es *ist* möglich. Sie hatten Max und mehrere andere Kinder erschaffen. Einen *Schwarm*. Unglücklicherweise konnten die Kinder nicht in Reagenzgläsern und Brutkästen herangezüchtet werden, und so mussten die genetisch veränderten Embryonen in die Gebärmütter lebender Frauen implantiert werden.

Als die Zeit der Entbindung näher kam, wurden die Wehen eingeleitet und die Kinder per Kaiserschnitt entbunden. Den Müttern wurde gesagt, ihre zu früh geborenen Kinder wären gestorben. In Wirklichkeit jedoch wurden die Frühchen in ein geheimes Labor mit dem Tarnnamen »Schule« gebracht. Die Schule war ein Hochsicherheitsgefängnis, wo die Kinder in Käfigen gehalten wurden. Die Untauglichen wurden eingeschläfert. Ein grauenhafter Euphemismus für brutalen, kaltblütigen Mord.

Wie ich schon sagte, schnallen Sie sich fest!

Jedenfalls waren die Verhältnisse in der Schule der Grund, aus dem Max das Verbotene getan hatte. Sie war geflüchtet. Erstaunlicherweise erfolgreich. Sie war bei uns untergeschlüpft, und es war uns sogar gelungen, ein paar Monate lang mit den Kindern an einem verzauberten Ort zu leben, den wir Lake House, das Haus am See, genannt hatten.

Max hatte Kit und mir alles erzählt, und wir waren mit ihr gegangen, um die übrigen, noch in der Schule gefangenen Kinder zu befreien.

Als sich der Rauch verzogen hatte (im buchstäblichen Sinn des Wortes), hatte man die sechs überlebenden Kinder einschließlich Max und ihrem jüngeren Bruder zu ihren leiblichen Eltern geschickt – Menschen, die sie in ihrem ganzen Leben noch nie gesehen hatten.

Damit hätte alles in Ordnung sein müssen, schätze ich – doch dieses wahre Märchen hatte kein glückliches Ende, ganz und gar nicht.

Die Kinder im Alter von vier bis zwölf Jahren riefen ständig bei Kit und mir an, jeden einzelnen Tag. Sie erzählten uns, wie niedergeschlagen sie waren, wie sehr sie sich langweilten, wie verängstigt sie waren und dass sie mit dem Gedanken an Selbstmord spielten – und ich wusste den Grund dafür. Als Tierärztin verstand ich sehr genau, was außer mir niemand zu begreifen schien.

Die Kinder hatten etwas getan, was junge Vögel tun. Sie hatten sich selbst auf Kit und mich geprägt.

Wir waren die einzigen Eltern, die sie kannten und jemals lieben konnten.

Die Menge strömte draußen an meinem von Beulen und Schrammen übersäten Suburban vorbei wie Lava, die durch die Bannock Street quoll. Irgendwo hatte ich einmal gelesen, dass Denver die fitteste Bevölkerung von allen größeren Städten Amerikas besaß. Es hatte mir immer gut gefallen hier in dieser Gegend – bis zu diesem Tag. Ich wollte eine gezwungen humorvolle Bemerkung von mir geben, als Kit die Hand hob. »Mach dich bereit, Frannie!«, sagte er. »Die Kinder kommen.«

Er deutete auf einen schwarzen Town Car, der sich langsam durch die Menge schob und schließlich im Parkverbot direkt vor dem Gerichtsgebäude anhielt. Die Haare sträubten sich in meinem Nacken, noch bevor die Menge anfangen konnte, ihren Namen zu rufen. Das Herz schlug mir bis zum Hals.

»Max! Max! Max! Max! Max!«, johlte jemand. »Wir wollen Max!«

»Die Missgeburten sind da!«, schrie ein anderer.

Wagentüren flogen auf, und ernst dreinblickende Bodyguards in grauen Anzügen und Rechtsanwälte stiegen aus und sammelten sich auf dem Bürgersteig. Dann bremste ein zweiter Wagen hinter dem ersten.

Ein stiernackiger Mann in einer eng sitzenden schwarzen Jacke öffnete die Beifahrertür, und eine kleine blonde Frau in meinem Alter kletterte heraus. Sie öffnete ihrerseits die hintere Tür und streckte die Hand ins Wageninnere.

Max stieg aus dem Town Car. Die Menge verstummte erwartungsvoll. Selbst ich hielt den Atem an. Max war in jeder Hinsicht unglaublich. Ein außergewöhnliches Mädchen mit außergewöhnlicher Intelligenz und Kraft – und Flügeln, die inzwischen sicher eine Spannweite von drei Metern hatten. Die Federn schimmerten in reinstem Weiß mit glitzernden Spuren von Blau und Silber dazwischen.

»Gott, wie schön sie ist!«, flüsterte ich. »Ich vermisse sie, Kit. Ich vermisse sie alle. Diese Geschichte bricht mir das Herz!«

Ich erinnerte mich, wie betäubt ich gewesen war, als ich sie zum ersten Mal gesehen hatte, und die Menge zeigte nun die gleiche Reaktion.

»Max! Max! Max!«, begannen die Leute zu rufen.

Kameras blitzten. »Hey, Max, sieh hierher!« »Max, hier!« »Max, bitte lächeln!« »Max, flieg für uns!«

Vier Leute brachen durch die Absperrung der Polizei. Sie hielten ein Transparent in die Höhe. NUR GOTT ALLEIN LÄSST BÄUME WACHSEN, FÜR KINDER GILT DAS GLEICHE!

Auf anderen Transparenten stand zu lesen: KEINE EXPERIMENTE MIT ZELLEN! NEIN ZUM KLONEN!

Und es gab weitere. Auf einem waren Vögel zu sehen, und darunter stand: AB IN DIE BRATRÖHRE MIT IHNEN!

Dann kamen die Hubschrauber der Nachrichtensender, und es wurde wirklich laut und ungebärdig. Max wandte den Kopf hierhin und dorthin, um die erstaunliche Szenerie in sich aufzunehmen. Mein Herz pochte wie rasend.

Wir sammelten unsere Unterlagen für das Gericht ein und stiegen aus. Während Kit den Wagen abschloss, sagte er leise: »Sie sucht nach uns, Frannie.«

»Sie hat Angst. Ich kann es an ihren Augen sehen.«

Max besaß die ultrascharfen Sinne eines Raubvogels. Sie konnte einen Tausendfüßler auf hundert Meter im Gras rascheln hören. Und sie konnte ihn aus einer Höhe von einem drei viertel Kilometer tief unten am Boden sehen.

Jetzt stieß sie einen vor Angst schrillen Schrei aus. »Frannie! Kit! Ich brauche euch. Wo seid ihr?«

Der durchdringende Schrei hing noch in der Luft, als weitere Wagen vor dem Gerichtsgebäude ankamen.

Stämmige Männer mit kurzen Haarschnitten sprangen auf die Straße. Danach folgten die übrigen Kinder. Sie waren so jung und verletzlich, und sie wirkten sehr unsicher. Sie scheuten vor den Kameras und verbargen ihre hübschen kleinen Gesichter.

»Teufelsbrut!«, rief jemand. »Diese Kinder sind Dämonen!«

Gerichtssaal Nummer neunzehn befand sich im sechsten Stock. Es war der bei weitem größte Saal im Gebäude, und er war erforderlich, um so viele Zuschauer zu fassen. Als Kit und ich uns in Begleitung unseres Anwalts dem Saal näherten, stürmte uns eine Traube von Reportern entgegen. »Halten Sie die Köpfe gesenkt!«, empfahl unser Anwalt. »Und gehen Sie immer weiter.«

»Agent Brennan, hierher! Dr. O'Neill! Hey, Frannie! Was bringt Sie auf den Gedanken, Sie wären eine kompetente Mutter?«, wollte einer der Pressegeier wissen.

»Wie kommen Sie auf die Idee, Sie wären gute Eltern für diese Kinder?«

Kit sah den Reporter an. »Weil wir diese Kinder lieben«, sagte er. »Und weil sie uns lieben.« Er zwinkerte. »So einfach ist das.«

Zwei bewaffnete Gerichtsdiener öffneten die Doppeltür zum Saal, und wir traten ein. Wenn der Lärm unten auf der Straße geklungen hatte wie ein Hurrikan, dann waren wir hier im Gerichtssaal in einen riesigen Bienenschwarm geraten. Der Raum war mit hellen Eichenpaneelen getäfelt, und die Galerie im rückwärtigen Bereich war mit dazu passenden Bänken ausgestattet, auf denen mehr als zweihundert Zuschauer Platz genommen hatten.

Jeder verfügbare Platz war besetzt mit Verwandten, Wissenschaftlern sowie Pressevertretern mit entsprechendem Einfluss (und hoffentlich besseren Manieren als die grauenhaften Geier unten auf der Straße).

Unsere Anwälte und die Vertreter der biologischen Eltern hatten sich in kleinen Gruppen vor der Barriere versammelt. Die Tische der Anwälte standen mitten im Raum vor der Richterbank. Vom Richter selbst war noch nichts zu sehen.

Unser Anwalt, Jeffrey Kussof, hatte uns informiert, dass die Gerichte des Staates Colorado fast immer »im besten Interesse des Kindes« urteilten. Ich klammerte mich mit aller Macht an diese Hoffnung, während ich Kits Hand hielt. Dann wurde die Tür zum Beratungszimmer des Richters geöffnet.

Was ich als Nächstes sah, raubte mir den Atem. Vermutlich empfand jeder der im Saal Nummer neunzehn Anwesenden das Gleiche wie ich.

Die Augen nach vorn gerichtet, die Flügel gefaltet, betraten die sechs Kinder eines nach dem anderen in ihren speziell angefertigten, gestärkten Hemdkitteln und Hosen den Raum. Sie sahen wunderschön aus, so viel stand fest. Engelgleich.

Zuerst kamen die beiden vierjährigen Zwillinge, Peter und Wendy. Sie waren dunkelhaarig und von chinesischer Herkunft. Ihre schneeweißen Federn hatten dunkelblaue glänzende Spitzen.

Als Nächster kam Max' kleiner Bruder, ein aufsässiger Blondschopf von neun Jahren.

Ihm folgten zwei hübsche ältere Knaben, Icarus und Ozymandias.

Ganz zum Schluss kam die wunderschöne Erstgeborene persönlich.

Maximum.

Die Menge drehte, wie es auf den Sportseiten der Zeitungen so schön heißt, völlig durch.

Ein paar Schritte hinter den sechs Kindern folgte Richter James Randolph Dwyer, ein großer, sportlicher Mann von dreiundsiebzig Jahren. Er hatte ein Gesicht wie eine zerknitterte Papiertüte und dünnes weißes Haar, seine Kiefer waren hart und entschlossen.

Ein lautes Rascheln und Scharren entstand, und jeder im Saal setzte sich.

Der Gerichtsdiener rief den Saal zur Ruhe und verlas anschließend die Tagesordnung. Ich war mir der Menschen auf der anderen Seite des Mittelgangs nur allzu deutlich bewusst. Dort saßen die biologischen Eltern, und sie hatten eine beachtliche Schar von Anwälten um sich versammelt, allen voran Catherine Fitzgibbons, eine ehemalige Staatsanwältin, die für ihren aggressiven Stil bekannt war und eine beeindruckende Liste gewonnener Fälle aufzuweisen hatte. Vermutlich kam es der Gegenseite ganz gelegen, dass die Fitzgibbons verheiratet war und mit ihrem vierten Kind schwanger ging.

»Euer Ehren«, begann Jeffrey Kussof, unser Anwalt, »ich bin sicher, dass dieser Fall allen Betroffenen sehr ans Herz geht. Es sind keine schlechten Menschen, die sich hier versammelt haben.

Die wahre Frage lautet, was im besten Interesse der Kinder liegt. Wir werden beweisen, dass es eindeutig in ihrem besten Interesse liegt, wenn sie bei Dr. O'Neill und Mr Brennan aufwachsen dürfen.

Lassen Sie mich Marianne O. Battani zitieren, Richterin am Wayne County Circuit Court, Detroit. Im Jahre 1986 sagte sie bei einem Fall, in dem es um ein Retortenbaby ging: ›Wir haben in unseren Gesetzbüchern keine Definition des Begriffs »Mutter«. »Mutter« war im Verlauf unserer Geschichte immer etwas so Grundlegendes, dass unseren Gesetzgebern keine Definition erforderlich schien.‹ Euer Ehren, all das hat sich in den letzten Jahren geändert. Heutzutage und in unserer komplizierten, manchmal verwirrenden Welt kann ein Kind drei Mütter besitzen. Die Mutter, die das Kind empfangen hat, die, die es ausgetragen hat, und die, die es großzieht.

Agent Brennan und Dr. O'Neill waren in extremen Situationen die Ersatzeltern der sechs Kinder. Sie haben *ihr Leben* für diese Kinder riskiert. Ich wiederhole: ihr Leben.

Sie haben zu keiner Zeit an etwas anderes gedacht als die Sicherheit dieser Kinder. Dr. O'Neill hat in diesem Bemühen ihre Tierklinik und ihr Zuhause verloren. Dies alles zeugt von einer Liebe und Hingabe, die der einer natürlichen, biologischen Mutterschaft oder Vaterschaft in nichts nachsteht.

Nachdem ich dies gesagt habe, möchte ich eine weitere Anmerkung hinzufügen. In diesem Fall geht es nicht um meine Mandanten oder ihre Prozessgegner. Es geht um die Kinder und die Gesetze des Staates Colorado, die bestimmen, dass Kinder ein Recht darauf haben, bei ihren Familien zu leben. Doch wir haben es hier mit einer neuen Art von Familie zu tun, einer Familie, die sich unter gefährlichsten Risiken für Leib und Leben eines jeden Betroffenen geformt hat. Diese liebende, schützende und starke Familie muss zum Besten der Kinder zusammenbleiben. Kit, Frannie, Max, Ic, Oz, Matthew, Wendy und Peter auseinander zu reißen wäre ein großes Unrecht für jeden der Beteiligten. Es wäre nicht nur ungerecht, es wäre unaussprechlich grausam!«

Ich wäre Jeffrey Kussof am liebsten um den Hals gefallen,

und er selbst wirkte zufrieden mit sich, als er sich setzte. »Es war ein Anfang«, flüsterte er.

Doch Catherine Fitzgibbons war bereits auf den Beinen.

Ich stehe heute vor Ihnen, um die Rechte von sechs amerikanischen Staatsbürgern zu vertreten. Max, Matthew, Oz, Icarus, Wendy und Peter«, sagte die Anwältin der Gegenseite, »sowie die ihrer wahren Eltern.«

»Warum werde ich immer als Letzter genannt?«, meldete sich der kleine Peter mürrisch von seinem Platz in der zweiten Reihe zu Wort. Alle im Raum lachten wegen der unerwarteten Unterbrechung.

»Das war nicht meine Absicht«, antwortete Catherine Fitzgibbons, doch sie war rot angelaufen. Ihr Gesicht schien wie ein Ballon über dem maßgeschneiderten Navyblau ihres Schwangerschaftskostüms zu schweben. »Okay, Peter und ihr anderen, ich bin hier, um euch alle zu vertreten«, sagte sie und lächelte wohlwollend.

»Das wage ich ernsthaft zu bezweifeln«, widersprach Icarus, der von Geburt an blind war. »Sie kennen uns doch gar nicht. Ich mag zwar blind sein, aber das sehe selbst ich.«

Erneut brandete Gelächter im Gerichtssaal auf, und Stimmengemurmel von leisen Unterhaltungen erhob sich, um erst wieder zu versiegen, nachdem Richter Dwyer wiederholt mit seinem Hammer auf das Pult geschlagen, zur Ordnung gerufen und gedroht hatte, den Saal räumen zu lassen. Endlich beruhigten sich die Kinder ein wenig. Sie waren alle sechs schnell mit geistreichen Bemerkungen und Spott bei der Sache, was wahrscheinlich daran lag, dass alle sechs den IQ eines Genies besaßen. Sie hatten jeden Test gesprengt – Stanford-Binet, WPPSI-R und WISC-III.

Catherine Fitzgibbons ging gleich zu Anfang ihrer Ausführungen auf Kits und meine »heldenhafte Rettung der Kinder« ein, wie sie es nannte, bezeichnete unsere Hilfe in der Vergangenheit als »ehrenvoll« und legte alles, was wir bis dato getan hatten, mit diesen Worten beiseite. Anschließend zählte sie die Punkte auf, die gegen uns sprachen. Jeder einzelne war wie ein

Messer, das man Kit und mir ins Herz trieb – und auch den Kindern, wie ich mir ziemlich sicher war.

»Euer Ehren, Dr. O'Neill und Mr Brennan mögen selbstlos gegenüber diesen Kindern gehandelt haben, doch sie besitzen keinerlei legitime Rechte vor diesem Gericht«, verkündete die Anwältin.

»Sie sind unverheiratet, und sie kennen einander und diese Kinder erst seit wenigen Monaten. Außerdem, und das kann nicht deutlich genug betont werden, haben die Eltern dieser Kinder absolut *nichts* getan, um ihre Rechte als Eltern zu verwirken. Ganz im Gegenteil, wie wir beweisen werden. Sie sind die unwiderruflichen, rechtlichen, legitimen und einzigen Eltern dieser Kinder, ein für alle Mal.«

Als Catherine Fitzgibbons ihr Eröffnungsplädoyer beendet hatte, erhob sich Jeffrey Kussof sofort und rief Kit in den Zeugenstand. Ich sah stolz und voller Liebe auf Kit, als er nach vorne trat.

Jeffrey zitierte aus Kits Lebenslauf. Ein Abschluss in Jura von der New York University und zwölf Jahre als FBI-Agent. Mit sanften Worten beschrieb Kussof die persönliche Tragödie in Kits Leben. Vier Jahre zuvor, als Kit an einem Fall arbeitete, waren seine Frau und seine beiden kleinen Jungen allein nach Nantucket in den Urlaub geflogen. Das kleine Flugzeug war abgestürzt, und es hatte keine Überlebenden gegeben.

Kit beantwortete die an ihn gerichteten Fragen gelassen und leidenschaftlich zugleich, mit jenem Funken von unterschwelligem Humor und Schlagfertigkeit, die für ihn so typisch waren. Ich war überzeugt, dass jeder, der ihn zum ersten Mal sah, voll und ganz zu der Auffassung gelangen musste, dass Kit nicht nur ein tapferer Mann, sondern ein untadeliger und guter Vater war.

Dann jedoch war Catherine Fitzgibbons an der Reihe. Zwei erbarmungslose Stunden lang sezierte sie fachmännisch Kits berufliche Laufbahn – und so gut wie jeden Augenblick seines Privatlebens.

Kit ist nicht Ihr richtiger Name, nicht wahr?«, fragte die Fitzgibbons.

»Nein. Mein richtiger Name ist Thomas. Thomas Brennan. Kit ist ein Spitzname. Frannie und die Kinder nennen mich so. Das ist eine lange Geschichte.«

»Mr Brennan, Sie waren zwölf Jahre lang beim FBI, ist das richtig?«

»Das ist richtig.«

»Haben Sie je von Fox Mulder gehört?«

Kit schnaubte und schüttelte den Kopf. Er wusste bereits, worauf das hinauflief. »Das ist ja wirklich reizend.«

»Bitte instruieren Sie den Zeugen, meine Frage zu beantworten, Euer Ehren!«, wandte sich Fitzgibbons an den Richter.

»Mr Brennan, bitte antworten Sie auf die Frage.«

»Fox Mulder ist ein fiktiver Charakter aus einer Fernsehserie«, sagte Kit.

»Haben Sie eine Meinung zu diesem fiktiven Charakter, Mr Brennan?«

»Ja. Er ist ein Schwachkopf.«

Die Zuschauer lachten, genau wie ich. Die Kinder kicherten vergnügt. Sie bewunderten Kit.

»Haben Sie eine Idee, Mr Brennan, warum Ihre Kollegen beim FBI Sie ›Mulder‹ nennen?«

»Einspruch, Euer Ehren!«, rief Jeffrey Kussof. »Das ist argumentativ und tut nichts zur Sache!«

Catherine Fitzgibbons neigte in gespielter Zerknirschtheit den Kopf. Ich konnte deutlich sehen, dass sie es nicht ernst meinte.

»Ich ziehe die Frage zurück, Euer Ehren. Mr Brennan, betrachten Sie sich als einen Workaholic?«

»Vielleicht, hin und wieder. Ich gehe sicherlich in meiner Arbeit auf. Manchmal mag ich sie sogar.«

»Und würden Sie sich als eine stabile Persönlichkeit bezeichnen?«

»Das würde ich.«

Catherine Fitzgibbons wandte Kit den Rücken zu. »Aber Sie haben Medikamente gegen Depressionen eingenommen«, sagte sie. Es tat gut zu sehen, dass selbst sie eine Spur von Scham empfand.

»Ja. Ich litt unter Depressionen, weil ich meine Familie verloren hatte«, entgegnete Kit in scharfem Ton.

Catherine Fitzgibbons drehte sich zu ihm um, sodass Richter Dwyer ihren schwangeren Leib sehen musste.

»Ich verstehe. Dann wissen Sie also, wie sich die Beklagten fühlen müssen angesichts der Gefahr, *ihre* Kinder zu verlieren.«

Kit antwortete nicht. Auf der anderen Seite der Bank protestierten die Zwillinge mit verängstigten, schrillen Stimmchen gegen diesen Angriff auf Kit.

»Agent Brennan, soll ich meine Frage wiederholen?«

»Sie herzloses …!«, flüsterte Kit fast unhörbar leise.

»Der Zeuge gebärdet sich feindselig, Euer Ehren«, sagte Fitzgibbons ungerührt.

»Mr Brennan, bitte beantworten Sie die Frage«, verlangte der Richter.

»Ja. Ja, ich weiß, wie es ist, ein Kind zu verlieren«, antwortete Kit endlich.

»Und Sie beharren dennoch auf Ihrer Klage? Sie behaupten, *ich* wäre herzlos? Das wäre alles, Agent Brennan.«

Mir wurde ganz übel, als Jeffrey Kussof sich erhob und mich mit klarer, zuversichtlicher Stimme in den Zeugenstand rief.

»Dr. Frances O'Neill bitte.«

Ich fragte mich, aus welchem Grund Jeffrey so zuversichtlich war. Wusste er etwas, das ich nicht wusste? Warum besaß er mehr Vertrauen in mich, als ich es selbst hatte?

Als ich aufstand und nach vorne ging, wurde mir bewusst, wie sich eine Zweihundert-Kilo-Frau in einem Kneippbad fühlen musste. Ich sah nach hinten zu der Zuschauergalerie, und alle gafften mich an. Etwas mehr als zweihundert Leute, die alle darauf warteten, dass ich sie überzeugte, eine großartige – nein, eine makellose – Mutter für sechs ungewöhnliche und ganz besondere Kinder sein zu können.

Nun ja, genau das hatte ich zumindest vor.

Denn ich wusste tief in meinem Herzen, dass es so sein würde. War das denn gar nichts wert?

Jeffrey schenkte mir ein aufmunterndes Lächeln, und auf seine Fragen hin nannte ich meinen akademischen Titel und berichtete in kurzen Worten über meinen beruflichen Werdegang: das Westinghouse Science Scholarship, ein Stipendium, meine Dissertation am Colorado State's Veterinary Teaching Hospital in Fort Collins und all den ganzen Rest meiner Lorbeeren.

Als ich fertig war, stießen die Kinder anerkennende Pfiffe und Jubelrufe aus, direkt vor den Augen ihrer schäumenden Eltern. Selbst die Zwillinge lachten. Ich wagte einen schnellen Blick zu Kit, und er zwinkerte mir zu und grinste sein berühmtes schiefes Grinsen.

Die Befragung dauerte mehr als eine Stunde, und meine Zuversicht wuchs allmählich. Ich wusste, dass ich eine großartige Mutter sein würde; ich liebte diese Kinder mehr, als es irgendjemand sonst vermocht hätte. Weil ich Tierärztin war, begriff ich, wie komplex ihr Wesen war. Jeffrey bat mich, über meine eigene, erst relativ kurz zurückliegende Tragödie zu sprechen: Mein Mann war zwei Jahre zuvor bei einem Raubüberfall ermordet worden. Ich berichtete auch über meine erfolgreiche Ein-Frau-Tierklinik in einem winzigen Kaff namens Bear Bluff, etwa fünfundsiebzig Kilometer nordwestlich von Boulder, Colorado, gelegen.

Jeffrey beschrieb mich als eine Frau mit einem Herzen so groß wie die Rocky Mountains und mit einer offenen Tür für jedes umherstreifende Eichhörnchen, jeden Maultierhirsch und jeden streunenden Welpen in ganz Colorado. Es wurde richtig peinlich, und ich errötete dementsprechend.

Am wichtigsten von allem war jedoch, dass er von meiner Operation an Max berichtete, als sie dem Tod nahe gewesen war. Wie ich ihr das Leben gerettet hätte, als niemand sonst dazu imstande gewesen wäre. Das war eine Tatsache, die niemand abstreiten konnte, nicht einmal Catherine Fitzgibbons.

Jedenfalls hoffte ich das.

Und betete.

Wenige Minuten später kam die Fitzgibbons zum Zeugenstand und lächelte mich so zuckersüß an, als wäre sie meine liebste Schwester Carole Anne. Doch sie verschwendete nicht viel Zeit mit Höflichkeiten.

»Dr. O'Neill, wie viel verdienen Sie im Jahr?«, fragte sie in ihrem gewohnt gereizten Tonfall.

»Das kann ich nicht so genau sagen. Es ist von Jahr zu Jahr unterschiedlich. Kommt ganz darauf an, ob ich in einem Jahr mehr wilde Eichhörnchen oder Pferde behandle.«

»Im Durchschnitt, mehr oder weniger als fünfunddreißigtausend Dollar?«

»Weniger«, sagte ich entschiedener, als ich gewollt hatte.

»Und Sie wollen allen Ernstes damit sechs Kinder aufziehen …?«

»Ich mache das ja nicht alleine! Diese Kinder brauchen Liebe dringender als Geld. Sie sind ja jetzt schon ganz deprimiert!«

Catherine Fitzgibbons hob die Augenbrauen. »Sie sagen, die Kinder wären deprimiert – woher wissen Sie das? Sie sind doch keine Psychologin, oder?«

»Nein, aber …«

Sie schnitt mir das Wort ab. »Sie sind *überhaupt kein* Humanmediziner, Dr. O'Neill, habe ich Recht?«

»Nein. Aber diese Kinder sind …«, wollte ich erwidern, doch sie unterbrach mich erneut. Ich fühlte mich versucht, einfach weiterzureden, doch ich hielt inne und schwieg. Mein Fehler.

»Sie waren nie Mutter, nicht wahr, Dr. O'Neill? Bitte beantworten Sie meine Frage mit Ja oder Nein.«

»Nein, aber … Nein.«

Ich wollte mich auf sie stürzen, ich wollte mich wirklich mit den Fäusten auf sie stürzen. Sie hatte es verdient.

»Sie wohnen mit einem Mann zusammen, mit dem Sie nicht verheiratet sind, ist das zutreffend?«

»Ich würde nicht sagen, dass wir zusammenwohnen.«

Ich wollte sie erwürgen und hinterher auf der Leiche herumtrampeln. Ich konnte mich kaum noch beherrschen, so wütend war ich.

»Gut, ich verbessere mich. Sie haben Sex mit einem Mann, mit dem Sie nicht verheiratet sind?«

Jeffrey Kussof erhob sofort Einspruch gegen diese Frage, und der Richter gab ihm statt.

»Ist das Ihre Vorstellung davon, minderjährigen Kindern ein Vorbild zu sein?« Catherine Fitzgibbons Angriff war noch nicht zu Ende.

Jeffrey sprang erneut auf. »Einspruch, Euer Ehren! Sie verlangt Schlussfolgerungen von einer Zeugin!«

»Stattgegeben.«

»Dr. O'Neill, wenn Sie die Vormundschaft über diese sechs Kinder hätten, wie würden Sie die Erziehung mit Ihrer Arbeit vereinen? Haben Sie darüber schon einmal nachgedacht? Würden Sie die Kinder jeden Tag zu ihren verschiedenen Schulen fahren? Oder würden Sie einfach die Tür öffnen und sie *fliegen* lassen?«

»Einspruch, Euer Ehren! Die Anwältin setzt der Zeugin in unzulässiger Weise zu!«, protestierte unser Anwalt.

Doch Catherine Fitzgibbons bedachte ihn nur mit einem knappen, abfälligen Blick und einer wegwerfenden Handbewegung. »Ich habe keine weiteren Fragen an diese Zeugin.«

Stolz watschelte sie zu ihrem Platz zurück.

Am Abend machte Richter Dwyer uns ein ganz besonderes Geschenk, und ich hoffte, dass es nicht aus einer Mischung aus Mitleid und Schuldgefühlen entsprang. Er entschied, dass die Kinder einen Teil des Abends mit Kit und mir verbringen durften. Er warf uns einen Knochen hin.

Was für ein unvergessliches Ereignis!

Die Kinder wurden von einer Eskorte aus U.S. Marshals zu unserem Hotel gebracht, dem altehrwürdigen Brown Palace, und der erste Punkt auf der Tagesordnung bestand darin, ein Lokal zum Essen zu finden. Wir waren alle kurz vor dem Verhungern. Zur Wahl standen der Zimmerservice, die Ship Tavern unten im Hotel oder das Little Italy in der Sixteenth Street Mall.

Das Little Italy gewann erdrutschartig, sechs gegen zwei Stimmen. Wir nahmen an, dass es dort Gemüsepizza gab, das Lieblingsessen der Kinder auf diesem Planeten. Was will man da noch sagen.

Gegen halb neun trafen wir im Restaurant ein, und die üblichen Regeln traten in Kraft: keine Blickwettkämpfe mit anderen Leuten, keine Auseinandersetzungen um das Essen, ganz besonders nicht angesichts der gegenwärtigen Umstände, kein Herumfliegen im Lokal und keine abfälligen Witze über Uncle Frank oder Little Joey, deren Bilder ringsum an den Wänden hingen.

Es war wie ein Traum, an jenem Abend mit den Kindern zusammen zu sein. Teilweise, weil sie sich wirklich vorbildlich benahmen, doch vor allem auch deswegen, weil sie so aufgeweckt waren und so schnell groß wurden. Max war erst zwölf, doch in menschlichen Jahren wahrscheinlich doppelt so reif. Sie begann sogar schon, wie eine junge Frau in der Pubertät auszusehen. Und Ozymandias erst. Er war hübscher als Prinz Harry an einem seiner guten Tage.

Es war das erste Mal, dass alle wieder beisammen waren und sich über ihre neuen Eltern austauschen und Luft ablassen konnten.

Ozymandias war der Erste. Er meinte, seine Mom wäre »eine wirklich nette, wirklich süße Person«, doch sie hätte keine Ahnung von dem Vogel-Teil seines Wesens und würde immer wieder sagen, dass sich das »mit der Zeit schon auswachsen« würde. Er berichtete weiter, dass seine Mutter einen Agenten und einen Anwalt beauftragt hätte, weil sie nicht wollte, dass »irgendwelche Hollywoodtypen uns über's Ohr hauen«, wie sie es nannte.

»Ich mag sie, wisst ihr«, fuhr er fort. »Aber sie hat eigentlich keine Ahnung, wie sie mit mir umgehen muss. Ständig schnüffelt die Presse um das Haus, und sie meint, es wäre in Ordnung. Sie mag die Aufmerksamkeit, glaube ich. Das ist nicht böse gemeint. Sie ist eben nur menschlich.«

Alle Kinder erzählten Horrorgeschichten von ständig um die Häuser oder um die Schulen schleichenden Journalisten,

Presse, wohin sie auch gingen. Die Chens hatten Interviews mit Peter und Wendy verkauft, und die Marshalls hätten es wohl auch getan, wenn Max es sich nicht ausdrücklich verbeten hätte. Während eines besonders eindringlichen Interviews hatte sie sogar eine Kamera zerdeppert.

»Wenn die Mistkerle heute Abend hier auftauchen«, warnte sie aufgebracht, »dann nehme ich ihnen die Kameras weg und filme sie!«

Während wir auf die verschiedenen Nachtische warteten, Eis, Sorbets, Schokoladenkuchen und dergleichen mehr, ergriff Max das Wort. Mein Gott, sie war wundervoll: Aussehen, Haltung, einfach alles an ihr verriet, dass sie eine geborene Führerin war. *Folgt mir, ich bin diejenige, auf die ihr gewartet habt.*

Stellen Sie sich poliertes Perlmutt vor, und Sie kommen der Farbe und dem Glanz ihrer Flügel sehr nah. Sie irisierten förmlich und schimmerten dort, wo die Schwingen aus der fast transparenten Haut austraten, in sanften Rosatönen. Sie erinnerten mich an Schwanenflügel, doch sie waren mit ihren drei Metern Spannweite viel, viel größer. Die Flügel wuchsen hinten aus den Schultern, trotzdem wirkten Max' Arme elegant und natürlich. Es war eindeutig, dass sie das Beste beider Spezies repräsentierte.

»Wie ihr euch denken könnt, bin ich nicht daran gewöhnt, vor der Öffentlichkeit zu reden«, sagte sie, und wir alle lachten. Max war in den vergangenen Monaten in so gut wie jeder Talkshow und in sämtlichen Nachrichtensendungen aufgetreten und hatte sich, wie nicht anders zu erwarten, hervorragend geschlagen.

»Ganz gleich, ob wir gewinnen oder verlieren«, fuhr sie fort, »ich möchte Frannie und Kit sagen, wie sehr wir all das zu schätzen wissen, was sie für uns getan haben, und damit meine ich alles, angefangen davon, dass sie unsere kleinen Hintern gerettet haben, dass Frannies Haus bis auf die Grundmauern abgebrannt ist und dass sie trotzdem hergekommen sind und uns anbieten, uns bei sich in ihrem neuen Haus aufzunehmen. Mein Gott, sie sind sogar bereit, Icarus aufzunehmen!«

»Sicher, immer auf die kleinen Blinden, die sich nicht wehren können!«, protestierte Icarus laut lachend. Er mochte es, dass Max ihn niemals überging und im Gegenteil darauf achtete, ihn hervorzuheben.

»Frannie hat heute vor dem Gericht gesagt, dass wir alle zusammengehören und dass man uns niemals trennen sollte, und ich schwöre euch, so wird es sein. Es ist das einzig Richtige. Jeder mit auch nur halbwegs Verstand im Kopf kann das sehen. Und das bedeutet, dass wir in Schwierigkeiten stecken.« Sie zwinkerte. »Unser Schicksal liegt nämlich nun in den Händen des Rechtssystems dieses Landes.«

Sie kam um den Tisch herum und umarmte Kit und mich.

»Wir lieben euch beide«, sagte sie. »Mom und Dad.«

In jener Nacht marschierte Dr. Ethan Kane durch den dichten Wald zum Haus von Frannie O'Neill in Bear Bluff. Er war an jenem Morgen nach Denver geflogen und hatte sogar einen Teil der Gerichtsverhandlung beobachtet. Dr. Kane war außerordentlich an den Vogelkindern interessiert, insbesondere an Maximum, die nicht nur einen Schritt nach vorn in der Evolution repräsentierte, sondern möglicherweise auch eine Reihe von Dingen wusste, die sie gar nicht wissen durfte.

Erstaunt stellte Dr. Kane fest, dass die Tierärztin ihre Haustür nicht abgeschlossen hatte. Es gab einen Notizzettel, den sie mit Tesafilm an die Scheibe geklebt hatte: handschriftliche Instruktionen an jemanden namens Jessie.

Ethan Kane betrat das kleine Haus und sah sich mit Hilfe einer Taschenlampe um. Das elektrische Licht war ihm zu verräterisch.

Er fand ein kleines Büro und dahinter eine Art Operationszimmer, das zugleich als Medikamentenlager zu dienen schien.

Die Tiere in Frannie O'Neills Klinik wussten bereits, dass ein Fremder im Haus war. Hunde, Katzen und weiß Gott was sonst noch alles begannen zu bellen, fauchen, schreien und zwitschern. »Seid still, ihr Viecher!«, knurrte Dr. Kane zwischen zusammengebissenen Zähnen hindurch. Er hasste Haustiere, und noch mehr hasste er die Leute, die Haustiere hielten.

Begriff denn heutzutage niemand mehr, was natürliche Selektion bedeutete?

Er kehrte in Dr. O'Neills Büro zurück und suchte nach Unterlagen über Max. Sie mussten irgendwo in den Akten sein – und tatsächlich, dort waren sie. Zwei braune Umschläge voll mit seitenweise handschriftlichen Notizen. Kein neumodischer Computerschnickschnack für die gute Frau Dr. O'Neill, o nein, Sir!

Dr. Kane begann in den Notizen zu lesen …

Max ist ein Mensch, der durch genetische Manipulation verändert wurde, hatte Dr. O'Neill notiert.

Wahrscheinlich wurde im Embryonenstadium Vogel-DNA injiziert …

Festgestellte Besonderheiten:

Massiver Brustkasten, dreimal so tief wie bei einem normalen Menschen ihres Alters … benötigt die zusätzliche Muskulatur für ihre Flügel …

Überlappende Rippen und ein massives, hervorstehendes Brustbein, das wie ein Kiel über ihre gesamte Brust verläuft …

Keine Brüste, keine Brustwarzen … Max wird keine lebenden Kinder gebären …

Extrem lange Tracheen … siebzig Zentimeter … wie ein Akkordeon gefaltet … füllen sich während längerer Flüge mit Luft …

Knochen sind hohl, um ihren Körper leicht zu machen …

In diesem Augenblick vernahm Dr. Kane ein schwaches Geräusch draußen auf der Veranda. Auch er verfügte über ein außergewöhnliches Gehör. Darüber hinaus war er geradezu paranoid.

Wer mag das sein?, fragte er sich.

»Frannie …? Bist du zu Hause, Schätzchen? Fran …? Ich bin es, Jessie … ich dachte, du …«

Eine sehr dicke Frau tauchte vor der Tür zum Büro auf. Jessie, für die Dr. O'Neill die Notiz an der Haustür zurückgelassen hatte. Sie wog sicher hundertzwanzig Kilo, wenn nicht noch mehr.

Sie bemerkte Dr. Kane.

»Hallo Jessie«, sagte Ethan. »Ich vermute, es kann nicht schaden, wenn ich Ihnen verrate, dass ich die Unterlagen von Dr. O'Neill durchsuche, die sie über Max angefertigt hat. Es ist von allergrößter Bedeutung für die gesamte Menschheit. Ich bin sicher, Sie werden mit niemandem mehr darüber sprechen.«

Mit diesen Worten zog Kane eine Pistole aus der Jackentasche und gab zwei Schüsse auf die dicke Frau ab. Das war kein Problem für ihn. Doch Jessies Leiche wegzuschaffen, sie verschwinden zu lassen, das kostete einiges an Kopfzerbrechen und Mühen.

Am Ende verschwand Jessie dennoch, als hätte sie niemals existiert.

Das war der Genius von Dr. Ethan Kane.

Die Vormundschaftsverhandlung wurde am nächsten Tag um Punkt neun Uhr fortgesetzt. Dies war der große Tag, der alles entscheidende Tag. Kaum hatte der Richter Platz genommen und die Verhandlung eröffnet, sprang Catherine Fitzgibbons auf die Beine und rief die Mutter von Ozymandias in den Zeugenstand. Ich glaubte den Grund dafür zu kennen, und er bereitete mir Sorgen. Die Geschichte, die Anthea Taranto erzählen würde, war traurig und herzergreifend zugleich. Gut möglich, dass ihre Geschichte die Entscheidung des Richters zu unseren Ungunsten beeinflussen würde.

Anthea war eine hübsche, ergrauende Frau von neunundvierzig Jahren. Sie trug einen lavendelfarbenen Seidenrock, eine weiße Bluse und einen navyblauen Blazer darüber. Sie war kürzlich verwitwet; ihr Mann Mike war im Jahr zuvor an Krebs gestorben. Oz war ihr einziges Kind und ihr einziger lebender Verwandter zugleich.

Mrs Taranto sprach stockend, doch sie erzählte ihre Geschichte mit herzergreifender Einfachheit und Zurückhaltung. Sie und Mike hatten viele Jahre lang versucht, Kinder zu bekommen. Sie waren zu einer wohlbekannten, hoch geachteten Klinik nach Boulder gefahren, die auf künstliche Befruchtung spezialisiert war. Es hatte eine Reihe von Fehlschlägen gegeben, doch schließlich war Anthea Taranto schwanger geworden.

»Im achten Monat bin ich zu einer Routineuntersuchung gefahren«, erzählte sie dem gespannt lauschenden Publikum. »Ich erinnere mich noch, wie glücklich Mike und ich an jenem Tag gewesen sind. Dr. Brownhill sagte uns, es wäre alles reine Routine, doch als er mich untersuchte, wurde er plötzlich sehr besorgt. Er erklärte mir, der Fötus habe Probleme und er müsse unverzüglich die Geburt einleiten. Es wurde auf der Stelle ein Kaiserschnitt durchgeführt. Als ich wieder zu mir kam, sagte man mir, mein Baby wäre gestorben. Können Sie sich vorstellen, wie ich mich an diesem Tag gefühlt habe?«

Unbewusst fuhr sich Mrs Taranto über den Unterleib. Sie schien ganz in ihren Erinnerungen versunken, und es dauerte eine Weile, bevor sie mit ihrem Bericht fortfuhr.

»Als ich herausfand, dass mein Sohn am Leben war und nicht tot, änderte sich für mich alles. Ozymandias ist die wichtigste Person in meinem Leben. Er ist mein Grund zu leben, und ich würde alles für ihn tun. Gib mir doch nur eine Chance, Oz. Bitte, lass mich deine Mutter sein, mein Engel.«

Dann sah Anthea Taranto Kit und mich an. Ihre nächsten Worte waren an uns gerichtet, und sie raubten mir den Atem.

»Es ist mir egal, ob diese Kinder anders sind oder ob es eine Herausforderung ist, sie aufzuziehen. Sie sind unsere Kinder. Niemandem sollte erlaubt werden, sie uns wieder wegzunehmen! Bitte, nehmen Sie mir mein Baby nicht wieder weg!«, rief sie. »Ich bin Ozymandias' Mutter! Das muss doch etwas gelten, selbst in dieser schönen neuen Welt, in der wir alle leben!«

Lange Zeit sprach niemand ein Wort. Alle Augen waren auf Anthea gerichtet. Schließlich sagte Catherine Fitzgibbons: »Ich habe keine weiteren Fragen an die Zeugin. Vielen Dank, Mrs Taranto.«

Jeffrey hatte nur wenige Fragen an die biologischen Eltern, die an jenem Morgen einer nach dem anderen in den Zeugenstand gerufen wurden. Sie kamen aus verschiedenen sozialen Schichten, doch alle schienen nette Menschen zu sein. Das Problem war: Konnten diese sieben Menschen so besondere Kinder aufziehen? Konnten sie ihnen die Sicherheit gewähren, die sie benötigten?

Ich bezweifelte es ernsthaft. Ganz besonders die Frage der Sicherheit.

Jeffrey fragte den Vater von Max, ob er seine fünfzehn Minuten Ruhm übermäßig genoss. Er brachte die Chens dazu, einzuräumen, dass große Werbefirmen mit ihnen in Verbindung getreten waren, um Peter und Wendy für Produktkampagnen zu gewinnen. Er brachte ans Licht, dass Ozymandias bereits einen Agenten in Hollywood hatte. Doch selbst die kleinsten Dolchstöße gegen die Eltern führten dazu, dass ich mich vor Verlegenheit wand. Die Eltern anzugreifen konnte nur nach hinten losgehen. Und es war einfach nicht fair.

Doch eine Sache in Bezug auf die Eltern machte mir zu schaffen. Sie machte mir sogar sehr zu schaffen. Keiner von ihnen sagte auch nur ein einziges Mal, dass er bereit war, alles in seinen Kräften Stehende für sein Kind zu tun. Und keiner ging auf das Problem ein, ihnen eine sichere Kindheit zu bieten.

Das Gericht zog sich zur Mittagspause zurück, die Kit und ich ausfallen ließen. Wir gingen nach oben aufs Dach und hielten uns an der Hand und waren ungewöhnlich still für unsere Verhältnisse. Wir beteten für die Kinder und für ihre Eltern. Als das Gericht wieder zusammentrat, geschah es mit einem Donnerschlag.

Jeffrey Kussof erhob sich und wandte sich zu den Kindern. »Ich rufe Max Marshall in den Zeugenstand.«

Als Max ihren Namen hörte, beschleunigte sich ihr Herzschlag auf hundertzwanzig Schläge die Minute, die gleiche Frequenz, die er beim Fliegen besaß.

Jetzt war sie an der Reihe. Sie hatte gesehen, was die Anwälte mit den Zeugen machten, und sie wusste, dass man sie grillen würde. So gut wie jede Minute ihres Lebens war streng geheim, und man hatte sie sehr nachdrücklich gewarnt. *Wenn du redest, bist du tot.*

Es war ganz einfach und kristallklar.

Sie musste die Wahrheit sagen, die ganze Wahrheit und nichts als die Wahrheit, das verlangte dieses Gericht von ihr – aber was, wenn sie die Wahrheit sagte?

Es würde alles viel schlimmer machen, als sie sich jetzt noch vorstellen konnten. Max wusste, dass ihre Geheimnisse genau das bleiben mussten, was sie waren. Geheimnisse. Max wusste Dinge, die kein kleines Mädchen wissen sollte. Und sie wusste, dass sie auf keinen Fall über diese Dinge sprechen durfte.

Wenn du redest, bist du tot.

Im Gerichtssaal war es sehr still geworden, und Max wurde bewusst, dass jeder sie anstarrte. Sie stand im gefürchteten Rampenlicht, und sie hasste es, dort zu stehen. Das Herz schlug ihr bis zum Hals.

»Max, sprich mit uns«, sagte ihr biologischer Vater Art, ein netter Mann, obwohl er manchmal ein wenig rechthaberisch war. »Rede mit uns. Du bist hier in Sicherheit. Sag uns einfach die Wahrheit.«

Ja, sicher. Ich sage die Wahrheit und sterbe, dachte Max sarkastisch.

Ihre Angst war so groß, dass sie, als sie endlich aufgestanden war, unwillkürlich mit den Flügeln schlug und ein paar Zentimeter vom Boden abhob.

»Oooh! Aaah!«, ging ein ehrfürchtiges Raunen durch die Zuschauermenge.

Max schnitt eine Grimasse und zwang sich, die Flügel fest anzulegen. Dann ging sie die sieben oder acht Meter bis zum Zeugenstand. *Geh einfach weiter, Max. Sei ein normales zwölfjähriges Kind*, sagte sie sich selbst.

Sie blickte auf und bemerkte die beiden Flaggen hinter dem Richterstuhl. Die *Stars and Stripes* der Vereinigten Staaten und die Staatsflagge von Colorado mit ihren alternierenden blauen und weißen Streifen und dem großen C mit einem gelben Kreis darin. Darunter war eine Inschrift an die Wand geschrieben: *In God We Trust.*

Was hatte das nun wieder zu bedeuten? Sollte sie wirklich auf Gott vertrauen? Hatte Gott sie erschaffen – oder waren es Menschen gewesen?

Ein Gerichtsdiener hielt Max die Bibel hin, und sie legte eine Hand darauf und ließ sich vereidigen. Sie begann am ganzen Leib zu zittern. Es war so schlimm – beinahe unerträglich.

Wenn du redest, bist du tot. Und die anderen fünf auch. Und vielleicht Kit und Frannie obendrein.

»Hab keine Angst, Max«, sagte der Ehrenwerte Richter Dwyer, als wüsste er, was sie dachte. »Wir sind alle deine Freunde.«

»Ja, das ist richtig«, munterte Jeffrey Kussof sie auf. »Erzähl uns einfach deine Geschichte, Max. Wir möchten sie hören. Jeder möchte das.«

Max nickte ihr Einverständnis, obwohl sie innerlich überhaupt nicht einverstanden war. Dann warf sie sich das lange blonde Haar mit einer Kopfbewegung über die Schultern, räusperte sich und beugte sich zum Mikrofon, das vor ihr auf dem Pult befestigt war.

Verdammt, sie wollte nicht reden. Sie wollte nicht … sie wäre am liebsten einfach aufgesprungen und davongeflogen.

Stattdessen tat sie das Undenkbare.

Sie redete.

Ich weiß, dass ich nur ein kleines Mädchen bin«, begann Max mit unsicherer Stimme. »Ich weiß nicht viel über den Lauf der Welt, weil ich noch nicht so viel von ihr gesehen habe. Aber ich möchte über ein paar Dinge reden, die ich gesehen habe. Was ich Ihnen sage, ist die reine Wahrheit, glauben Sie mir. Ich war dort, Sie nicht.«

Max konnte erkennen, wie Kit und Frannie sie von ihren Plätzen in der ersten Reihe aus genau beobachteten. Frannie zwinkerte ihr aufmunternd zu, und fast konnte Max sie flüstern hören: »Nur zu, Kleines.« Das sagte Frannie die ganze Zeit. Es war ihr Mantra, eines der zahllosen albernen kleinen Dinge, die sie für immer miteinander verbanden.

»Die Menschen dort, wo wir früher waren … sie haben

grauenvolle, obszöne Dinge getan. In diesem Labor, das wir ›die Schule‹ nannten«, begann Max endlich mit einer Stimme, die zitterte wie Espenlaub im Wind. Allein der Gedanke an die Schule machte sie unglaublich wütend.

»Kleine Babys wurden eingeschläfert, wenn sie den Anforderungen nicht genügten. Das bedeutet, sie wurden ermordet! Ich habe es selbst gesehen. Ich habe Leichen von Kindern gesehen, die nicht älter waren als ich. Sehen Sie mich an. Sehen Sie Matthew, Icarus, Ozymandias, Peter und Wendy an. Sind wir nicht nett? Nun, wir wurden trotzdem wie Laborratten behandelt. Meistens noch viel schlimmer als Laborratten. Laborratten werden wenigstens durch Gesetze geschützt.«

Max wandte sich in ihrem Sitz zu Richter Dwyer um. Vielleicht konnte er ihr helfen. Sie wollte nichts weiter als flüchten. Ihre Flügel raschelten. Es war das einzige Geräusch im ganzen Saal.

»Wir wurden zum Verkauf angeboten! Noch immer wollen Leute uns kaufen! Um schreckliche Experimente mit uns durchzuführen! Um herauszufinden, wie wir *funktionieren*!«, sagte Max. »Ständig kamen irgendwelche Besucher in die Schule, um uns zu testen. Wir waren nur Dinge für sie. Keine Wesen mit Gefühlen und einer Seele. Wir waren ihre Schöpfungen, und wir *gehörten* ihnen. Man wollte weitere Experimente mit uns durchführen. Das ist der Grund, aus dem mein Bruder Matthew und ich geflüchtet sind. Wir wurden gejagt. Ich wurde im Flug abgeschossen, und zwar von den gleichen Leuten, die behaupteten, mich zu lieben. Hätten Frannie und Kit uns nicht geholfen, wir wären inzwischen längst alle tot. Ich übertreibe nicht, oder, Frannie?«

»Nein, du übertreibst nicht, Kleines«, entgegnete Frannie O'Neill von ihrem Platz aus. »Du sagst nichts als die Wahrheit.«

Matthew sprang von seinem Sitz auf. »Wir haben es trotzdem geschafft!«, rief er triumphierend. »Wir sind ihnen entkommen! Die Bösen sind verbrannt, und wir sind entkommen. Niemand soll sich mit uns anlegen, niemals!«

Es dauerte minutenlang, bis sich die Zuschauer im Saal

nach diesem Ausbruch wieder beruhigt hatten. Als es still geworden war, fuhr Max mit ihrem Bericht fort. »Versuchen Sie uns zu verstehen. Wir können uns nicht Regeln unterwerfen wie andere Kinder. Niemand kann uns vorschreiben, was wir zum Frühstück essen und wie wir unsere Gebete aufsagen. Wir müssen fliegen, wenn uns danach ist, insbesondere in der Nacht. Sie sehen ja selbst, dass wir nicht ganz genauso sind wie Sie alle.«

Der Richter lauschte ihr aufmerksam. Er hörte tatsächlich zu, und er bedrohte sie weder, noch schüchterte er sie auf sonst eine Weise ein. Max fasste Zutrauen zu dem Mann. Zum ersten Mal gestattete sie sich ein Gefühl von Hoffnung, dass ein Mensch das Richtige tun konnte. Es war eine vage Hoffnung, doch es war ein Anfang. Vielleicht konnten Wunder tatsächlich geschehen?

»Wir sehen vielleicht wie kleine Kinder aus«, fuhr Max fort. »aber wir haben bereits eine Menge Elend und Leid gesehen.«

Sie hatte Mühe weiterzusprechen, und schließlich verstummte sie ganz. Ihr war zum Weinen zumute, und es kostete sie alle Willenskraft, nicht in Tränen auszubrechen. »Wir lieben Kit und Frannie aus ganzem Herzen. Wir wissen, dass sie nicht unsere biologischen Eltern sind, aber sie sind das Beste, was uns passieren kann. Das haben wir bereits herausgefunden, als wir alle zusammen im Lake House gewohnt haben, vier wunderbare Monate lang. Es war himmlisch. Das Lake House ist der einzige Ort, an dem wir uns jemals in unserem Leben sicher gefühlt haben. Der einzige! Wir fühlen uns nur dann sicher, wenn wir alle als eine Familie zusammen sind. Wir brauchen unsere Sicherheit. Bitte glauben Sie mir, es ist gefährlich für uns in der Welt. Sie können sich überhaupt nicht vorstellen, wie gefährlich! Wir haben Feinde da draußen. Menschen, die uns benutzen wollen, die uns für ihre Experimente missbrauchen, die uns auseinander nehmen und wieder zusammensetzen wollen.«

Als Max sich umblickte, sah sie den kleinen Peter und seine Zwillingsschwester Wendy zittern. Sie klammerten sich verängstigt aneinander. Kit und Frannie hatten Tränen in den

Augen, genau wie viele der Zuschauer auf der Galerie, selbst einige der Marshalls. Für einen Augenblick hatte Max alle mit ihrer Schilderung gefangen, und alle glaubten ihr. Sie hatten es begriffen, wie es schien. Endlich.

Langsam, einer nach dem anderen, erhoben sich die Zuschauer von ihren Plätzen. Sie begannen Max zu applaudieren. Sie riefen ihren Namen und dann die Namen der anderen Kinder.

»Danke sehr, Max«, sagte Richter Dwyer, als es im Gerichtssaal wieder still geworden war. »Ich danke dir, dass du uns die Wahrheit gesagt hast, so schmerzhaft sie auch sein mag. Du darfst den Zeugenstand jetzt verlassen.«

Max erhob sich und kehrte zu ihrem Platz zurück. Sie hatte eine Menge Wahrheit erzählt, doch sie hatte ihnen nicht alles verraten. Beispielsweise, warum es da draußen in der Welt so gefährlich war für sie und die anderen und woher sie das wusste.

Der Richter ergriff das Wort.

»Das Gericht zieht sich zur Beratung zurück. Ich möchte die Eltern, Mr Brennan und Dr. O'Neill mit ihrem Anwalt und die Anwältin der Kinder, Mrs Watson, in meinem Zimmer sehen. Jetzt.«

Max' Mutter kam herbeigestürzt. »Max, du musst hier im Gerichtssaal bleiben, ja? Ich meine es ernst, junge Lady. Es ist der sicherste Ort für dich und die anderen. Ich weiß, was Sicherheit bedeutet. Dein Vater und ich müssen in das Büro des Richters. Ich glaube, er hat seine Entscheidung getroffen.«

Max spürte, wie eine Woge von Ablehnung in ihr aufstieg. Sie mochte Terry Marshall, zugegeben, doch ihre biologische Mutter verstand einen verdammten Dreck von Sicherheit für Max und die anderen Kinder. Die übrigen Eltern bemühten sich nervös, ihre aufsässigen Kinder zu beruhigen. Max hörte die Zwillinge kreischen. »Lasst uns in Ruhe! Bitte lasst uns in Ruhe! Geht weg!«

In Max regten sich Anspannung und Furcht, und in ihrem Kopf drehte sich alles. *Wenn du redest, bist du tot.* Sie musste von hier weg, wenigstens für ein paar Minuten. Sie musste raus aus diesem beengten Raum. All der Lärm, die rüden, drängelnden Menschen. Und am schlimmsten von allen die Presseleute mit ihren winzigen Hörern im Ohr und ihren mit bunten Senderlogos überpflasterten Mikrofonen, die ihre widerlichen, neugierigen Augen nicht einen Moment lang von ihr abwandten.

Max brauchte Luft.

Selbst wenn es gefährlich war.

Sobald die Marshalls im Beratungszimmer des Richters verschwunden waren, flog Max förmlich durch die Doppeltür und hinaus auf den breiten Gang dahinter.

Ein Stück weit voraus befanden sich mehrere Aufzüge mit glänzenden, polierten Metalltüren. Max blickte sich um und sah Frannie und Kit, die sich nach Kräften bemühten, die Menge zurückzuhalten. »Die Kinder brauchen ein paar Minuten für sich allein«, hörte sie Frannie sagen. »Keine Angst, es geschieht Ihnen nichts. Sie sind verängstigt und aufgeregt, das ist alles. Vertrauen Sie ihren Instinkten.« Dann hörte sie die anderen fünf herbeikommen, mit laut flatternden Flügeln.

»Warte, Max! Warte auf uns, Herrgott noch mal!«, brüllte Oz. »Max, lass uns zusammenbleiben!«

Max lauschte dem knirschenden Geräusch einer herannahenden Aufzugskabine, die im fünften Stock zum Halten kam. Die Türen glitten auseinander, und die Kinder drängten sich in den Lift.

Ja, vertrauen wir unseren Instinkten.

»Nach oben«, sagte Oz.

»Ausgezeichnet«, antwortete Max. »Oben gefällt mir.«

Die anderen jubelten. Oben gefiel allen.

Nach oben!
Höher!
Noch höher!

Die Aufzugstüren öffneten sich, und die Kinder strömten hinaus in einen ausgedehnten, leeren Raum. Max entdeckte eine Eisentür mit hellroten Buchstaben darauf: ROOF. Das Dach. Sie benutzte beide Hände, um sie aufzudrücken.

»Das Dach! Das Dach! Das Dach!«, riefen die übrigen Kinder aufgeregt. »Das Dach ist genau das Richtige!«

»Kommt, wir verduften!«, sagte Icarus laut. »Lasst uns fliegen!«

»*Bitte*, Max! Können wir fliegen?«

»Fliegen! Fliegen!«, wiederholten die Kinder im Chor.

Die Nachmittagssonne brannte auf das Dach des Gerichtsgebäudes nieder, doch die Brise in Max' Gefieder nahm ihr die Hitze. Der Wind kam direkt von hinten. Er wehte von Norden, und besser konnte es gar nicht sein.

Genau richtig.

Zum Fliegen – zur Flucht!

»Komm, lass es uns versuchen«, sagte Oz, der wie ein junger Prinz am Rand der Brüstung stand. »Du weißt, dass wir es versuchen sollten, gib es zu! Sie werden uns auseinander reißen. Es gibt keine Gerechtigkeit in diesem Land. Das ist alles nur ein Märchen!«

»Ja, kommt, wir verschwinden«, sagte der blinde Icarus. »Wenn ich euch nicht um mich habe, kann ich überhaupt nicht mehr fliegen!«

»Bitte, Max, ja? Bitte, lass uns fliegen«, bettelte Wendy. »Wir können doch fliegen, oder nicht?«

»Fliegen, fliegen, fliegen!«, setzte der Chor wieder ein.

»Wir sollten machen, dass wir von hier verschwinden, so schnell, als wäre der Leibhaftige hinter uns her!«, bemerkte Oz düster. Er war nach Max der Älteste, und er war der Stärkste. Das Alpha-Männchen. »Wir sollten wegfliegen und nie wieder zurückkommen. Ich meine es ernst, Max. Das sagen mir meine Instinkte. Du weißt, dass ich Recht habe. In diesen kleinen, getrennten Familien werden wir nicht überleben.«

Max seufzte und schüttelte den Kopf. »Ich mag die Wälder ebenfalls, Oz. Aber ich hasse es, dir sagen zu müssen, dass der Winter kommt.«

»Na und?«, sagte Matthew. »Dann stehlen wir uns eben Decken. Und Miracoli und dicke rote Bohnen, von denen man sich das Gehirn so schön rausfurzen kann.«

Max musste über die blumigen Worte ihres jüngeren Bruders lachen. »Sicher. Aber wir wollen auch alle Kopfkissen und Handys und Gemüsepizza und die neuesten Videos.«

Matthew starrte sie erschrocken an. Er sah aus, als würde er jeden Augenblick anfangen zu weinen.

»Hey, sei nicht traurig«, munterte sie ihn auf. »Kopf hoch, Cowboy! Wenigstens werden wir beide zusammen sein.«

»Wir sind nur Dinge für sie. Wie Spielsachen von F.A.O. Schwarz«, brummte Oz. »Sie sagen uns, was wir zu tun haben. Sie sind totale Kontrollfreaks. Sie denken, sie sind allem anderen überlegen, den Tieren, den Pflanzen und den Vögeln.«

»Vielleicht«, räumte Max ein. »Aber wir wollten zusammen mit anderen Menschen in ihrer Welt leben. Wir haben förmlich darum gebettelt. Vielleicht sollten wir also tun, was sie von uns verlangen. Wenigstens für eine Weile.«

»Und was meinst du, was sie von uns verlangen, Max?«, entgegnete Oz. »Hör doch mal hin! Was hörst du?« Er nickte nach unten.

Von der Straße her ertönte ein nicht enden wollender Sprechgesang. Die Menge stand unten und beobachtete die sechs Kinder.

»Fliegen! Fliegen! Fliegen!«, forderten die Leute.

Max legte die Hände trichterförmig vor den Mund. »Okay, sicher, kein Problem!«, schrie sie vom Dach des Gerichtsgebäudes herab. »Okay!«, rief sie der Menschenmasse zu, die sich im Park drängte und jeden freien Raum zwischen den Wagen einnahm. »Aber wir tun dies, weil wir es wollen! Wir tun dies für uns! Und wir werden nicht sehr weit fliegen!«

Ausgelassenheit breitete sich auf den Gesichtern der anderen fünf aus, und sie wussten ganz genau, was sie zu tun hatten. Sie stellten sich in Abständen von vier Metern am Rand des Dachs auf. Hunderte von Kameras waren auf sie gerichtet. Dies war das Bild, auf das die Medien gewartet hatten.

Und es wurde noch besser.

Mit einem plötzlichen Schwung breiteten die sechs Kinder ihre prachtvollen Flügel aus, und die Spitzen schwangen sich fast wie von allein hoch hinauf in die Höhe. Sonnenlicht glitzerte auf den Federn.

Auf Max' und Oz' Signal hin beugten sie die Knie, drückten sich kraftvoll ab und sprangen in die Luft. Die Leute unten auf der Straße hielten den Atem an.

Es gab nicht das geringste Zögern. Die Kinder schwangen sich mühelos auf ihren kraftvollen Schwingen hinauf in die heiße Luft. Sie jagten um das State Capitol Building herum, dessen Kuppel im Sonnenlicht golden erstrahlte. Höher und höher stiegen sie hinauf, die sechs. Der Schwarm.

Max erkannte mehrere Wahrzeichen Denvers: die öffentliche Bücherei, das Kunstmuseum, das Pepsi Center, den Six Flags Elitch Gardens Amusement Park. Und natürlich die majestätischen Berge der Front Range, eines Ausläufers der Rocky Mountains weit in der Ferne. Die Stadt, der ganze Staat war einfach wundervoll, und er hatte den perfektesten Himmel, den man sich nur denken konnte.

Sie zwitscherten während des Fliegens, damit der blinde Icarus immer wusste, wo sie waren. »Lasst uns zum Lake House fliegen!«, kreischte Matthew, so laut er nur konnte. »Los, lasst uns hinfliegen!«

Max streckte die Fingerspitzen aus und lenkte die Luft mit den Flügeln um. Es war fast wie Rudern! Sie tat es wieder und wieder, bis sie ihren Rhythmus gefunden hatte. Es war ein tolles Gefühl.

Ihr wunderschöner Leib schwang sich höher und höher hinauf in die warmen Strömungen. Ihre Kopfschmerzen verschwanden. Plötzlich befand sie sich in einer anderen, besseren Welt.

»Bleibt bei mir«, rief sie den anderen zu. »Bleibt zusammen. Du auch, Icarus!«

»Hack nicht immer auf den kleinen Blinden herum, die sich nicht wehren können!«, antwortete er. Es war sein Lieblingswitz. Ihr gemeinsamer Lieblingswitz.

Max senkte den rechten Flügel und beschrieb einen graziösen Bogen nach rechts. Die anderen folgten ihr wie auf Schienen. Sie senkte den linken Flügel und schwang nach links. Es war ein wunderbares Vergnügen, das nicht die geringste Anstrengung kostete.

Sie behielt die linke Schulter unten und beschrieb einen weiten, vollständigen Kreis um das imposante, ganz aus grauem Granit errichtete Capitol Building. Die anderen flogen so dicht neben ihr, dass sich ihre Flügelspitzen fast berührten.

Sie musste lächeln, als ihr Blick nach unten fiel. Sogar ein Anflug von Hoffnung keimte in ihr auf. Die Leute auf der Straße jubelten und winkten und bedeuteten ihnen, schneller und höher zu fliegen.

Max wusste, was sie dachten. *Wir möchten auch fliegen. O Gott, wie sehr wir uns wünschen, wir könnten auch fliegen!*

Doch nicht jeder in der riesigen Menschenmenge unten am Boden verspürte den Wunsch zu fliegen wie die sechs biologischen Wunder.

Nicht jeder wollte, dass die Kinder überhaupt flogen.

Ein Auftragskiller namens Marco Vincenti kauerte neben Stapeln von Bauholz auf dem oberen Geschoss eines noch nicht fertig gestellten Gebäudes nicht weit entfernt vom City and County Building in Denver. Ihm war es völlig gleichgültig, ob die Kinder flogen oder nicht, abgesehen von der Tatsache, dass sie definitiv kleine Monsterfreaks waren. Sie sahen gut aus, zugegeben, sie waren sogar irgendwie schön, aber es war einfach nicht richtig, wie sie waren. Was sie waren. Gottverdammte Missgeburten der Natur.

Und doch, es machte Spaß, ihnen zuzusehen – bis er den Befehl erhielt, sie runterzuholen.

Er hatte keine Ahnung, ob und wann dieser Befehl kommen würde. Was auch immer, er war bereit. Wenn er eines der Kinder ausschalten sollte – kein Problem.

Er war sogar fest überzeugt, dass er alle sechs abschießen konnte, falls der Job es verlangte. Auch das wäre kein Problem. Anschließend würde die Hölle losbrechen, doch er gab einen Dreck darauf. Er hatte Rückendeckung von weit oben.

Langsam und gekonnt bewegte er das Visier seines Zielfernrohrs über die Gesichter der sechs. Das japanische Fernrohr war eine ausgezeichnete Arbeit, und er konnte die winzigsten Unreinheiten auf der Gesichtshaut der Kinder erkennen – einen Pickel oder ein eingewachsenes Haar, was auch immer.

Er schwang den Lauf des Gewehrs wieder auf das blonde Mädchen. Sie war am beeindruckendsten von allen, eine geborene Anführerin. Entweder sie oder der hübsche Junge, den sie Ozymandias nannten. Er war schlank und geschmeidig und besaß trotz seines jungen Alters bereits die Muskeln eines Athleten.

Der Auftragskiller trug einen Ohrhörer und wartete geduldig darauf, dass er seine Befehle bekam. Soweit er wusste, waren noch andere Scharfschützen über die Stadt verteilt – vielleicht einer für jedes der Kinder.

Dann hörte er seinen Namen im Ohrhörer. »Marco, hören Sie mich? Sind Sie da?«

»Ich bin genau am vereinbarten Ort«, sagte er in das winzige Mikrofon, das unter seiner Lippe klebte. *Wo zur Hölle sollte ich sonst sein*, fügte er für sich hinzu.

»Können Sie jetzt eines der Kinder ausschalten?«

»Kein Problem. Jedes einzelne. Welches soll ich runterholen? Sie haben die Wahl.«

»Wie wäre es mit allen?«, fragte die Stimme.

»Auch kein Problem. Sagen Sie mir einfach wann. Jetzt wäre ein guter Zeitpunkt. Fast kein Wind.«

Die andere Seite schwieg sekundenlang. Marco Vincentis Finger legte sich um den Abzug. Er war bereit.

»Legen Sie das Gewehr nieder«, sagte die Stimme schließlich. »Für den Augenblick brauchen wir Sie nicht mehr. Es war lediglich eine Übung. Diese Kinder sind unglaublich wertvoll für die Wissenschaft, und wir hoffen, dass wir einen anderen Weg finden, um unser Problem zu lösen. Bitte verlassen Sie Denver so bald wie möglich. Sie werden den Wagen nehmen, und selbstverständlich werden Sie für Ihre Zeit entschädigt. Es war wie immer ein Vergnügen, Marco, mit einem richtigen Profi zu arbeiten. Wir werden uns wieder bei Ihnen melden.«

»Ich freue mich bereits darauf«, entgegnete der Auftragskiller.

Und dann verstummte sein Ohrhörer.

Er zielte auf Max' linkes Auge, dann auf das rechte, und schließlich auf eine Stelle genau in der Mitte.

»Beim nächsten Mal bist du dran, Kleine«, sagte er leise.

Ich fühlte mich, als würde die Welt rings um mich herum einstürzen. Das war es also, oder doch nicht? In meinem Kopf drehte sich alles, und es tat höllisch weh. Ich wagte nicht einmal über die Möglichkeit nachzudenken, die Kinder zu verlieren.

Ich nahm in einem braunen Ledersessel Platz, einem von mehreren in Richter Dwyers geräumigem Amtszimmer. Die Holzpaneele der Wandverkleidung sollten vermutlich einen Anschein von Wärme und Sicherheit erwecken, doch ich fühlte mich vollkommen unsicher, und die Klimaanlage erzeugte eine eisige Kälte.

Kit betrat den überfüllten Raum. Er blieb stehen, suchte mich, kam dann herüber und nahm meine Hand. Endlich traf auch Richter Dwyer ein, gefolgt vom Gerichtsstenographen. Die Tür fiel mit einem Knall ins Schloss.

»Ich habe Sie zusammengerufen«, begann Dwyer ohne Umschweife, »weil ich Ihnen meine Entscheidung im Voraus mitteilen möchte. Auf diese Weise können Sie die Kinder informieren, ohne dass die Öffentlichkeit dabei zusieht.«

Mir drohte der Atem zu stocken. Ich drückte Kits Hand fester und blickte auf zu ihm. Er beugte sich vor und küsste mich auf die Haare. Ich konnte nicht umhin zu denken, was für ein absolut umwerfender Mann er war. Ich riss mich zusammen und konzentrierte meine Aufmerksamkeit auf den Richter. Er sprach von dem Experimentallabor, das die Kinder »Schule« nannten.

»Ich habe die Berichte gelesen über das, was in der ›Schule‹ stattgefunden hat, in diesem grauenhaften Labor, das jeder Beschreibung spottet, und mein Verstand weigert sich fast, die Worte zu begreifen … Wären derartige Experimente an Schimpansen oder Kaninchen durchgeführt worden, könnte ich Paragrafen und Gesetze zitieren, in denen die Behandlung der Opfer als grausames Verbrechen beschrieben werden. Doch die

Verbrechen, die gegen diese Kinder begangen wurden, haben nichts mit Medizin oder Forschung zu tun, wie sie jemals praktiziert wurde, nicht einmal in den dunkelsten Zeitaltern der Menschheit.«

Auf der anderen Seite des Raums schluchzte jemand. Ich wandte den Kopf und sah, dass es Anthea Taranto war. Sie schien am Ende dessen, was sie ertragen konnte. Andere im Raum brachen in Tränen aus.

Richter Dwyer fuhr fort. »Soweit ich weiß, sitzen die Leute, die diese Verbrechen begangen haben, entweder im Gefängnis, oder sie sind tot. Während der vergangenen beiden Tage habe ich die tragischen Resultate ihrer unaussprechlichen Verbrechen beobachten können. So viele Unschuldige sind betroffen. Und damit meine ich nicht nur die Kinder. Wie Mr Kussof in seinem Eröffnungsplädoyer ganz treffend bemerkt hat, hier unter uns gibt es keine bösen Menschen. Doch meine Aufgabe besteht darin, mich mit den Kindern zu befassen und dem, was für sie am besten ist.«

Der Richter nahm seine Lesebrille ab und legte sie vor sich auf den Schreibtisch. Er sah die Anwesenden der Reihe nach an.

»Hören Sie nun meine Entscheidung … Die Antragsteller, Dr. O'Neill und Mr Brennan, wollten dem Gericht demonstrieren, dass die Vormundschaft der leiblichen Eltern dem Wohlbefinden dieser Kinder abträglich ist. Sie argumentieren, dass die Kinder bei ihren biologischen Eltern weder glücklich noch sicher sein werden. Die Kinder scheinen dies ebenfalls zu glauben. Das ist für dieses Gericht wichtig. Es beeinflusst meine Entscheidungsfindung. Doch Dr. O'Neill und Mr Brennan haben ihre Behauptungen nicht ausreichend beweisen können. Jedenfalls nicht heute. Dementsprechend muss ich entscheiden, dass die Kinder bei ihren Eltern verbleiben.«

Mit einem Mal fühlte ich mich unglaublich leer und ausgebrannt, als hätte ich meine eigenen Kinder verloren. Heiße Tränen schossen mir in die Augen und strömten über meine Wangen. Ich unterdrückte einen verzweifelten Aufschrei.

»Allerdings …«, fuhr Richter Dwyer fort, »… allerdings ist

dies nur eine vorläufige Entscheidung. Das Gesetz schreibt in Fällen wie diesem vor, dass ich zu einem späteren Zeitpunkt eine weitere Anhörung anzuordnen habe. Falls dieser ›Schwarm‹, wie Dr. O'Neill die Kinder nennt, nicht wächst und gedeiht, so werde ich meine Entscheidung revidieren. Dr. O'Neill, Mr Brennan, bitte nehmen Sie meine Entschuldigung an. Es tut mir Leid. Ich weiß, dass Sie diese Kinder lieben, als wären sie Ihre eigenen.«

Ein Gerichtsdiener schlüpfte leise ins Zimmer und reichte dem Richter eine Notiz. Der Richter setzte seine Lesebrille auf, las und tat dann etwas Unerwartetes.

Er lächelte.

»Mr und Mrs Stern, Mrs Taranto, Mr und Mrs Chen, Mr und Mrs Marshall – die Kinder sind soeben von einem ›Rundflug‹ um das Capitol Building zurückgekehrt und warten nun im Gerichtssaal Nummer sieben auf Sie. Sie dürfen sie mit nach Hause nehmen.«

Zweites Buch

Flugstunden

Das Hospital, Fantasy Room B

Charlotte Donahues üppiger Leib spannte sich, als die Kopfhörer aus rostfreiem Edelstahl sicher an ihrem Kopf befestigt wurden. Sie fühlte sich wie in einem Raumschiff. *Das ist wirklich eigenartig.*

Die Geräusche des OP-Saals ringsum verstummten schlagartig, sobald die Kopfhörer richtig saßen. Und dann hörte Charlotte eine Stimme mitten in ihrem Kopf!

»Hier spricht Dr. Ethan Kane, Charlotte. Bitte kämpfen Sie nicht gegen Ihre Narkose an. Fühlen Sie sich wohl? Benötigen Sie noch irgendetwas? Es ist wichtig, dass alles absolut perfekt ist für Sie.«

Charlotte fühlte sich von Sekunde zu Sekunde merkwürdiger – doch es war ein gutes Gefühl. Ihr Körper schwebte, und ihr Verstand funktionierte immer noch scharf. »Ich glaube schon. Alles in Ordnung. Ich glaube, es gefällt mir.«

»Können Sie das hier spüren?«, fragte der Doktor, während er eine lange Injektionsnadel in den Rücken der dreiundzwanzigjährigen, in Cincinnati geborenen Charlotte stach.

»Nein. Ich spüre überhaupt nichts«, antwortete Charlotte.

O Gott, sie hätte am liebsten laut aufgelacht. Ihre jahrelange Angst vor Krankenhäusern war vollständig verflogen, und ihre Aufregung drohte überzuschäumen. Es geschah etwas Unglaubliches, etwas ganz und gar Außergewöhnliches mit ihr.

Unvermittelt roch Charlotte eine salzige Brise, wie vom Meer. War das möglich? Woher kam sie? War das nicht ein absolut wahnsinniges Gefühl? Das war es, ohne den geringsten Zweifel.

Dann hörte sie Seemöwen schreien. Seemöwen – sie war ganz sicher.

Und schließlich sah sie die *SS Nautica* vor sich aufragen, neun Stockwerke voller glänzend weißem Luxus. Sie blickte vollkommen erstaunt und verwirrt an sich herab und stellte fest, dass sich alles an ihr verändert hatte. Wann war dieses Wunder passiert? Sie trug ein dünnes rotes Seidenkleid und rote, mit Bergkristallen verzierte Slingpumps. Ihre Absätze erzeugten ein angenehmes Klackern, als sie die Gangway hinaufstieg, um sich zum Hauptdeck der Nautica zu begeben. Das Deck war mit Teakholz beplankt, und überall standen Stühle aus dem gleichen Material herum.

Am Ende der Gangway stand ein blonder Steward mit einer schicken Schirmmütze und einer frisch gebügelten, makellosen blauen Uniform. Er reichte Charlotte einen Drink in einem Kristallglas und hieß sie willkommen an Bord. »Miss Donahue«, sagte er. »Es ist mir eine Freude.« Er kannte sogar ihren Namen!

Er zwinkerte ihr zu, doch Charlottes Gedanken waren bereits woanders. Der Kapitän, ganz in Weiß, spähte von der Brücke zu ihr herab. Es bestand nicht der geringste Zweifel – er beobachtete sie! Charlotte hob den Kopf und erwiderte schamlos seinen Blick, sah ihm direkt in die silber-blauen Augen.

Lächerlich oder nicht – sie spürte eine Woge des Verlangens. Ihre Haut fühlte sich angenehm warm an – bis Dr. Kane erneut sprach.

Spielverderber!

»Können Sie mich noch hören, Charlotte?«

Irgendwo an Deck hatte eine Steelband angefangen zu spielen. Ein Lied, das Charlotte kannte – *Mockingbird*. Die Band war gar nicht schlecht. Charlotte fühlte sich an Bob Marley erinnert. Mit einer Spur von Jimmy Cliff vielleicht. Entschieden karibisch jedenfalls.

»Miss Donahue?«

»Lassen Sie mich in Frieden, Dr. Kane«, antwortete Charlotte und nahm einen großen Schluck von ihrem Champagnercocktail. »Mir geht es wunderbar. Mir fehlt absolut überhaupt nichts. Es ist perfekt. Und nun lassen Sie mich in Ruhe, damit ich mich ein wenig amüsieren kann.«

»Was trinken Sie?«

»Es ist rosa«, antwortete Charlotte. »Ich glaube, es ist Champagner mit Passionsfrucht. Es schmeckt köstlich.«

Der Drink war süß und stark und machte sie ein wenig

benommen. Sie wusste nicht, wohin sie als Nächstes sehen oder was sie zuerst unternehmen sollte. Der feurige Rhythmus der Fässer und Tonnen rief nach ihr. Die Band hatte bereits einen richtig hübschen Groove gefunden. Charlotte wollte tanzen. O ja, tanzen wäre jetzt genau das Richtige! Mit dem Kapitän!

»Charlotte, gehen Sie zur Reling und sehen Sie nach unten. Ich stehe in der Menge. Winken Sie mir bitte zu«, sagte Dr. Kane.

Sie war nicht sicher, aus welchem Grund, doch Charlotte tat, wie ihr geheißen. Sie ging zur Reling und blickte hinunter auf die winkende Menschenmenge, die zur Verabschiedung des Schiffes und seiner Passagiere an den Pier gekommen war. Während sie an der Reling lehnte, sah sie auf den tiefer liegenden Decks die Rettungsboote, die leicht über die Seite ragten.

Dort war er! Der sehr attraktive, wenn auch ein wenig unterkühlte und zurückhaltende Dr. Kane. Er blickte zu ihr hinauf.

»Auf Wiedersehen!« Sie hob die Hand, winkte dem Dokter zu und fing an zu lachen. Sie lachte so sehr, dass sie kaum noch aufhören konnte. Pinkfarbenes und babyblaues Konfetti segelte durch die Luft. Leinen fielen schwer gegen die Seitenwand des Schiffes. Das Nebelhorn blies dreimal, ein befriedigendes, tiefes Bass-Signal.

»Bye-bye!«, rief Charlotte übermütig.

»*Bon voyage*, Charlotte«, sagte die Stimme des Doktors in ihrem Kopf. »Es tut mir Leid, dass Sie jetzt sterben müssen, aber Sie helfen damit jemandem … jemandem, der unendlich viel bedeutender ist, als Sie es jemals sein könnten.«

Dr. Ethan Kane beendete sein Gespräch mit der strohdummen Charlotte und machte sich an die Arbeit.

Der Chirurg hatte Nerven aus Stahl und Hände, die womöglich noch ruhiger waren. Sein Instrument war ein Bovie, ein Skalpell, das mit Hitze arbeitete statt mit einer Klinge. Die Spitze brannte blau und erzeugte ein zischendes Geräusch, als er den ersten, drei Millimeter tiefen Einschnitt machte, lateral von einer Schulter bis zur anderen. Die dünne Linie aus rotem Blut verfärbte sich nahezu augenblicklich schwarz, und ein geisterhafter Rauchschleier stieg von dem Schnitt auf. Die Luft war erfüllt vom unverwechselbaren Gestank nach verbranntem Fleisch.

Der nächste Schnitt bildete zusammen mit dem ersten ein T, angefangen bei der Kehle bis hinunter zum Schambein, eine Linie, die so scharf begrenzt war, dass es aussah, als wäre sie mit einem Fineliner über die milchige Haut der jungen Frau gezogen worden.

Kanes dritter Schnitt ging tief in die subkutane Schicht, in das dicke gelbliche Fettgewebe, das Charlottes üppige Frauengestalt polsterte.

Dann schob er die Hände in sie hinein. Arterien wurden mit einer speziellen Moskitoklemme gehalten, die auf der einen Seite abquetschte und gleichzeitig auf der anderen durchtrennte. Sorgfältig durchtrennte Dr. Kane haltendes Gewebe und jedwedes klebende Hindernis.

Dann ertönte ein Summen an der Decke, wie von einer anderen Welt. Eine mechanische Apparatur aus rostfreiem Edelstahl, die aussah wie eine riesige Baggerschaufel, bewegte sich an einer Schiene entlang. Die Scoop. Ein Medizintechniker senkte die Schaufel von Hand tiefer und postierte sie über dem Körper der Frau.

Aus Charlottes Kopfhörer drang leise Musik, irgendetwas Karibisches. Dr. Kane summte leise mit. Ihm war danach zumute.

»Also schön«, sagte er, nachdem er seine Arbeit begutachtet hatte. »Ich bin durch. *C'est fini.*«

Der Anästhesiearzt warf einen Blick auf den Monitor über Charlottes Kopf. Auf dem Schirm waren Bilder von Bord der *SS Nautica* zu sehen. »Wollen Sie der jungen Dame nicht noch ein paar Minuten lassen, damit sie ihren Fick bekommt? Eine letzte Nummer?«

»Sie sind vielleicht sentimental«, entgegnete Kane und runzelte die Stirn. »Nein. Meine Zeit ist viel kostbarer als ihre. Schalten Sie ab.«

Der Anästhesiearzt zuckte die Schultern, dann zog er den Stecker aus Charlottes Kopfhörer. Die Musik brach ab.

»Danke sehr«, sagte Kane. »Ich hasse diesen Reggae-Scheiß sowieso.«

Er legte einen Schalter um, und die Arterien wurden durchtrennt. Augenblicklich floss das Blut durch transparente Plastikschläuche aus dem Körper in einen großen Kanister aus Edelstahl. Charlotte Donahues Organe verfärbten sich rapide grau. Die neonfarbenen Linien auf den Monitoren begannen verrückt zu spielen.

Dann brachen die Signale ab, und ein hoher Alarmton erklang.

»Okay so weit«, sagte Dr. Kane zu den anderen im Raum. »Nehmen wir sie aus.«

Die offenen Kiefer der großen Baggerschaufel schlossen sich um die inneren Organe Charlottes, und mit einem leisen Summen hoben sie alles in einem Stück aus der Leibeshöhle.

Charlotte Donahue war so sauber ausgenommen worden wie eine Auster im DC Coast im nahe gelegenen Washington, einem von Dr. Kanes Lieblingsrestaurants. Vielleicht würde er an diesem Abend sogar mit seiner Frau dorthin essen gehen.

Ein anderer Tag, eine andere Schule, dachte Max bei sich. *Hoffentlich ist es diesmal eine gute Schule. Nein, es ist eine großartige Schule, und es ist ein großartiger Neuanfang!*

Das durchdringende Schrillen der Pausenglocke verkündete das Ende der dritten Stunde. Max hatte einem Vortrag über die schwindenden Populationen gefährdeter Spezies in Colorado gelauscht: der Schwarzschwänzige Präriehund, der Blaue Hopfenschmetterling, der Wanderfalke, der Fischadler. Es war ihr elfter Tag in der Klasse, und sie bemühte sich angestrengt, nicht allzu perfekt zu sein und Fehler zu machen. Klug, doch nicht zu klug, lustig, doch nicht zu lustig, bescheiden, aber nicht zu bescheiden.

Sie packte ihren obercoolen Messenger Bag, der unter der Schulbank lag, zog ihn hervor, stopfte ihre Lehrbücher hinein und erhob sich, um dem wilden Gedränge zu folgen, das aus dem Klassenzimmer strömte. Das Gedränge schloss einen Hund mit ein. Ihr Lehrer hatte wie üblich seinen braunen Labrador Retriever mit in den Unterricht gebracht. Ziemlich doof, aber irgendwie auch wieder cool.

Max kam nie bei der Tür an.

Ein Schrei von irgendwo außerhalb des Gebäudes ließ sie erstarren. Sie wirbelte herum. Matthew! Matthew steckt in Schwierigkeiten! Max war sicher, dass ihr Bruder geschrien hatte. Seine Stimme war in ihr Gehirn eingeprägt, quasi fest in ihr Nervensystem verdrahtet.

Max ließ ihre Umhängetasche fallen, rannte zum Fenster und blickte zwei Stockwerke hinab auf den staubigen Schulhof. Und da war Matthew! Ein Rudel von Jungs jagte ihn, und einige von ihnen schwangen Hockeystöcke. Andere hatten Dosen in der Hand. *Verdammt, was machen die da?*

Sie bemerkte ein metallisches Blitzen, und gelber Nebel erfüllte die Luft. Dann begriff sie. Die Jungen versuchten, Matthews Flügel mit Farbe einzusprühen. Es war das dritte Mal, seit sie in diese Schule gingen, dass eine Bande von jugendlichen Taugenichtsen sich auf Max' kleinen Bruder gestürzt hatte.

»Hey!«, brüllte sie. »Hört auf damit! Hört sofort auf damit!«

Sie hämmerte mit den Fäusten gegen die Scheibe, doch niemand sah zu ihr auf. Natürlich nicht. Sie können mich nicht hören! Max rannte aus der Klasse, zwängte sich zwischen den anderen Kindern auf der breiten Treppe nach unten und schoss hinaus auf den Schulhof. Sie achtete sorgsam darauf, in der Schule niemals zu fliegen. Nicht einmal in einer Situation wie dieser.

Sie konnte die Raufbolde am anderen Ende des Schulhofs entdecken. Sie fühlten sich ach so cool in ihren Klamotten von Aéropostale, American Eagle und Abercrombie. Fünf Jungs, alle in der neunten Klasse, hatten in der Nähe des Maschendrahtzauns einen Halbkreis um Matthew gebildet. Der Neunjährige war zwischen ihnen gefangen. Die Gesichter der Jugendlichen waren verzerrt von Hass und Wut, während sie Matthew verspotteten. Gott sei Dank war die Presse an diesem Tag nicht zugegen, sonst wären Matthew und sie schon wieder in *Live at Five* zu sehen gewesen.

Sie konnte alles hören, was die Jungs sagten, doch manche Schimpfworte trafen sie mitten ins Herz. »Missgeburt!«, »Madenüberträger«, »Vogelhirn!« waren nur einige davon.

Der größte der Jungen, ein stämmiger, dicker Schläger mit weiten Gangsta-Hosen und einem Sweatshirt von Avalanche, packte Matthew an den Armen, während ein anderer Junge eine Dose mit Sprühfarbe hob. Rot!

Max hörte das Klackern der Mischkugeln, dann das Zischen und den Gestank von Farbaerosol.

»Hört sofort auf damit, ihr Mistkerle!«, brüllte sie.

Die Jungen hielten verblüfft inne und lösten ihren Halbkreis auf. Matthew befreite sich mit einem Ruck aus dem Griff des großen Dicken und fiel zu Boden. Seine Federn und seine Kleidung troffen vor klebriger Farbe. Matthew zwang sich, nicht zu weinen. Was für ein tapferer kleiner Junge! So ein guter Junge!

»Matty, ich bin da«, sagte Max und trat zu ihrem Bruder, um ihm auf die Beine zu helfen. Sie küsste ihn auf die Stirn. Mehr war nicht erforderlich, um erneutes Leben in die verblüfften Taugenichtse zu bringen. Die Sprühdosen zischten erneut.

»Wen nennst du Mistkerle, du Missgeburt?«, rief der Anführer des Rudels.

»Oh, weißt du das nicht?«, entgegnete Max. »Ich habe dich gemeint«, spuckte sie giftig. »Du bist derjenige, den ich mir jetzt vornehmen werde.«

Der Junge war vielleicht fünfzehn und wog bestimmt schon siebzig Kilo. Sie kannte seinen Ruf. Sein Vater war ein Football-Profi bei den Denver Broncos gewesen oder sonst irgendwas furchtbar Beeindruckendes in der Art. Er lachte Max aus. »Na, dann zeig mir mal, was du draufhast. Los, zeig's mir.«

Max hatte ihren leiblichen Eltern versprochen, nie einem anderen Kind in der Schule wehzutun oder es zu verletzen. Genau wie Matthew. Sie hätte diesen Mistkerl am liebsten in der Luft zerrissen, doch sie hielt sich zurück, was ihr wirklich schwer fiel. Fast unmöglich schwer.

Dann sah sie die hellrote Farbe, mit der sie den armen Matthew eingeschmiert hatten, und erneut stieg die Wut in ihr auf. *Zeig mir mal, was du draufhast? Dieser widerliche Wichser hat ja keine Ahnung, um was er da bettelt!*

»Wie heißt du, Punk?«, fragte sie.

»Du weißt nicht, wer ich bin? Scheiße, Mädchen, ich bin Bryce Doulin. Jeder kennt mich.«

»Du weißt nicht, mit wem du dich eingelassen hast, Mistkerl«, knurrte Max. »Du und deine Freunde, ihr habt nicht die geringste Ahnung! Aber vielleicht wird sich das gleich ändern.«

Doulin war ein wenig fett, doch unter dem Fett verbargen sich Muskeln. Er stürzte sich auf sie, doch Max packte ihn und drehte ihn in den Schwitzkasten. Er zerrte mit beiden Händen an ihrem Arm. »Hey, lass mich los!«, ächzte er geschockt.

Max' Finger waren wie Schraubzwingen. Sie bewegten sich nicht einen Millimeter. Doulin japste nach Luft. Seine Schweinsaugen traten aus den Höhlen. Max riss ihm die Spraydose aus der Hand, einfach so.

Was sie Matt angetan hatten, war eine Schändung. Es war ein Hassverbrechen gewesen, so viel wusste sie. Was sollte sie jetzt tun? Vielleicht Bryce Doulin von Kopf bis Fuß einsprühen? Oder ihm das Wort »Mistkerl« auf den Rücken malen?

Und was dann? Dann wäre sie diejenige, die sich ins Unrecht setzte, oder?

Endlich ließ sie Doulin los und stieß ihn von sich. Er stolperte und fiel rücklings auf den Hintern. Die anderen Mitglieder seiner Gang sahen ungläubig zu. Bryce Doulin saß auf dem Boden, und ein Mädchen hatte ihn dazu gebracht!

Max zerdrückte die Sprühdose, bis sie zischte. Es war ganz einfach. Sie nahm sich Zeit und starrte jedem der Jungen im Halbkreis nacheinander in die Augen, insbesondere Doulin.

»Matthew hätte das auch gekonnt. Er ist fast genauso stark wie ich. Er hat es nicht getan, weil er ein so verdammt anständiger Junge ist, im Gegensatz zu euch Typen. Wagt es nicht, ihn noch einmal anzufassen. Nie wieder, bis zu dem Tag, an dem ihr verrottet und Maden eure wertlosen Eingeweide zerfressen.«

Sie nahm Matthew an der Hand, und gemeinsam sahen sie zu, wie sich die älteren Jungen murrend und fluchend und mit eingekniffenen Schwänzen trollten. Sie hatten einen höllischen Schrecken bekommen. Max würde ihre Gesichter nicht vergessen. Sie würde sich an jedes einzelne dieser Gesichter erinnern, solange sie lebte.

Warum hassen sie uns so abgrundtief? Was haben wir ihnen getan? Sie fürchtete, dass sie die Menschen niemals verstehen lernen würde.

Aber vielleicht war das ja gar nicht so schlecht.

Am Samstagmorgen, etwa eine Woche später, hörte Max Rufe, gefolgt von einem lauten Schrei oben im Haus der Marshalls. Sie drehte sich zu ihrem Bruder um, doch der war versunken in eine Runde Grand Theft Auto auf seiner Playstation 2.

»Wir gehen besser nachsehen«, sagte Max. »Komm, Matty. Stopp das Spiel. Hörst du, Matthew?«

»Schon gut, ich hab dich gehört.«

Es war ihnen zwar verboten, im Haus umherzufliegen, trotzdem flatterten sie in den ersten Stock hinauf und durch den Flur zum Schlafzimmer ihrer Eltern.

Sie fanden Terry Marshall in der Tür zum Schlafzimmer.

Sie hatte ihre Putzklamotten an: ein kariertes Kopftuch, eine abgeschnittene Jeans und ein T-Shirt mit einem Aufdruck: EINSTEIN BROTHERS BAGELS.

»Sie ist reingeflogen, als ich das Zimmer lüften wollte«, erklärte ihre Mutter. »Sie macht alles kaputt. Kannst du mir helfen, Max? Ich möchte ihr nicht wehtun.«

Max spähte ins Schlafzimmer. »Sie« war eine Taube, die offensichtlich durch das offene Fenster hereingeflogen war und den Ausgang nicht mehr fand.

Federn klebten an dem breiten Panoramafenster, das einen Blick auf den Teich hinaus bot. Am Schnabel der Taube war ein wenig Blut zu sehen.

»Ganz ruhig, meine Kleine, ganz ruhig«, flüsterte Max der Taube zu. »Es ist alles in Ordnung, Schätzchen.«

»Was können wir tun?«, fragte Terry Marshall mit zitternder Stimme. »Kannst du mir ihr sprechen? Schaff sie hier raus! Bitte!«

»Sie hat *Angst*«, entgegnete Max verärgert. »Wir kümmern uns um sie, Moms.« Sie nannte Terry »Moms«, meistenteils aus Respekt, aber auch, weil es einfach praktisch war.

»Wir wissen, was wir tun müssen«, sagte Max und schob ihre Mutter aus dem Zimmer. »Überlass nur alles uns.« Dann schloss sie die Tür.

Matthew sah seine große, normalerweise schlaue Schwester an und verdrehte die Augen. »Wir reden mit der Taube? Was sollen wir ihr denn sagen? Werd vernünftig, dämlicher Vogel?«

»Keine Ahnung, Matty. Mir fällt schon irgendetwas ein.«

»Sollen wir sie fangen? Ich bin ganz vorsichtig.«

»Ich glaube nicht, dass das eine gute Idee wäre, Matty. Sie wird durchdrehen. Sie hat eine Todesangst, weil sie hier drin eingesperrt ist.«

Max öffnete die breiten französischen Glastüren, die vom Schlafzimmer auf einen kleinen Balkon führten.

Die Taube flatterte weiterhin gegen das Panoramafenster – das einzige Fenster, durch das sie den Raum definitiv nicht verlassen konnte. Sie war ein wunderschönes Tier mit einem

Federkleid in warmen Brauntönen und rosa Federn und einem rosa Schnabel.

»Setz dich einen Augenblick zu mir, Matty«, sagte Max schließlich. »Komm, hier zum offenen Fenster. Setz dich einfach hin.«

Matthew verdrehte erneut die Augen – seine absolute Lieblingsgeste, wenn ihm irgendetwas besonders verrückt erschien –, doch er setzte sich zu seiner Schwester. »Und was jetzt?«, wollte er wissen.

»Wir sprechen zu ihr. Es ist eine Carolinataube, und sie hat einen ganz charakteristischen klagenden Ruf. *Ooorrruuuu! Ooorrruuuu!*«

»Ooorrruuuu?«, fragte Matthew verächtlich schnaubend.

»Ganz genau, Matthew. Du hast es raus!«, ermutigte ihn seine Schwester.

»Ooorrruuuu.«

»Ooorrruuuu.«

Es dauerte zwei Minuten, doch schließlich nahm die Taube Notiz von den Geschwistern. Sie wollte sich nichts anmerken lassen, doch sie beobachtete die Menschen unauffällig. Und sie warf sich nicht mehr gegen das Panoramafenster. Sie flatterte wild, aber sie rannte sich nicht mehr den Schädel an der Glasscheibe ein.

»Ooorrruuuu«, flüsterten Matthew und Max abwechselnd.

»Ooorrruuuu.«

»Komm schon, Süße, hier entlang. Du schaffst es«, lockte Max.

»Ooorrruuuu.«

»Hier geht es raus. Komm her zu uns. Hier geht es nach draußen.«

»Ooorrruuuu.«

»Ooorrruuuu.«

»Es ist wirklich ganz einfach, du dummes Tier!«, rief Matthew frustriert. »Komm hierher! Hier geht es nach draußen!«

»Leise, Matt. Sie ist eine Mutter. Sie hat Angst um ihre Jungen. Du musst Geduld haben mit ihr.«

»Ooorrruuuu.«

»Ooorrruuuu.«

»Ooorrruuuu.«

»Ooorrruuuu.«

Dann, ganz plötzlich und ohne ein Dankeschön, flatterte die Carolinataube über ihre Köpfe hinweg durch die Balkontüren nach draußen. Sie flog mit absoluter Höchstgeschwindigkeit über den Teich und verschwand in dem Pinienwäldchen dahinter.

Als Terry Marshall endlich wieder ins Zimmer kam, um nachzusehen, saßen Matthew und Max am Boden und flüsterten immer wieder leise *»Ooorrruuuu«*.

»Wie eigenartig«, sagte die leibliche Mutter der beiden. »Ihr seid wirklich merkwürdig, wisst ihr das?«

Frannie hat dich gewarnt, entgegnete Max in Gedanken.

Nach der Vormundschaftsverhandlung fuhr ich nach Hause zurück, um mein Leben in der wunderschönen ländlichen Gegend von Colorado wieder in geordnete Bahnen zu führen.

Kit fuhr nach Washington, D.C.

Ich bin nicht sicher, ob einer von uns beiden wusste, warum wir uns trennten, doch ich glaube, es hatte etwas mit dem Verlust der Kinder zu tun und mit der Notwendigkeit zu trauern. Kit sagte, dass er in Washington zu tun hätte, wenigstens für den Augenblick, doch er würde häufig zu mir kommen und mich besuchen, so oft es nur ginge.

Zu Anfang telefonierten wir miteinander und schickten uns E-Mails, doch er besuchte mich nicht ein einziges Mal. Ich glaube, wir versanken in richtige Depressionen. Es war nicht schön, doch ich schätze, es war verständlich und menschlich, auch wenn es feige und dumm war von uns beiden, sowohl von ihm als auch von mir.

Das Leben in Colorado ging weiter, auch wenn es ein merkwürdiges, trauriges Ereignis gab – eine gute Freundin von mir war wie vom Erdboden verschwunden. Jessie Horvath war gestern noch da gewesen, und heute war sie fort, ohne die geringste Spur zu hinterlassen.

Es war Sonntagnachmittag gegen vier, und ich steckte bis

zu den Ellbogen in Blut und Eingeweiden. Meine übliche Arbeit in der Tierklinik.

Der Raum, in dem ich arbeitete, diente als OP-Saal, Untersuchungszimmer und Arzneimittellager gleichzeitig. Ringsum an den Wänden lagerten Utensilien, angefangen bei Wattebäuschen und Zungenspateln bis hin zu Hunderten von Plastikfläschchen mit den verschiedensten Pillen, ausnahmslos weiß. Ein einziges gerahmtes Bild hing an der Wand; es war ein Zeitungsfoto, das mich an der Spitze des Cause for Paws Hike, einer Benefizveranstaltung in Boulder, zeigte.

Auf dem Rand des Spülbeckens lag ein halb aufgegessenes Tunfischsandwich, das ich mittags dort hatte liegen lassen, als eine Frau vom Katzenschutz eine Wagenladung weiblicher Katzen zur Kastration vorbeigebracht hatte.

Gott sei Dank war das Ende der Arbeit in Sicht.

Ich nähte meine neunte und letzte Patientin wieder zu, eine große streunende Katze namens Sophie, als draußen ein gottloser Lärm aufbrandete.

Es war eine extrem laute Polizeisirene – und der Wagen hielt direkt vor meiner Tür.

Hoffentlich hatte nicht wieder jemand mit einem Geländewagen einen Hirsch oder ein Pferd angefahren. Eindeutig handelte es sich um einen Notfall.

Verdammt! Das konnte ich nun wirklich nicht mehr gebrauchen.

Ich verknotete den letzten Faden in Sophies Naht, legte sie in einen Käfig mit einer kuscheligen rosafarbenen Decke und eilte nach draußen, um zu sehen, was die Cops mir an neuem Ärger gebracht hatten.

»Ich komme!«, rief ich laut. »Schalten Sie endlich die verdammte Sirene ab! Ich komm ja schon!«

Das Inn-Patient, meine kleine Tierklinik, war eine knapp zweihundert Quadratmeter große Schachtel aus Holz und Glas, sechs Meter vom Highway zurückgesetzt, in der Nähe der Kreuzung in Bear Bluff, einer schönen, aber so winzigen Stadt, dass man hindurchfahren konnte, ohne sie überhaupt zu bemerken. Der Standort der State Trooper liegt nur zwei Meilen weiter, und ich kannte die meisten der »Staties« von den eingefangenen streunenden Pechvögeln und den angefahrenen Wildtieren, die sie mir im Verlauf der Jahre vorbeigebracht hatten.

Das rotierende Alarmlicht des Streifenwagens war immer noch eingeschaltet, als ich nach draußen auf den Parkplatz vor meinem Haus trat. Plötzlich kam mir ein Gedanke. Hoffentlich ging es nicht um meine verschwundene Freundin Jessie.

Trooper James H. Blake stieg aus dem Wagen. Er war ein massiver Bursche von eins neunzig mit gewaltigen Armen und einer fassförmigen Brust, der früher bei den Colorado State Fullback gespielt hatte. In den starken Armen hielt er einen dunkelbraunen Schlafsack, und dieser Schlafsack war blutgetränkt.

Muss das jetzt wirklich sein, James?, dachte ich bei mir.

Ich sah an ihm vorbei zum Streifenwagen und bemerkte zwei Jugendliche in karierten Hemden auf den Rücksitzen, einen Blondschopf und einen Rothaarigen, beide mit zornigen, schmollenden Gesichtern.

Mein Gefühl sagte mir, dass diese beiden Jungen die Urheber für das waren, was der Trooper im Schlafsack bei sich trug. Glauben Sie mir, ich habe mir sämtliche Erklärungen angehört, die es nur gibt, aber es bleibt dabei: Ich hasse die Jagd, und ich werde sie immer hassen.

Auch James Blake war aufgebracht, wie ich sehen konnte. Er hatte alle Mühe, sich im Zaum zu halten. Früher einmal hatte er ein paar Mal versucht, sich mit mir zu verabreden, und obwohl ich seine Einladungen ausgeschlagen hatte, war ich überzeugt, dass er ein netter, aufrichtiger und anständiger Bursche war. Warum ich mich nicht mit ihm getroffen habe? Weil ich eine dumme Kuh war. Und weil ich immer noch auf Kit wartete.

»Frannie, ich hoffe, Sie können helfen«, sagte James Blake, während er näher kam. Blut tropfte aus dem Bündel in seinen Armen auf den Kies unter seinen Füßen.

Ich stieß die Glastür auf und ließ James in den kleinen Empfangsbereich, um ihn anschließend an den Krankenzimmern Nummer eins und zwei vorbei in einen Untersuchungsraum zu führen.

»Nichts Neues wegen Jessie?«, fragte ich ohne viel Hoffnung.

»Nichts«, antwortete James.

Als wir am Pflegezimmer Nummer zwei vorbeikamen, fing ein schwarzer Bilderbuchlabrador, der von seinem Besitzer zur Kastration vorbeigebracht worden war, wie verrückt an zu heulen. Das stiftete den Basset mit der Magendrehung an sowie den streunenden Schäferhund auf der anderen Seite.

Und Pip, meinen eigenen Jack-Russell-Terrier, der meistens bei den Pflegehunden rumhing und nie Nein sagen konnte, wenn es um einen guten Bellwettbewerb ging.

Der Lärm erschreckte das Tier im Schlafsack, und es begann panisch zu zappeln.

»Gebt auf der Stelle Ruhe, Jungs!«, polterte ich die kläffenden Hunde an.

Ich führte James in das Untersuchungszimmer und schloss die Tür hinter uns. Auf einem Sessel beim Fenster lag ein streunender Hund und schlummerte in einem Stapel Kissen. Ich beugte mich über den Schlafsack und wickelte den Patienten darin vorsichtig aus.

Was es auch war, Hund, Katze, Waschbär, es würde eine schreckliche Sauerei werden, so viel wusste ich bereits jetzt.

Doch ich war vollkommen unvorbereitet auf das, was mich schließlich aus glasigen Augen anstarrte. Ein *Gymnogyps californianus* – ein Vogel, der in Colorado meines Wissens seit wenigstens zweihundert Jahren nicht mehr gesehen worden war!

»Was zur Hölle ist das, Frannie?«, fragte James.

»Ein Kalifornischer Kondor. Ich habe noch nie einen lebenden gesehen. Sie gelten in dieser Gegend als ausgestorben.«

Es war ein merkwürdiges Tier, alles was recht ist. Mein neuer Patient besaß einen kahlen Schädel von der Größe einer Mango, dazu einen langen gekrümmten Schnabel, dessen Ansatz von pinkfarbenen Hautlappen überdeckt wurde. Mitten auf dem Kopf wuchs ein Fleck steifer schwarzer Federn, und wo der kahle Hals endete, war ein dichter Ring schwarzer, flauschiger Federn, der in das Körpergefieder überging und der armen Kreatur das Aussehen eines müden alten Mannes in einem halben Gorillaanzug verlieh.

»Ein hübscher Bursche«, sagte Blake.

Ich musste lachen. »Jedenfalls ist es ein ziemlich seltener Bursche, so viel steht fest. Es gibt nur noch etwa hundertsechzig auf der Welt, und davon lediglich sechzig in freier Wildbahn. Die übrigen hundert sitzen in irgendwelchen Brutgehegen.«

Es war die traurige Wahrheit. Früher waren die Kalifornischen Kondore weit verbreitet gewesen, doch bis 1987 waren alle bis auf ein klägliches Dutzend gewildert, vergiftet oder abgeschossen worden. Nur mit Hingabe und harter Arbeit war es gelungen, ihre Zahl in Gefangenschaft wieder auf den gegenwärtigen Bestand zu bringen.

Das Tier besaß einen orangefarbenen Ring an seinem gesunden Flügel, der mir verriet, dass es aus der Kolonie bei den Vermillion Cliffs im nördlichen Arizona kam, etwa fünfhundert Kilometer von hier entfernt. Das war für einen Kondor kaum mehr als ein kurzer Spaziergang. Sie konnten stundenlang in den Luftströmungen schweben, ohne auch nur einen einzigen Flügelschlag, und dabei Geschwindigkeiten von achtzig und mehr Kilometern in der Stunde erreichen.

Dieses spezielle Exemplar hier jedoch würde vielleicht nie wieder fliegen. Die Kugel des Jägers hatte seinen Flügel zerschmettert, und ich war nicht sicher, ob ich ihn wieder so weit zusammenflicken konnte, dass er zu gebrauchen war.

Der Kondor öffnete den Schnabel und krächzte mich an, als hätte er meine Worte verstanden. »Schon gut, Junge«, sagte ich beruhigend. »Drücken wir ihm die Daumen, James«, wandte ich mich an den Trooper. »Er hat eine Menge Blut verloren. Ich werde mein Bestes tun, aber vielleicht reicht es nicht.«

James H. Blake seufzte. »Ich nehme diese beiden bösen Buben mit auf die Station«, entgegnete er. »Mal sehen, womit ich sie bestrafen kann.«

»Nur zu. Meine Einwilligung haben Sie. Ich hoffe auf fünfzehn Jahre bis lebenslänglich.«

Er grinste. »Sie sind ein Softie, Frannie. Ich melde mich wieder bei Ihnen.«

»Ich bin ein Softie, da haben Sie Recht. Sie wissen ja, wo Sie mich finden.« Doch als ich das sagte, hatte ich Trooper James H. Blake schon fast wieder vergessen.

Ich rieb mir die Hände mit Desinfektionsmittel ein und machte mich an die Arbeit. Arbeit war das Einzige, was mich in letzter Zeit ablenken konnte. Es hielt mich vom Nachdenken ab.

Meine Müdigkeit war einer nervösen Aufregung gewichen. Und Angst.

Eine Operation an diesem seltenen Vogel bedeutete eine große Verantwortung, und ich musste sie ohne Hilfe durchführen. Die Hunde in den Pflegezimmern bellten noch immer, was das Zeug hielt, also drehte ich das Radio laut und suchte einen guten Sender. Es beruhigte meine Nerven und die des Vogels wahrscheinlich auch. Ich erkannte eine Auskopplung aus dem letzten Album von Moby. Gute Wahl – ich mochte diese Art von Musik sehr.

Ich leuchtete dem Kondor in die Augen und hoffte auf einen Reflex. Es gab keinen. Der Zustand des Vogels verschlechterte sich von Sekunde zu Sekunde.

»Komm schon, mein großer Junge«, sagte ich. »Lass mich jetzt nicht im Stich. Du hast ein verdammt großes Herz. Zeig es mir.«

Ich schob dem Tier eine Maske über den Schnabel und drehte die Flasche mit der Isofluoran-Mischung auf. Das Gas zischte durch den Plastikschlauch.

Erst als der Vogel betäubt war, wagte ich, den Schlafsack ganz zu öffnen und das Tier auf den Untersuchungstisch zu legen. Vorsichtig untersuchte ich den zerschmetterten Flügel.

Wie ich vermutet hatte, stand er in einem unnatürlichen, grotesken Winkel vom Gelenk ab. Ich schob die Federn von der verletzten Stelle und bemerkte, dass der gebrochene Knochen sich durch die empfindliche, pergamentdünne Haut gedrückt hatte. Schlimmer noch, die Wundränder hatten angefangen, sich grünlich zu verfärben.

Es war eine schwere Verletzung, so viel stand fest.

Ich hoffte, dass es mir gelang, das Tier am Leben zu halten.

Doch ich machte mir auch Sorgen, dass es nie wieder würde fliegen können und dass es zu einem Leben im Käfig verdammt war.

Während aus dem Lautsprecher des Radios die Stimme von Macy Gray drang, kramte ich in meinen Schränken über dem Spülbecken nach den Dingen, die ich benötigen würde. Ich mochte Macy ebenfalls. Das Problem beim Zusammenflicken gebrochener Flügel ist, dass sie hohl sind und man keine Metallnägel einsetzen kann. Ich hatte viel an verletzten Vögeln gearbeitet und meine eigene chirurgische Verfahrensweise entwickelt, und ohne mich unnötig loben zu wollen – sie funktionierte meistens ganz ausgezeichnet.

Ich streckte die Flügelknochen, dann schob ich dem Tier einen kleinen, endotrachealen Schlauch in den Bruch. Man benötigt unglaubliche Konzentration und eine absolut ruhige Hand, um dies zu bewerkstelligen. Ich hielt den Atem an, während ich den Schlauch tiefer und tiefer durch den gebrochenen Knochen schob, bis er am anderen Ende auf Widerstand stieß. Geschafft. Ich atmete endlich wieder durch.

Ein Vogelflügel besitzt nicht viel weiches Gewebe. Ich schnitt das entzündete Fleisch weg, spülte die Wunde mit einer antiseptischen Lösung aus, so gut es ging, und verschloss zu guter Letzt die Wunde mit einer Reihe von einfachen Kreuzstichen.

Ich richtete mich auf und betrachtete zufrieden meine Arbeit. Saubere Chirurgie.

Bravo, dottoressa!

Ich legte den Flügel des Kondors zusammen und stabilisierte die Bruchstelle, indem ich den gesamten Flügel mit einem Achterverband am Rumpf des Tiers sicherte. Falls der Vogel versuchte, den Flügel zu spreizen, würde sich der Verband nur noch fester um ihn legen, wie bei einer chinesischen Fingerfalle.

Als ich damit fertig war, trug ich das sicherlich dreizehn oder vierzehn Kilo schwere Tier in ein Nachbarzimmer, das meine Teilzeitassistentin Janna und ich als Vorratsraum für Arzneimittel, Verbandsstoffe und sonstige Verbrauchsmaterialien benutzten. Hier gab es keine Hunde, doch in einer Ecke stand ein großer Käfig. Eine perfekte Herberge für diesen mächtigen Burschen, der ohne Zweifel in Gefangenschaft aufgewachsen war.

Vorsichtig legte ich den Kondor hinein, deckte den Käfig mit einem Tuch ab und schaltete das Licht aus.

»Gute Nacht, mein Großer«, sagte ich zu ihm. »Schlaf gut, du Prinz von Colorado.«

Anschließend kehrte ich in den OP-Raum zurück, um dort aufzuräumen.

Während der zwei Stunden, die ich an dem Kondor operiert hatte, war in mir ein Gefühl aufgestiegen, das ich nicht genau identifizieren konnte. Nun, da die Arbeit getan war, übermannten mich die Erschöpfung und eine tiefe Traurigkeit. Es waren die Kinder. Die Operation des Kondors hatte mich daran erinnert, wie sehr ich jedes einzelne der sechs vermisste.

Ich stellte mir ihre Gesichter vor.

Zählte in Gedanken ihre Finger und Zehen.

Ich warf das Tunfischsandwich in den Mülleimer und den blutigen Schlafsack gleich hinterher. Dann wusch ich den Tisch aus rostfreiem Stahl blank, säuberte das Spülbecken, wischte den Boden und ging zu Bett.

Frannie! Wenn du da bist, geh ran!«, sagte eine drängende Stimme. »Los, mach schon. Mach schon, Frannie!« Ich war eingeschlafen, doch plötzlich war ich hellwach. Ich streckte die Hand aus und stieß – wenigstens schon zum vierten Mal in diesem Monat – einen Aschenbecher des alten Hotel Boulderado von 1909 vom Nachttisch. Irgendjemand wollte mir anscheinend sagen, dass ich mit dem Rauchen aufhören sollte.

Max?, dachte ich verschlafen.

»Max! Oh, Max!«, sagte ich und riss den Hörer von der Gabel. Es war Max' Stimme auf dem Anrufbeantworter. »Ich habe gerade an dich gedacht! Das muss Telepathie gewesen sein. Das ist großartig, Kleines! Wie geht es dir? Und Matt?«

»Ganz gut so weit, schätze ich«, kam es aus dem Hörer, doch der merkwürdige Klang dieses »schätze ich« durchbohrte mein Herz.

»Was ist los, Kleines? Rede mit mir! Es ist mir egal, wie spät es ist! Was ist passiert?«

»Oh, nichts«, sagte sie mit falscher Stimme. Max konnte manchmal wie eine richtige Zwölfjährige sein.

»Nun, ich schätze, du hast heute Nacht keine Lust, über dich zu reden, wie? Was macht Matthew?«

»Ach, Frannie. Es ist so verdammt schwer für ihn, anders zu sein als andere Kinder.«

»Erzähl mir mehr.«

Es gelang mir, in meinen alten Flanellbademantel zu schlüpfen, ohne das Telefon aus der Wand zu reißen, während Max mir von den hasserfüllten Anschlägen in Pine Brush, Colorado, erzählte. Jeden Tag gab es wenigstens einen Zwischenfall in der Schule. »Gemeine Beschimpfungen und Schlimmeres«, berichtete Max.

Ich bemühte mich, die richtigen Worte zu finden, auch wenn die anklagende Stimme von Catherine Fitzgibbons in meinem Kopf widerhallte: *Sie waren nie Mutter, nicht wahr, Dr. O'Neill?*

»Kinder können manchmal sehr grausam sein, Max«, versuchte ich sie zu trösten. »Ich bin sicher, dass ihr alles richtig gemacht habt. Wisst ihr, menschliche Kinder sind nicht die Einzigen, die versuchen, sich gegenseitig wehzutun. In Vogelnestern versuchen die ältesten Küken oft, die schwächeren, jüngeren Geschwister nach draußen zu stoßen, damit sie mehr Futter für sich bekommen. Diese Dinge geschehen.«

»Ja, vermutlich hast du Recht«, räumte Max ein, doch sie klang nicht überzeugt. Ich musste immer wieder daran denken, dass sie einen IQ von mehr als hundertachtzig besaß. Und außerdem ein fotografisches Gedächtnis.

»Ist ja auch egal. Lass uns von schöneren Dingen reden«, versuchte sie das Thema zu wechseln, vielleicht ein wenig zu schnell. Sie erzählte mir von einem netten, einfühlsamen Jungen namens Mickey, den sie in der Schule kennen gelernt hatte und den sie mochte. »Er scheint mich ebenfalls zu mögen, mit Flügeln und allem«, fügte sie hinzu. Dann erkundigte sie sich, wie mein neues und verbessertes Patient Inn lief. Ich erzählte ihr von dem Kondor, den ich am Abend operiert hatte.

»Wow!«, rief Max. »Den würde ich mir zu gerne einmal ansehen!« Ein wenig ihrer alten Energie kehrte zurück. »Ich vermisse dich, Frannie. Wir alle vermissen dich! Matthew schickt dir ganz liebe Grüße und Küsse. Genau wie Ozymandias. Und Icarus.«

»Ich vermisse euch alle ebenfalls, Kleines«, sagte ich sanft.

Ich achtete darauf, ihr nichts von meiner eigenen starken Sehnsucht zu erzählen, um es ihr nicht noch schwerer zu machen. Ich erwartete, dass Max seufzend zustimmte, wie sie es immer tat, doch diesmal reagierte sie anders. Ihre Stimme klang ganz plötzlich erstickt. »Ich muss jetzt auflegen.«

»Max? Was ist los? Was geht da vor bei euch? Du hast noch etwas anderes auf dem Herzen, habe ich Recht? Rede mit mir!«

»Ich kann nicht darüber reden, Frannie. Ich darf nicht«, antwortete sie. »Aber es tut so verdammt weh, mit niemandem reden zu können. Es ist ganz schrecklich. Tut mir Leid, bitte entschuldige, ich muss jetzt auflegen.«

»Wovon redest du da, Max? Du überschlägst dich ja fast. Mach langsam, Liebes.«

Totenstille an ihrem Ende der Leitung. Ich fragte erneut. Ich bettelte förmlich. Lockte, versuchte zu beruhigen. »Komm schon, Max. Du hast Angst. Ich kann es an deiner Stimme hören.«

»Ich darf nicht mit dir darüber sprechen«, entgegnete sie. »Es ist gefährlich, und es ist hoffnungslos. Frannie, es ist noch viel schlimmer, als die Schule damals war. Die Leute sind schlimmer, und was sie tun, ist schlimmer. Ehrlich. Manchmal glaube ich, dass sie mich und Matthew beobachten. Ich bin ganz sicher, dass sie uns beobachten. Ich hab sie zweimal gesehen. Ich muss jetzt aufhören. Ich hab dich lieb!«

Und mit diesen Worten legte Max auf.

Max bemühte sich angestrengt, nicht an die vor ihr liegenden Probleme zu denken und an die Unbekannten, die sie und Matthew heimlich beobachteten. Auch wenn sie diese Leute wieder bemerkt hatte – zum dritten Mal nun schon. Sie konzentrierte sich stattdessen auf andere Dinge – das Kleinstadtleben beispielsweise.

So schlau und klug sie in mancherlei Hinsicht auch sein mochte, wenige Tage später fand sie sich in einer komplizierten Situation wieder. Sie hatte eine »Verabredung«, und zwar mit einem der wirklich »Süßen« aus ihrer Schule, einem großen, blonden, athletischen Burschen namens Mickey Bosco. Sie hatte sich von Typen wie Mickey stets fern gehalten – bis er sie um eine Verabredung gebeten hatte.

Sie redeten nicht viel miteinander, Max und der blonde Athlet, während sie den steilen, felsigen Hügel hinaufkletterten, der sich an der Westseite der Schoolhouse Road hinzog. Doch während sie sich einen Weg durch das dichte Gestrüpp bahnte, kam ihr der Verdacht, dass diese Verabredung eine schlechte Idee gewesen sein könnte.

Sie wollte Mickey zeigen, wie es war, zu fliegen. Sie hatte es ihm versprochen.

»Wir müssen dort auf den Felsvorsprung«, erklärte sie und deutete in die Richtung. Sie klang zuversichtlich, doch in ihrem Kopf war eine warnende Stimme, die nicht verstummen wollte. Die Stimme sagte wieder und wieder: »Das ist total dumm, Max. Das schlaueste Mädchen in der Klasse, aber das dümmste draußen auf der Straße.«

»Du bist so still, Max«, bemerkte Mickey, während er über einen Felsen kletterte. »Bist du immer so?«

»Ich versuche nur, nicht das Gleichgewicht zu verlieren und mir das Genick zu brechen. Vielleicht solltest du dich auch darauf konzentrieren.«

»Ja, sicher«, antwortete Mickey. »Kein Problem, ehrlich. Ich wollte nur sicher sein, dass mit dir alles in Ordnung ist.«

»Alles in Ordnung. Danke der Nachfrage.«

Max' Reeboks rutschten auf den kleinen Steinchen immer wieder ab. Mickey war direkt hinter ihr. *Ganz nah.* Weit unter ihnen verlief die viel befahrene, laute Straße. Und auf der anderen Seite der Straße erstreckte sich freies, offenes Land. Es sah verlockend aus und viel sicherer.

Schließlich waren sie oben angekommen. »Bist du bereit?«,

fragte Max. »Wir müssen das nicht tun, wenn du es nicht willst.«

»Machst du Witze? Ich bin total aufgeregt! Das wird das größte Abenteuer aller Zeiten!«

Max seufzte innerlich, während sie sich vornüber beugte und die Hände auf die Knie stützte. »Los, steig auf. Keine Angst, ich bin stark.«

Mickey Bosco stieg auf ihren Rücken und umklammerte mit den Beinen ihren Leib. Er schlang die Arme unter ihren Flügeln hindurch und verschränkte die Hände vor ihrer Brust. Er war *verdammt* schwer.

»Das ist gar nicht schlecht, so zu sitzen«, sagte er schließlich. »Bist du sicher, dass du mich tragen kannst?«

»Und eins, und zwei, und drei ...«, zählte Max. »Los geht's!«

Sie stieß sich vom Felsen ab, und sie waren in der Luft.

»Heilige Scheeeeeiiiiiße!«, kreischte Mickey. »Waaaaahnsinnn! Das ist unglaublich! Wir fliegen! Ich fliege tatsächlich!«

Max empfand das Abenteuer nicht ganz so berauschend. Es ging irgendwie vom ersten Augenblick an alles schief. Statt an Höhe zu gewinnen, sackte sie mehrere Meter durch, der Straße tief unten entgegen. Mickey bedeutete *eine Menge* Zusatzgewicht, selbst für jemanden, der so stark war wie Max.

Also schlug Max heftig mit den Flügeln. Und plötzlich bekam sie Angst! Sie war erst kurze Zeit in der Luft, und schon schmerzten ihre Lungen, und ihre Flügelmuskulatur brannte wie ein Motor, der jeden Augenblick in Flammen aufgeht. *Das ist nicht gut!*

Nach dem irren Gejohle auf ihrem Rücken zu urteilen, hatte Mickey nicht die geringste Ahnung, wie schlimm es aussah und wie sehr er sich eigentlich ängstigen müsste. Sie streckte ihre machtvollen Flügel aus und trieb die Luft nach hinten, und endlich fand sie eine Aufwärtsströmung und gewann ein wenig an Höhe.

»Macht's Spaß?«, fragte sie einige Sekunden später, nachdem sie wieder halbwegs zu Atem gekommen war.

»Das ist der Hammer!«, brüllte Mickey ihr ins Ohr. »Du bist der absolute Hammer, Baby! Die Beste von allen!«

Max nahm an, dass es etwas Gutes bedeutete, und endlich lächelte auch sie. Vielleicht funktionierte es am Ende doch. Sie schlug erneut mit den Flügeln. Sie würde sich nicht sicher fühlen, bevor sie nicht den Highway überquert und das freie Land vor sich hatten.

Dann spürte sie etwas vollkommen Unerwartetes, und es schockierte sie grenzenlos. Mickey Boscos Hände tasteten forschend über ihre Brust.

Er betatschte sie!

Lass das!«, kreischte Max. »Hör sofort auf damit! Nimm deine Hände weg!« Sie verdrehte den Kopf, um dem blonden Jungen in die Augen zu sehen. Er ließ sich nicht beeindrucken und betastete weiter ihre Brust.

»Du hast ja gar keine Titten!«, rief er lachend. »Du bist flach wie ein Brett!«

Max spürte, wie sie innerlich kalt wurde. Vor wenigen Augenblicken noch hatte sie Mickey Bosco gemocht. Jetzt war ihr schlecht vor Scham, und sie fühlte sich verlegener als jemals zuvor in ihrem Leben. Sie hasste den großen blonden Jungen dafür, dass er so flegelhaft, derb und vollkommen rücksichtslos war.

»Ich brauche keine Brüste!«, versuchte sie zu erklären.

»Nun, ich schon!«, sagte Mickey Bosco und lachte erneut. Er klang wie ein Macho in einem Umkleideraum voller Kumpane, und Max wusste instinktiv, dass diese Geschichte dort die Runde machen würde.

Ihre Augen füllten sich mit Tränen, und sie konnte nicht mehr richtig sehen. Ihr Herz fühlte sich unglaublich schwer an. Ein Stück voraus bemerkte sie einen Farmteich. Kanadagänse flatterten aus dem Wasser auf, als sie sich näherte.

»Ich hatte dich gebeten aufzuhören!«, flehte Max. »Bitte.«

»Was kann es denn schaden?«, entgegnete der Junge und brüllte vor Lachen. »Da ist doch nichts, das ich verletzen könnte, richtig?«

»Nur meine Gefühle«, murmelte Max. »Du verdammter Mistkerl!«

Einem Impuls folgend, ging sie in eine weite Kurve über und hielt genau auf den schlammigen Teich zu. Als sie sich mitten über der Wasserfläche befand, zog sie die Flügel an. Sie fielen wie Steine zu Boden.

»Diesen kleinen Stunt nenne ich ›die Kugel‹!«, sagte sie und drehte sich zu Mickey um. »Ist das nicht der Oberhammer? Der absolute Wahnsinn?«

Sie spürte, wie sich sein Griff lockerte, wie seine Hände und Beine an ihr entlangglitten. »Heeeeeey!«, rief er erschrocken. »Hör auf damit! Um Himmels willen, Max! Mach langsamer! Ich falle noch runter!«

Max antwortete nicht. Schließlich rief sie: »Pass auf! Jetzt kommt der Rollercoaster! Das ist extrem! *Bon voyage*, du kleiner Mistkerl!« Sie führte ein scharfes Wendemanöver aus, einen vertikalen Immelmann, und Mickey Bosco verlor vollends den Halt.

Er kreischte, als er an ihrem Leib entlangschlitterte und schließlich stürzte – wenigstens fünfzehn Meter tief, mitten in das schlammig braune Wasser. Er landete mit einem äußerst befriedigenden Platschen, genau wie Max es einige Abende zuvor in dem Film *Schwer verliebt* mit Gwyneth Paltrow gesehen hatte, einer ihrer absoluten Lieblingsschauspielerinnen.

Max beobachtete, wie Bosco versank und prustend wieder an die Oberfläche kam. Sie kreiste einmal ohne Eile, bis sie sich überzeugt hatte, dass der Dummkopf nicht ertrinken würde. Als er schließlich anfing, durch Wasserpflanzen und Dreck zum Ufer zu kraulen, blies Max ihm einen Handkuss zu. Er zeigte ihr den Mittelfinger.

»Auf die erste Liebe!«, rief Max.

Ihre Gefühle waren durcheinander, und sie musste über ein paar Dinge nachdenken. Nördlich vom Teich lag ein kleines Dickicht aus immergrünen Nadelhölzern. Max suchte sich die größte Drehkiefer aus, ließ sich in die Krone fallen und hockte sich auf einen stabil wirkenden Ast.

Sie lehnte die Stirn gegen die raue Borke des Stamms. In ihren Augen standen Tränen, und sie hasste dieses Gefühl. Sie hasste es, schwach zu sein. Wieso hatte sie zugelassen, dass ein

Kerl wie Mickey Bosco sie verletzen konnte? *Niemals wieder*, schwor sie sich. Jedenfalls nicht in diesem Leben.

Dann hielt sie inne und lauschte auf die Geräusche rings um sich: das konstante Knarren von Zweigen und Ästen, das Rascheln von Blättern, das Geräusch von Insekten, die ihre Flügel aneinander rieben. Ihr Herzschlag verlangsamte sich auf die normale Geschwindigkeit. Sechzig Schläge pro Minute. Ihr Atem kam auch endlich wieder zur Ruhe.

Sie fing an nachzudenken, und bald hatte sie eine klare Vorstellung von ihren Problemen.

Sie wollte akzeptiert werden hier in Pine Bush, Colorado, doch sie hatte keine Chance.

Sie wollte imstande sein, den Menschen zu vertrauen, doch das ging einfach nicht.

Nicht einmal annähernd! Sie musste dies akzeptieren und lernen, damit zu leben.

Die Einzigen, auf die sie zählen konnte, waren die anderen Vogelkinder. Und Frannie und Kit. Sieben Menschen auf der ganzen Welt, und sie durfte nicht einmal mit ihnen über das Geheimnis sprechen, das ihr am meisten von allen Angst machte. Sie war gewarnt worden. Sie musste schweigen.

Wenn du redest, bist du tot.

Nein, sie konnte mit niemandem über die grauenvollen Dinge sprechen, die an einem Ort geschahen, den sie das »Hospital« nannten.

Sie würde niemals darüber reden.

Nicht ein einziges Wort.

Außerdem – wer sollte ihr glauben?

Es wurde allmählich dunkel, und im Westen und Süden sah es wirklich übel aus. Schwarze Regenwolken zogen auf, als Max sich endlich in die Luft schwang und zum Ranchhaus der Marshalls an der Ames Road in Pine Bush zurückflog. Sie war noch einen ganzen Block weit entfernt, als sie einen alten schwarzen Honda in der Auffahrt bemerkte. Eine große, dünne Frau war ausgestiegen und redete mit ihrer Mutter.

Was hat das nun schon wieder zu bedeuten?

Sie erkannte die Besucherin im ersten Augenblick nicht.

Dann machte es *Klick!*

Denver!

Max erinnerte sich an das Gesicht, sogar an den Namen der Frau, die bei der Vormundschaftsverhandlung dabei gewesen war. Linda Schein. Eine Reporterin von der *Denver Post*.

Warum ist sie hergekommen? Was will sie in Pine Bush? Lieber Gott, warum können sie uns nicht einfach in Ruhe lassen?

Ich habe keine Lust mehr auf diese Freak-Storys! Ich habe absolut keine Lust mehr! Vergessen Sie das besser, gute Frau!

Max stellte die Flügel auf, was den gleichen Effekt hatte, als würde sie bremsen. Sie landete auf dem Rasen vor dem Haus und sah, wie die Reporterin die Augen aufriss. Wahrscheinlich ärgerte sie sich grün und schwarz, dass sie keinen Fotografen mitgebracht hatte.

Dann lächelte Linda Schein ihr bestes Sonntagslächeln. »Hi, Max. Nett, dass du vorbeischaust.«

»Ich wohne hier«, entgegnete Max trocken. »Was wollen Sie?«

Terry Marshall stand unter dem Licht im Hauseingang. »Max, das ist eine wichtige Reporterin aus Denver. Sie ist den ganzen Weg hierher gefahren, um dich zu sprechen.«

»Linda Schein«, stellte sich die Frau vor und streckte Max die Hand entgegen. Sie war ungefähr in Frannies Alter und einigermaßen attraktiv, doch sie war für Max' Geschmack zu aufgetakelt, auch wenn Max sich bemühte, sie nicht nach ihrem Make-up und ihrem Lippenstift zu beurteilen.

»Ich erinnere mich an Sie, Miss Schein. Ich glaube, Sie müssen die siebenundvierzigste Reporterin sein, die zu uns nach Hause kommt. Irgendwas in der Art. *Rocky Mountain News*? Nein, Sie sind von der *Denver Post*, nicht wahr?«

»Nicht im Moment, nein. Ich schreibe ein Buch. Ich weiß, ich hätte zuerst anrufen sollen, aber ich hatte gehofft, dass du dir vielleicht ein paar Minuten Zeit nimmst, um mit mir zu reden. Es tut mir wirklich Leid, Maximum. Deine Mutter hat gesagt, es wäre in Ordnung, falls du einverstanden wärst.«

Meine Mutter hat gesagt, es wäre in Ordnung? Max schüttelte den Kopf, doch dann ergab sie sich in ihr Schicksal. »Kommen Sie mit rein, Miss Schein. Oder möchten Sie das Interview lieber in einem Baum führen? Jemand hat mich mal darum gebeten, wissen Sie? Echt kreativ. Aber das Beste war der Fernsehtyp, der aus einem Flugzeug springen und mich in der Luft befragen wollte. Ich sagte, in Ordnung – wenn er seinen Fallschirm an Bord lässt.«

Max betrat das Haus und überließ es ihrer Besucherin, ob sie ihr folgen wollte oder nicht. Sie ging in ihr Zimmer. Es war cremeweiß gestrichen mit einer Blumenbordüre unter den Deckenkassetten. Sie besaß einen auberginenfarbenen Apple-iMac-Computer mit Flying-Goose-Bildschirmschoner, ein Bett mit einem Baldachin, ein paar Regale mit Büchern und Fossilien und anderen gefundenen Schätzen. Die Marshalls hatten sich alle Mühe gegeben, ihr ein schönes Zuhause zu schaffen. Ein Punkt für Moms und Pops.

Max setzte sich auf die Bettkante und wartete, während die Schriftstellerin ihr Zimmer in Augenschein nahm. Sie machte eine höfliche Bemerkung über Max' Star-Karte von Hollywood und ihr *40-Days-and-40-Nights*-Filmposter, Vierzig Tage und vierzig Nächte, doch es dauerte nicht lange, bis sie zum Kern ihres Besuchs kam. Und der war …

»Ich interessiere mich für Kindesmissbrauch«, sagte Linda Schein, während sie sich im Sessel neben dem Schreibtisch niederließ. »Ich wurde selbst missbraucht.« Max war nicht sicher, ob sie ihr glauben sollte oder nicht. Sie wusste bereits, dass manche Reporter das Blaue vom Himmel logen, selbst in ihren Storys. »Nachdem ich dich und die anderen Kinder bei der Vormundschaftsverhandlung gehört hatte, wuchs mein Interesse an institutionellem Missbrauch, Max. Ich möchte mehr über diese ›Schule‹ in Erfahrung bringen. Bitte erzähl mir, was dort passiert ist. Es ist wichtig – für uns beide. Ich glaube, du weißt selbst, wie wichtig es ist.«

»Das ist Vergangenheit«, antwortete Max leise. »Die Schule existiert nicht mehr. Die Leute, die dort gearbeitet haben, sind entweder tot oder im Gefängnis.«

Die Schriftstellerin kniff die Augen zusammen und starrte Max misstrauisch an. Max konnte sehen, dass sie sich nicht so einfach hinters Licht führen ließ. Sie war gerissen. »Das glaube ich nicht«, sagte Linda Schein. »Und ich glaube auch nicht, dass du davon überzeugt bist. Sie sind nicht *alle* im Gefängnis. Ich irre mich nicht, oder?«

»Wie meinen Sie das?«, erwiderte Max, ohne dass es ihr gelungen wäre, ihre aufkeimende Besorgnis aus der Stimme zu halten. Sie starrte die Schriftstellerin an. Den Eindringling.

»Ich weiß eine Reihe von Dingen, Max. Ich habe Kontakte in Washington mit Zugang zu geheimen Regierungsdokumenten. Ich habe ein paar Nachforschungen angestellt und fand ein Memo von einem gewissen Dr. Brownhill in einem versiegelten Anklagebeschluss der Grand Jury. Es war ziemlich entsetzlich. Dieses Memo handelte von einem laufenden Projekt, einem Ableger deiner ›Schule‹. Ich weiß, dass dieses Projekt existiert, Max. Ich weiß etwas über ein so genanntes ›Projekt Resurrection‹. Was bedeutet ›Resurrection‹, Max? Gibt es einen Ort, den man das ›Hospital‹ nennt? Es gibt ihn, nicht wahr? Du musst mir erzählen, was du weißt!«

»Sie müssen jetzt wirklich gehen«, sagte Max unvermittelt. »Sie liegen völlig falsch. Das ist doch verrückt! Warum können Sie Reporter uns nicht einfach in Ruhe lassen?«

Sie erhob sich und stieß ihre Zimmertür für die Reporterin auf. Dann bekam sie plötzlich Gewissensbisse. Sie fühlte sich veranlasst, eine Warnung hinzuzufügen. »Graben Sie nicht tiefer in dieser Sache, Miss Schein. Bitte glauben Sie mir. Wenn Sie darüber sprechen, können Sie sterben. Ich übertreibe nicht.« *Wenn du redest, bist du tot.* »Sie liegen weit daneben, wirklich, aber Sie könnten trotzdem Schaden nehmen.«

Max führte die Reporterin nach draußen in den Flur, doch Miss Schein wollte nicht lockerlassen. Nicht so leicht jedenfalls. »Max, du kannst es doch nicht dabei belassen! Ich sehe, dass du verängstigt bist. Ich denke, ich kann das verstehen. Gib mir noch ein paar Minuten, ja? Rede mit mir, bitte. Was ist dieses ›Projekt Resurrection‹? Wo findet es statt?«

Max schüttelte den Kopf. »Ich habe Ihnen nichts zu sagen.

Sie suchen an den falschen Stellen.« Und erneut fühlte sie sich getrieben hinzuzufügen: »Bitte denken Sie an meine Warnung, Miss Schein. Und jetzt fahren Sie zurück nach Denver. Fahren Sie vorsichtig.«

Voller Angst und den Tränen nah schloss Max die Tür hinter sich und lehnte sich von innen dagegen. Als sie hörte, wie der Wagen der Schriftstellerin endlich das Grundstück verließ, ließ sie sich vollständig angezogen auf ihr Bett fallen. Aufgeputscht und aufgelöst, beides zur gleichen Zeit.

Jetzt hatte sie es doch getan. Sie hatte darüber gesprochen. Und ausgerechnet mit einer Schriftstellerin. Einer investigativen Journalistin.

Man würde es herausfinden. Man würde es merken, und dann waren Max und all die anderen Kinder in schrecklicher Gefahr.

Wenn du redest, bist du tot.

Erst recht, wenn du über Resurrection geredet hast.

Wenn du redest, bist du tot. Wenn du redest, bist du tot, tot, tot. Es war erst zwei Uhr morgens, und Max wälzte sich seit Stunden in ihrem Bett. Sie hatte Kopfschmerzen vom Druck der vielen Gedanken, und sie konnte diese Kopfschmerzen nicht länger ertragen.

Sie nahm ihr Mobiltelefon und wählte eine Nummer.

Ihr bester Freund auf der ganzen Welt antwortete, und sie redeten weniger als eine Minute. Nur für den Fall, dass jemand lauschte.

Dann streifte Max die Decke ab und zog sich für einen kalten Nachtflug an. Sie musste sich mit ihrem Freund treffen, so schnell wie möglich.

Es spielte keine Rolle, dass nächtliche Flüge gegen die von Terry und Art Marshall aufgestellten Regeln verstießen. Ihre absurden, spießigen Regeln waren Max vollkommen gleichgültig. Schon immer gewesen. Die meisten Eltern stellten Regeln doch nur zu ihrer eigenen Bequemlichkeit auf, oder?

Sie musste sich mit Ozymandias treffen. Jemand wusste etwas über Resurrection. Eine Reporterin wusste etwas, und

Reporter waren nicht gerade dafür bekannt, dass sie ihre dicken, fetten Mäuler geschlossen hielten.

Max schlich die Hintertreppe hinunter und durch das stille Haus in den Vorraum.

Dort nahm sie ihre silberne Weste von einem Haken und zog sie über T-Shirt und Jeans.

Sie schnürte die Bänder ihrer Turnschuhe zusammen und hängte sie sich um den Nacken. Dann steckte sie ihren Discman in die eine und das Handy in eine andere Tasche.

Als sie fertig war, verließ sie still und leise das Haus der Marshalls durch die Hintertür.

Es war zwanzig nach zwei.

Höchste Zeit.

Wenn du redest, bist du tot.

Der Mond war hinter dichten Wolken verborgen, während Max barfuß über den gesamten Hof rannte. *Feucht vom Tau und kalt, kalt, kalt.*

Ich wünschte, wir wären wieder alle zurück bei Kit und Frannie, dachte Max. *Ich wünschte, es wäre wieder so, wie es früher war. Gemüsepizzas und Essen am Lagerfeuer, lange Unterhaltungen, nächtliche Wanderungen und Ausflüge über den Bäumen.* Max zwang sich zur Vernunft. Das alles war Vergangenheit. Geschichte. Vorbei. Hier war jetzt. Und hier hieß es: *Wenn du redest, bist du tot.*

Sie streckte die Arme nach vorn und spannte ihre wunderschönen Flügel. Die Gelenke öffneten sich automatisch, und die Federn spreizten sich. Bernoullis Prinzip in Aktion.

Die Luft umfloss die Flügel, und Max schwebte nach oben, als würde sie von der Luft förmlich aufgesogen. Als sie den Boden hinter sich gelassen hatte, stieg sie mit kräftigen Schlägen höher und höher hinauf, bis sie über den Baumwipfeln war, dann beschleunigte sie.

Mein Gott, wie ich das Fliegen liebe! Dafür wurde ich geboren, dachte sie.

Wer würde nicht gerne durch die Nacht fliegen?

Vielleicht George W. Bush? Nein, der würde es auch gerne tun!

Max ging auf Südwestkurs über Pine Bush und stieg wie ein Jet durch die feuchtigkeitsschwangeren Wolken, die sich verzogen, sobald sie die Stadt hinter sich gelassen hatte. Die Wolken fühlten sich nach gar nichts an, während sie hindurchstieg – Schaum von einem Milchkaffee? Spinnennetze? –, doch sie waren geheimnisvoll, ätherisch, und Max spürte, wie sich auf ihrem Gesicht Tautropfen bildeten. Der Mond schien hell, und die Sterne waren grelle weiße Punkte im tiefschwarzen Nachthimmel.

Und es war so still hier oben – so überirdisch ruhig und friedlich. Wäre Max nicht so nervös und besorgt gewesen, so halb zu Tode verängstigt, alles wäre nahezu perfekt gewesen.

Max fand den Polarstern, indem sie die beiden hinteren Sterne des Großen Wagens verlängerte. Dann korrigierte sie ihre Flugbahn so, dass sie am Ostrand des Roosevelt National Forest entlangflog in Richtung Fort Collins, einer Stadt in einer Entfernung von etwas über fünfzig Kilometern.

Ozymandias lebte in der Nähe von Fort Collins, und er mochte die Stadt sehr. Gott, Max konnte es kaum erwarten, ihn zu sehen. Mit Oz zu reden und sich an seine Schulter zu lehnen.

Wenn du redest, bist du tot.

Max hatte die Schwingen voll ausgebreitet und fing die Aufwinde von den Berghängen ein. Sie glitt zehn Minuten dahin, ohne die Flügel auch nur ein einziges Mal zu bewegen. Fantastisch! Tief in ihrem Innern spürte sie, dass dieses Wunder des Fliegens sämtliches Leid wert war, das sie dafür erlitten hatte.

Max versuchte ihre Ängste und Befürchtungen zu verdrängen und ergab sich in das Vergnügen des Fliegens. Unter ihr zogen sich Tausende von Hektar rollender Hügel dahin, und im Hintergrund schimmerten die schneebedeckten Gipfel der Berge und bohrten sich bis in die Wolken. Das Mondlicht ließ die Pinien- und Fichtenwälder unter ihr aussehen wie fantastische Burgen und Schlösser mit silbernen Zinnen. Verdammt, die Poesie in ihrem Kopf tat der Szenerie nicht einmal annähernd Genüge.

Dann wurde ihr bewusst, was die perfekte Lösung wäre –

wieder im Lake House zu sein. Mit Frannie und Kit und all den anderen Vogelkindern. Doch das würde nicht geschehen, niemals mehr. Nie wieder. Also blieb ihr nichts anderes übrig, als sich damit abzufinden.

Max flog bereits seit etwa einer Stunde, als sie den metallischen Schimmer des Cache de la Poudre River zweieinhalbtausend Meter unter sich bemerkte.

Sie schaltete ihren CD-Player ein und sang laut mit Nelly Furtado mit, während sie dem Verlauf des Flusses folgte.

Die kühle Nachtluft ließ sie bis zu den Zehen frösteln. Sie konnte prima mit Schuhen an den Füßen fliegen, doch barfüßig hatte sie mehr Ruderkontrolle. Und es fühlte sich besser an.

Der Cache de la Poudre verlief parallel zu einer vierspurigen Straße, der Route 287. Max folgte dem gewundenen Band des Highways und überflog die wenigen Lichter des nächtlichen Fort Collins. Von hier aus waren es noch fünf Meilen nach Osten bis zu ihrem Ziel, der winzigen Ortschaft Warren, Colorado.

Dort unten irgendwo wartet Ozymandias auf mich. Der Stärkste von uns sechsen, vielleicht sogar der zukünftige Anführer. Mein bester Freund auf der ganzen Welt. Mein heimlicher Held.

Sie zog die Flügel ein Stück zusammen und ging bis auf etwa dreißig Meter herunter. Sie flog über den Baumwipfeln, bis sie das Warren Raptor Center vor sich sehen konnte.

»Bitte um Landeerlaubnis«, flüsterte sie zu sich selbst. Dann: »Erlaubnis erteilt.«

Max konnte in der Nacht ausgezeichnet sehen, und das Mondlicht erschien ihr so hell wie einem gewöhnlichen Menschen eine Jupiterlampe. Die Wildtierstation bestand im Wesentlichen aus einem Blockhaus, in dem die Administration untergebracht war, mit einer kleinen Rasenfläche vor dem Haus und unbefestigten Wegen, die in alle Richtungen davonführten.

Am Rand des Geländes befand sich eine Gruppe kleiner, bretterverkleideter Holzscheunen mit Schieferdächern, in denen die Raubvögel untergebracht waren.

Max sank auf den kühlen, feuchten Boden und lief aus.

»Oz?«, rief sie. »Oz, bist du da? Natürlich bist du da. Aber wo? Komm raus, wo auch immer du dich versteckst! Komm schon, Oz! Ozymandias?«

Der charakteristische Ruf einer Schleiereule hallte durch die Nacht. Max lauschte, dann antwortete sie auf die gleiche Weise.

Erneut Stille.

»Oz? Spiel keine Spielchen. Nicht heute Nacht. Ich habe Angst. Ich brauche dich.«

»Max, ich bin im Falkenhaus. Komm hoch zu mir, du alberne Gans.«

Es war ein lauschiges, warmes, und – am wichtigsten von allem – sicheres Plätzchen hoch oben im Dachgebälk des Falkenhauses.

Buttergelbes Mondlicht fiel durch die Ritzen im Schindeldach und malte Streifen auf die Gesichter von Max und Oz, die mit baumelnden Beinen auf dem Querbalken saßen und sich gegenseitig die Herzen ausschütteten.

»Es tut so gut, dich zu sehen«, flüsterte Max, und sie spürte einen Kloß im Hals.

»Danke gleichfalls, aber um drei Uhr morgens? Was ist denn passiert? Ich hoffe, du hast einen triftigen Grund – aber wie ich dich kenne, hast du den.«

»Dazu kommen wir noch. Vielleicht. Ich sehe, dass deine Freunde auch spät in der Nacht auf sind. Die Falken, meine ich.«

Die beiden Rotschwänzigen Falken, die in der Scheune wohnten, kauerten ganz in der Nähe. Das Männchen, das nahezu blind war, putzte sein Gefieder, und seine Partnerin, die nur noch einen Flügel besaß, drängte sich dicht an ihn. Die Falken störten sich nicht an der Gegenwart der beiden Vogelkinder, und Max empfand ihre Geräusche und den Geruch als angenehm und beruhigend.

»Cheeeee!«, machte Oz.

»Cheeeee!«, antwortete das Männchen.

Max musste unwillkürlich lächeln. Oz konnte manchmal so süß und sanftmütig sein. Sogar die meiste Zeit über, wenn sie es genau bedachte.

Er hatte sich sehr verändert, seit sie ihn das letzte Mal gesehen hatte. Damals, in der Schule, war er ein kleiner Junge gewesen. Heute jedoch war er größer als Max, obwohl er einige Monate jünger war als sie. Und stärker. Das jungenhafte Glitzern in den Augen war verschwunden, genau wie die Weichheit seiner Wangen und Kiefer. Meine Güte, dachte Max, Oz hat sich zu einem richtigen Kraftprotz entwickelt! Und sie kannte sich mit dieser Sorte Jungen aus, oder?

»Kann ich dein Tattoo sehen?«, fragte sie.

»Sicher. Aber du musst mir erzählen, was dich so in Angst und Schrecken versetzt hat in Pine Bush. Du hast doch sonst nie Angst, Max.«

»Mache ich«, versprach sie. »Aber lass mich zuerst dein Tattoo sehen.«

Oz zog sein schwarzes Sweatshirt hoch, so dass Max den braunen, roten und gelben Weißkopfseeadler bewundern konnte, der sich mit voll ausgebreiteten Schwingen über seine Brust spannte. Der Adler hielt in einer Klaue einen Schild und in der anderen gezackte Pfeile. Darunter war das Motto eintätowiert: *Live Free or Die.* Es war wunderschön.

»Das ist so verdammt cool«, staunte Max. »Es muss ziemlich wehgetan haben.«

Oz zuckte die Schultern und grinste. »Das hier hat wehgetan.« Er öffnete die Handfläche und zeigte Max ein weiteres Tattoo. Es war amateurhaft gemacht, offensichtlich von Oz selbst.

Max beugte sich vor und las laut. »›Ozymandias, King of Kings‹. Ein wenig von dir selbst eingenommen, wie?«, fragte sie.

»Ich meine es so wie dieser Dichter, Shelley«, antwortete Oz. »Eitelkeit ist nichts wert. Selbst der mächtige Ozymandias, der alte Ägypterkönig Ramses, starb und wurde zu Staub. Hast du dich eigentlich je gefragt, warum man mir ausgerechnet diesen Namen gegeben hat?«

»Wie sollen wir begreifen, was diese Mistkerle in der ›Schule‹ gemacht haben?«, entgegnete Max. »Diese Irren!«

»Ich hasse sie immer noch aus vollem Herzen. Ich kann

einfach nicht damit aufhören«, fauchte Oz. »Ich frage mich ständig, wie unser Leben wohl verlaufen wäre, wenn sie nicht an uns herumgepfuscht hätten. Manchmal glaube ich, wir haben mehr mit diesen Falken gemeinsam als mit den Menschen.«

»Du liest meine Gedanken«, sagte Max. »Das ist unheimlich. Brrr.«

»Was ist denn nun im hübschen Pine Bush passiert? Warum wolltest du mich unbedingt sehen?«

Max gingen eine Million beängstigender Gedanken durch den Kopf, bevor sie antwortete. Es würde nicht ganz einfach werden. »Ich hab einen Jungen mit auf einen Flug genommen«, begann sie schließlich. »Ich weiß, es war dumm von mir. Der Bastard hat mich begrabscht. Er hat mich befummelt, und dann hat er mich ausgelacht, weil ich keine Brüste habe. Als wüsste ich das nicht selbst. Als wenn ich etwas darum gäbe. Aber offensichtlich tue ich das, sonst hätte es mich nicht so getroffen.«

Oz schüttelte den Kopf und dachte ein paar Sekunden nach, bevor er antwortete. *Sehr erwachsen von ihm.* »Es tut mir Leid, was passiert ist, Max. Aber ganz ehrlich, ich habe nichts anderes erwartet.«

Max traute ihren Ohren nicht. Sie suchte in seiner Miene nach einer Erklärung. »Was redest du da? Aber ganz ehrlich, ich habe nichts anderes erwartet?«

»Genau das habe ich gesagt. Hast du eigentlich in letzter Zeit mal in den Spiegel gesehen? Habt ihr keine Spiegel bei euch zu Hause?«

Max blinzelte verwirrt. »Selbstverständlich haben wir Spiegel!«, entgegnete sie. »Und ich sehe auch rein, andauernd sogar. Na und?«

»Du bist wunderschön, Max. Einfach hinreißend. Neben dir sehen Lara Croft *und* Angelina Jolie aus wie Dreck!«

Max spürte, wie ihr ganz warm wurde. Das Gefühl begann in ihrer Brust und breitete sich durch ihre Gliedmaßen aus, und ihr Magen fühlte sich so hohl an, als wäre sie in der Luft und würde eine Fassrolle fliegen. Irgendetwas Merkwürdiges war mit ihr im Gang. Sie war noch nicht bereit dafür. »Du solltest zum Augenarzt gehen, Junge.«

»Einer von uns beiden muss auf jeden Fall hin«, antwortete Oz. »Und was macht dir nun wirklich Kummer? Sag die Wahrheit, Max.«

»Das weißt du doch schon. Alles. Nichts. Die Kinder in unserer Schule können unglaublich gemein sein. Hochnäsig und grausam. Das kennst du auch. Die Presse ist meist noch schlimmer. Sie hat keine Ahnung, und sie ist überall, wo wir auftauchen. Das kennst du ebenfalls.«

Oz grinste. »Wir werden jetzt in diesem Augenblick von Fox gefilmt, Max. Tut mir Leid, aber ich hab uns verkauft. Nach dem Motto: ›Wer will ein wunderschönes Mädchen mit Flügeln heiraten?‹ Ich brauchte das Geld, weißt du?«

Max blickte sich misstrauisch um.

»Das tut mir jetzt aber weh«, sagte Oz. »Du hast tatsächlich gedacht, ich würde die schäbige Presse einladen?«

Max küsste Oz auf die Wange. »Nein, eigentlich nicht. Aber ich bin paranoid. Sogar sehr paranoid, Ozzy.«

Wenn du wüsstest, wie paranoid ich bin.

Sie saßen dort im Falkenhaus, und eine Weile sagte keiner von beiden etwas. Normalerweise war das in Ordnung, doch jetzt in diesem Augenblick fühlte sich Max unbehaglich. Sie wollte mit Oz über Resurrection sprechen, über die Gefahr, in der sie schwebten, und sie brachte die Worte nicht über die Lippen. Vielleicht, weil sie Oz nicht in diesen Schlamassel hineinziehen wollte.

»Ich gehe jetzt jagen«, sagte Oz schließlich. »Es ist meine Natur, weißt du?« Er grinste.

»Jetzt? Aber wir sind noch nicht fertig mit Reden!«

»Wenn du möchtest, kannst du mitkommen. Ich würde mich über deine Gesellschaft freuen. Aber ich *muss* jetzt jagen.«

Max hatte noch nie gejagt, und sie war nicht überzeugt, dass sie es konnte. »Nein, ich glaube, ich fliege lieber wieder zurück«, antwortete sie. »Es wird bald hell.«

»Meinetwegen, wenn du denkst, dass es besser ist. Ich fänd

es schön, wenn du noch etwas bleiben könntest. Ich wünsch dir einen guten Rückflug. Und ich bin froh, dass du mich besucht hast. Ich vermisse dich«, gestand Oz.

»Ich dich auch.«

»Du siehst einfach umwerfend aus, Max. Besser, du gewöhnst dich daran.«

»Ich bin eine Missgeburt.«

»Eine fantastische Missgeburt. Ein wunderschönes Geschöpf.«

Sie umarmten sich verlegen. Dann umarmten sie sich ein zweites Mal, und Oz küsste Max leicht auf die Wange. Danach trennten sie sich, und jeder ging seiner Wege.

Max bedauerte zutiefst, dass sie nicht über das gesprochen hatte, was ihr wirklich zu schaffen machte. Doch sie durfte Oz noch nichts über Resurrection erzählen. Warum eigentlich nicht? Weil sie ihn nicht in Gefahr bringen wollte? Oder lag es vielleicht daran, dass sie Oz in dieser Hinsicht nicht zu hundert Prozent vertraute? Möglich, dass er tollkühn wurde, dass er versuchte, den Helden zu spielen. Das lag in seiner Natur, oder nicht? Oz war ein Held, und Helden konnten einen in Gefahr bringen. Vielleicht sogar in tödliche Gefahr.

Sie flog durch einen leuchtend blauen und pinkfarbenen Sonnenaufgang nach Hause, doch Max war zu sehr mit ihren Gedanken beschäftigt, um den Anblick zu bewundern.

Jemand weiß Bescheid über Resurrection. Jemand, der eigentlich nichts darüber wissen dürfte. Eine verdammte neugierige Reporterin. Eine Schreiberin.

Die Horrorshow wird allmählich wieder heiß, oder vielleicht nicht?

In Max wurde der Drang übermächtig, sich mit anderen Dingen zu beschäftigen. Mit schöneren, angenehmeren Dingen.

»Oz meint, ich wäre wunderschön …«, flüsterte sie vor sich hin.

Drittes Buch

Hausbesuche

Es herrschte eine Menge Betrieb an diesem Abend. Ärzte, Pfleger, Schwestern und Dutzende von Rollbahren waren unterwegs.

Der siebzehnjährige James Lee zählte nervös die Fluoreszenzlampen in der Decke, unter denen er vorbeiglitt, während Sanitäter und Ärzte in blauen Kitteln und mit ernsten Mienen seine Rollbahre im Laufschritt durch die Gänge schoben. James hatte eine höllische Angst, doch er war auch aufgeregt.

Dr. Kane hatte ihm bereits gesagt, dass er als »Finalist« bestimmt worden war. »Mr Lee, Mr Lee«, hatte der Doktor gesagt. »Sie sind ein ganz besonderer junger Mann. Das ist der Grund, aus dem wir Sie ausgesucht haben. Sie sind aus dem richtigen Stoff geschnitzt.«

»Haben Sie das Band, das ich aufgenommen habe?«, hatte Lee gefragt. »Ich brauche es für diese Sache.«

»Wir haben es«, lautete die Antwort. »Es erwartet Sie im OP. Wir würden doch so etwas Wichtiges wie Ihr Band nicht vergessen, mein junger Freund. Wir sind sehr gewissenhaft in diesen Dingen.«

»Das ist mir bereits aufgefallen.«

James Lee verschränkte die Finger unter der Decke so fest, dass sie nicht mehr zitterten. Er leckte sich über die trockenen Lippen. Sein Körper schwankte auf der Rollbahre hin und her, als sie um eine Ecke bogen. Endlich erreichten sie die blanken Stahltüren des Operationssaals. Sie öffneten sich mit lautem Zischen. Die Rollbahre wurde wieder angeschoben und kam neben einem Operationstisch endgültig zum Stehen.

»Weswegen genau werde ich eigentlich operiert?«, wollte James Lee wissen.

»Es ist lediglich ein kleiner Routineeingriff. Wir ... wir werfen sozusagen einen Blick in Sie hinein, James. Keine Sorge, Sie werden nichts von alledem spüren.«

Der antiseptische Geruch im Operationssaal war durchdringend, und das ununterbrochene »Ping« der verschiedensten medizinischen Apparate machte alles fast zu real. Einen Augenblick lang drohte die Angst James Lee zu übermannen. Ein fast unwiderstehlicher Impuls drängte ihn zu sagen: »Vergessen Sie's. Ich hab's mir anders überlegt«, doch er schwieg.

Dann sagte eine dunkle Stimme direkt über ihm: »Auf mein Kommando.«

Er spürte Hände, die ihn packten, zwei Paar starke männliche Hände.

»Eins – zwei – drei. Und hoch mit dir, James.«

Er wurde auf den Tisch gehoben und sogleich mit dünnen Laken zugedeckt.

Eine OP-Schwester wischte die Beuge seines linken Ellbogens mit einem Alkoholtupfer ab und durchbohrte seine Haut mit einer Nadel. Dann wurde er an einen intravenösen Tropf angeschlossen.

»Alles in Ordnung, Mr Lee?«

Es war Dr. Kane, der in James wie immer äußerste Zuversicht erweckte. Der Doktor hatte einen muskulösen Körper – selbst seine Hand fühlte sich stark und unnachgiebig an, als er sie dem jungen Mann auf die Schulter legte. Das Gesicht über James war quadratisch und gebräunt unter einem blonden Kurzhaarschnitt, und aus den klaren blauen Augen strahlte Intelligenz. Dr. Kane war ein echter Gewinner.

»Mir geht es gut, danke sehr«, sagte James, während eine OP-Schwester einen Metallhelm auf seinen rasierten Schädel stülpte. »Und es wird wirklich nicht wehtun?«

»Ganz bestimmt nicht, James. Ihr Band ist übrigens sensationell. Das beste, das wir bisher gesehen haben.«

James Lee konnte kaum glauben, was in seinem Kopf geschah. *Wow!* Das war fast perfekt! Genau so hatte er es sich vorgestellt. Vielleicht war es sogar noch besser! Er öffnete und schloss die Fäuste und bereitete sich auf sein Debüt vor. Das war das Beste!

Er befand sich hinter der Bühne der weltberühmten Starlight Lounge in Las Vegas. Im Geiste jedenfalls. Doch es fühlte sich an, als wäre er tatsächlich dort.

Und er war bereit. O Mann, und wie bereit er war!

Das war sein Band! Er hatte sich diese Szene seit vielen Jahren ausgemalt, wieder und immer wieder. O Gott, es war ganz genau so, wie er es sich vorgestellt hatte!

Lee streifte mit den Händen über das Oberteil seines trägerlosen weißen Cocktailkleids und glättete den Organza-Stufenrock. Er presste die frisch bemalten Lippen zusammen und berührte seine toupierte, mit Haarspray fixierte Frisur. Alles war so perfekt. So real.

Plötzlich flammte ein Spotlight an der Decke auf und tauchte ihn in einen engen, blauen Lichtkegel. Jenseits des Lichts raschelte es, als die Leute sich in ihren Sitzen vorbeugten und überraschte Rufe ausstießen. Hunderte von Augenpaaren waren auf ihn gerichtet.

Aus dem Orchestergraben erklang die Eröffnungsmelodie, gefolgt von einem Dominantseptakkord, der als Überleitung zur Hauptmelodie diente.

Sein Band war noch viel besser, als er es sich vorgestellt hatte. Viel voller und reicher.

James Lee hörte das Staunen und Ächzen im Publikum, als die volle Bühnenbeleuchtung aufflammte. Durch den rauchigen Nebel sah er Freunde und Verwandte, die eigens gekommen waren, um seinen Auftritt zu sehen. Seine Mutter lächelte ihm aus der ersten Reihe entgegen. Sie hatte immer volles Vertrauen in ihren Sohn gehabt. Mann, und nun stand er im Begriff, sich der einen Person zu beweisen, die ihn wirklich liebte.

Langsam hob Lee das Mikrofon an den Mund, und mit einer hauchigen Astrud-Gilberto-Stimme stimmte er einen Song an, der durch die unvergleichliche Brenda Lee berühmt geworden war.

»I'm sorry, so sorry … that I was such a fool …«

Mein Gott, wie großartig seine Stimme klang! Das Publikum in der Starlight Lounge fraß ihn förmlich auf. Wie sollten sie auch anders?

»Mr Lee? Jimmy?«

Irgendjemand störte seine Aufführung. James Lee drehte den Kopf herum. Es war eine freundliche, autoritäre Stimme, die mitten in seinem Kopf zu sprechen schien!

»Bodenkontrolle an James. Mr Lee, hallo Mr Lee?«

Jetzt erinnerte er sich wieder. Es war eine medizinische Prozedur. Die ganze Bühnenshow existierte nur in seinen Gedanken – nichts weiter als eine Ablenkung, aber was für eine Ablenkung! Sein nackter Leib lag an irgendeinem vergessenen Ort auf einem Operationstisch in dem Hospital in Maryland.

»Ja«, sagte James unwillig. »Ich höre Sie, Dr. Kane. Aber jetzt lassen Sie mich bitte in Ruhe. Sie ruinieren mir meinen Auftritt.«

»Geht es Ihnen gut, James?«

»Ja, danke sehr. Ich fühle mich wie im Himmel«, seufzte James.

»Da sind Sie auch sehr bald«, sagte Dr. Ethan Kane. Dann flüsterte er: »Okay, nehmen wir ihn aus.«

An jenem Abend verließ Dr. Ethan Kane das Hospital früh – wenigstens für seine Verhältnisse. Er beschloss, zu seinem »zweiten Zuhause« zu fahren, draußen in den bewaldeten, rollenden Hügeln von Maryland, wo er ein wenig Privatsphäre hatte.

Vierzig Minuten später stieg er vor dem Haus aus seinem Mercedes, und die Hunde schlugen an wie verrückt. Der Lärm brachte ein seltenes, spitzbübisches Lächeln auf sein Gesicht. »Gut trainierte Tiere«, sagte er zu sich selbst. »Sie halten das Gesindel fern.«

Er schloss die Vordertür des großen, aus Feldsteinen errichteten Hauses auf und ging hinein. Die Hunde bellten weiter.

Eine große brünette Frau mit einer Schürze über einem blauen geblümten Kleid kam aus der Küche. Sie sah atemberaubend gut aus und hatte das wärmste, offenherzigste Lächeln diesseits des Ohio. »Oh, du bist zu Hause, Ethan. Ich freue mich ja so. Dein Abendessen ist um halb neun fertig. Die *Washington Post* und das *Wall Street Journal* liegen im Arbeitszimmer bereit, außerdem habe ich dir einen Johnny Walker Black auf Eis hingestellt. Geh und entspann dich. Du hast es dir verdient.«

Dr. Ethan Kane sprach nie ein Wort mit seiner Frau Juliette. Er machte keine Anstalten, sie zu küssen oder zu umarmen. Stattdessen zog er ein kleines schwarzes Kästchen aus der Tasche. Es sah ähnlich aus wie die Fernbedienung für die Schlösser seines Mercedes, doch es war um einiges komplexer.

Dr. Kane drückte auf einen von mehreren Knöpfen, und Juliette hörte augenblicklich auf zu reden. Sie hörte auf sich zu bewegen, erstarrte vollkommen. Sie stand dort wie eine Schaufensterpuppe, mitten im Foyer.

»Du bist vollkommen, Liebling«, murmelte Dr. Kane. »Die vollkommene Frau. Was würde ich nur ohne dich tun?«

Dr. Kane betätigte einen weiteren Knopf, und das Hundegebell verstummte.

Er ging in sein Arbeitszimmer, wo er seine Zeitungen las, während er seinen Scotch trank. Kurz nach halb neun ging er in die Küche und nahm sein Abendessen ein: Hühnchen Marsala, frischen Spargel und Brokkoli, Risotto mit Morcheln, eine Scheibe Apfelchips und Cheddarkäse. Alles perfekt zubereitet von Juliette.

Bevor Dr. Kane nach oben ging, kehrte er in das Foyer zurück und schaltete die Alarmanlage ein. Dann wandte er sich um und aktivierte Juliette wieder.

»Hallo Liebling«, sagte sie und lächelte ergeben.

»Lass uns nach oben gehen, Darling«, flüsterte er ihr ins Ohr, während sie ganz leicht über die Vorderseite seiner Hose strich. Er legte seine Hand auf eine hübsche, wohlgeformte Brust, die andere zwischen ihre Beine. Das, was dort auf ihn wartete, passte einfach *perfekt*. Er wusste es mit Bestimmtheit – er hatte es selbst ausgemessen.

»Ich brauche dich, Ethan«, hauchte Juliette – und da war es wieder, dieses atemberaubende Lächeln. »Du bist so ein wunderbarer Liebhaber.«

»Trag mich nach oben ins Bett, Darling«, flüsterte Dr. Ethan Kane.

Linda Scheins Schreibtisch zeigte auf eine nackte weiße Wand ohne jedes Bild und ohne jede anderweitige Verzierung. Sie hatte es absichtlich so eingerichtet.

Das Panoramafenster ihrer Eigentumswohnung in der Fourteenth Street in Denver bot eine atemberaubende Aussicht auf die umliegenden Berge, doch Linda konnte keine Ablenkung vertragen, wenn sie am Schreiben war. Und gegenwärtig saß sie an der Rohfassung einer Geschichte, die ihrer Karriere einen gewaltigen Aufschwung verleihen und sie reich machen würde.

Während sie auf ihrem Laptop tippte, hörte sie irgendwo in ihrer Wohnung ein leises Knarren. Sie ignorierte das Geräusch.

Sie war in der »Zone«, jenem seltenen und besonderen kreativen Zustand, wo Zeit ihre Bedeutung verliert und jedes Wort wie von allein poetisch und logisch an seinen Platz fällt. Die Story über das »Projekt Resurrection« besaß eine unglaubliche Tragweite und nicht nur wissenschaftliche, sondern auch ethische und religiöse Aspekte. Sie war noch brisanter als die ursprüngliche Entdeckung der »Schule« und der darin gefangenen Vogelkinder.

Und es war *ihre* Story.

Niemand außer ihr war auch nur annähernd auf der gleichen Spur. Wenigstens hoffte sie das und betete, dass es so war. Die Geschichte war so erschütternd, dass es ihr nichts ausgemacht hatte, Max gegenüber zu lügen, sie wäre als Kind missbraucht worden. Ihre Kindheit in Ridgewood, New Jersey, war im Gegenteil ganz wunderbar gewesen.

Linda stellte sich vor, wie ihre Geschichte als Serie in einer großen Tageszeitung lief, zehn oder zwölf Folgen in einem Zeitraum von zwei Wochen. Sie würde die Story der *Washington Post* anbieten, der *New York Times*, der *Times* in London, vielleicht auch noch *Time* und *Newsweek* und *People*. Sollten sie untereinander um die Rechte kämpfen. Sie würden sich gegenseitig hochsteigern. Und dann – das Buch.

Linda leerte die vierte Tasse Kaffee an diesem Morgen und blies ein paar freche Locken aus ihrer Stirn. Sie saß an der einleitenden Zusammenfassung, polierte ihre Sätze und setzte die Buchstaben TK in eckige Klammern, wo weitere Fakten zu recherchieren waren, und schliff an der Schärfe ihrer Anmerkungen.

Das Parkett im Foyer knarrte.

»Mrs Martinez?«, rief sie. Das war ihre Haushälterin. »Sind Sie das? Hallo?«

Linda Schein spürte eine ganz schwache Luftbewegung, und einen Sekundenbruchteil später spürte sie noch etwas. Etwas Kaltes, Hartes, das sich gegen ihre Schläfe presste. Sie atmete erschrocken ein.

Dann drehte sie die Augen zur Seite und wünschte sich fast, sie hätte es nicht getan.

Eine Pistole.

»Seien Sie ganz leise, Linda. Tun Sie genau das, was ich sage«, verlangte eine männliche Stimme. Linda Schein atmete langsam die Luft wieder aus, die sie vorher eingesogen hatte. Ihre Rückenmuskeln erschlafften.

Sie unterdrückte den Impuls, aufzuschreien oder sich zu wehren. Sie drehte den Kopf nicht weiter als unbedingt erforderlich, um die Pistole zu sehen. Sie betete zu Gott, dass der Einbrecher eine Maske trug, weil sie sein Gesicht nicht erkennen wollte. Sie vermutete, dass ihr Leben davon abhängen könnte.

»Das Geld ist alles hier in meiner Börse. Ich mache keine Schwierigkeiten. Nehmen Sie es. Ich verhalte mich ruhig.«

»Das höre ich gern, Linda. Aber ich weiß nicht so recht, ob ich Ihnen glauben kann. Mein Name ist Dr. Ethan Kane, und Sie schreiben an einer Geschichte über mein Lebenswerk. Deswegen habe ich mir gedacht, wir sollten uns vielleicht ein wenig unterhalten, was meinen Sie? Sollen wir?«

Linda Schein spürte, wie Todesangst durch ihren Körper jagte. Er hatte *seinen Namen* genannt! O Gott, nein!

Dr. Ethan Kane.

Das »Projekt Resurrection«.

»Sollte ich Sie kennen?«, fragte sie, indem sie Unwissen vorgab, ihn abzulenken versuchte, falls das überhaupt möglich war.

»Nein, Linda, *sollten* Sie nicht. *Tun* Sie aber. Und nun lassen Sie uns reden.« Er drückte ihr den Lauf der Waffe härter gegen die Schläfe. »Ich möchte alles hören, was Sie herausgefunden haben.«

Linda Schein fing an zu reden. Sie redete und redete, bis ihr irgendwann bewusst war, dass sie anfing, sich zu wiederholen.

»Das ist gut«, sagte Dr. Kane schließlich. »Ich glaube Ihnen, Linda. Sie haben tatsächlich begriffen, um was es geht.«

Es gab eine dumpfe Explosion, dann einen intensiven hellen Blitz hinter ihren Augen, und alles – ihre Gedanken, ihre Fantasien über den bevorstehenden Ruhm, ihre Ängste vor körperlicher Gewalt –, einfach alles endete. Der Reporterin wurde niemals bewusst, dass ein neun Millimeter durchmessendes Projektil mit einer Geschwindigkeit von fast dreitausend Kilometern in der Stunde durch ihr Gehirn gejagt war.

»Das hat doch gar nicht wehgetan, oder?«, fragte Dr. Kane. »Noch mehr Fragen über mein Lebenswerk, Linda? Nein? Nun, dann schätze ich, wir sind hier fertig. Ein ausgezeichnetes Interview. Kurz und direkt auf den Punkt. Das findet man wirklich selten bei Journalisten heutzutage.«

Max blieb an jenem Abend lange auf. Sie brachte nichts zustande und kramte fruchtlos in ihrem Zimmer.

Sie war verängstigt.

Sie fühlte sich unbehaglich.

Sie war verärgert, ohne den Grund zu wissen.

Sie konnte nicht stillsitzen.

Es ging nicht.

Es ging einfach nicht.

Unmöglich.

Sie spielte auf ihrer elektrischen Gitarre, und sie wurde allmählich richtig gut. »Passt nur auf, Sheryl Crow, Eric Clapton, B.B. King und wie ihr alle heißt.«

Dann versenkte sie sich in ein Playstation Game – Tony Hawk Skateboarding.

Schließlich ging sie online und spielte über das Internet eine Runde Cribbage mit einem Mädchen aus San Diego. Ihr Username lautete UPDRAFTGURL38.

Sie gewann die Partie.

Natürlich.

Sie schrieb in ihr Tagebuch. Das *dritte* Tagebuch, seit sie im Haus der Marshalls angekommen war:

Was ich im Augenblick mag	Und was ich nicht mag
Lederhosen (alle Farben)	*NSYNC
Buffy	*Chicken Soup for the Teenage Soul*
Mary Karr	Reality TV
Feuerkind	*Sara*
Under Rug Swept	Das Sonntagabendprogramm von CBS
Shania, Fiona, Sheryl	Reporter, die lügen, dass sich die Balken biegen
»The pellet with the poison's in the vessel with the pestle«	Selbstgerechte Reporter, die glauben, dass sie die Wahrheit sagen, aber in Wirklichkeit lügen
Watermelon Lipgloss	Die Mumien-Filme
Josiah Bartlet	Die Art und Weise, wie Moms sich bemüht
Den Schwarm	Pine Bush, Colorado
Ganz besonders Ozymandias!	Profisport von Männern
Frannie und Kit!	Die Kinder in der Schule (jedenfalls die meisten von ihnen)

Max unterbrach ihr albernes, dummes, selbstversunkenes Geschreibsel und neigte den Kopf leicht zur Seite, um zu lauschen. Sie hatte ein Geräusch gehört, draußen. Irgendetwas, das nicht so recht zu den übrigen Geräuschen der Nacht passen wollte.

Der Wind?

Irgendjemand, der ihren Namen rief? Oz?

Komm, flieg mit mir, Max!

Vielleicht war es an der Zeit für einen weiteren strikt verbotenen nächtlichen Ausflug durch die Lüfte?

Max nahm ihr Mobiltelefon in die Hand, doch dann legte sie es wieder weg.

Sie hörte ein neues Geräusch draußen. Definitiv nicht der Wind. Etwas anderes, etwas verdammt Mieses.

Jäger!

Ethan Kane persönlich führte das kleine Drei-Mann-Team den mit Unterholz und Dornenranken überwucherten Hang hinter dem Haus an der Ames Road hinunter, wo die Marshalls wohnten. Alle trugen schwarze Kleidung und schwarze Baseballmützen und hatten sich die Gesichter mit Fettfarbe geschwärzt. Selbst im hellen Mondlicht sahen sie mehr wie Schatten als wie richtige Menschen aus.

Sie waren wegen der beiden Kinder gekommen, doch die anderen im Haus mussten wahrscheinlich sterben. Sie konnten das Risiko einer Entdeckung nicht eingehen. Nicht angesichts der Tatsache, dass Resurrection so dicht vor der Verwirklichung stand.

Ethan Kane hob die Hand, ein Signal an die anderen, stehen zu bleiben. »Max und Matthew sind unglaublich schnell. Sie sind außerdem sehr stark und clever. Bitte unterschätzen Sie die beiden nicht. Am besten betrachten Sie sie nicht als Kinder«, sagte er mit leiser, mahnender Stimme.

Er wandte sich um und studierte das Haus der Marshalls. Ein wenig beeindruckendes, leicht depressives zweistöckiges Haus, typisch für diese Gegend. Es lag vollkommen dunkel. Nicht einmal der Schein eines Fernsehers leuchtete aus einem der Fenster.

Vielleicht war es ja doch einfacher, als er erwartet hatte. Es gab keinen logischen Grund für die Kinder, auf der Hut zu sein. Kane hatte sich nicht die Mühe gemacht, für diese Arbeit Profis wie Marco Vincenti anzuheuern. Er war sicher, dass er seinem heutigen Team vertrauen konnte – bei Marco Vincenti war er dessen nicht so sicher. Er wollte die Kinder lebend – zumindest für eine Weile.

Er hatte seine Gründe. Außergewöhnlich gute Gründe, die allein er verstand.

Er gab ein weiteres Zeichen, und die anderen schwärmten aus, während sie sich dem Hof und der Feuerstelle hinter dem

Haus näherten. »Sie behalten das Haus im Auge und lassen niemanden raus«, flüsterte er. »Ich erledige die Arbeit drinnen.«

Dr. Ethan Kane ging ohne weitere Umschweife zur Hintertür, die zum Vorraum führte. Er benutzte einen einfachen Dietrich, um das Schloss zu öffnen.

Dann durchquerte er den Vorraum lautlos, ebenso die Küche dahinter, und schlich zur Treppe, die hinauf zu den Schlafzimmern führte.

Er griff in eine Tasche seiner Jacke und nahm ein schwarzes Kästchen hervor, in dem mehrere Spritzen ruhten.

Lautlos stieg er die Treppe hinauf. Das Zimmer des Mädchens lag auf der rechten Seite, das des Jungen auf der linken. Max und Matthew. Die biologischen Eltern der beiden waren im Elternschlafzimmer am Kopfende des Flurs. Terry und Art.

Wenn du redest, bist du tot, dachte Dr. Ethan Kane. *Oder zumindest wirst du an die Chinesen verkauft.*

Wie viele Menschenleben es auch immer kosten mochte, Resurrection wog sie auf. Selbst diese erstaunlichen, unglaublichen Kinder, die fliegen konnten wie Adler.

Sanft stieß er die Tür zum Zimmer des Mädchens auf. Das war es. Der Augenblick der Wahrheit. Als er den Raum betreten wollte, wurde er von einem starken Scheinwerfer geblendet, der ihm genau ins Gesicht leuchtete.

»Was, zur Hölle …?«, murmelte er.

»Das ist richtig, zur Hölle mit dir!«

Fast im gleichen Augenblick krachte jemand in ihn. Der Aufprall war so heftig, dass er die Luft aus Dr. Kanes Lungen trieb und ihm fast die Schulter auskugelte.

Mein Gott, das ist das Mädchen! Es ist Maximum! Sie ist so stark wie ein Pferd!

»Lauf, Matthew, lauf!«, rief Max. »Sie sind hier, um uns zu fangen! Ich wusste, dass sie kommen würden!«

Doch Max und ihr Bruder rannten nicht davon.

Sie flogen!

Die Treppe hinunter und durch ein offenes Fenster im Erdgeschoss, wie zwei Lenkraketen.

»Erschießt die Bastarde auf keinen Fall!«, befahl Dr. Kane

wütend. »Fangt sie ein! Lasst sie nicht entkommen! Bringt sie mir zurück! Lebendig!«

Mir ist schweinekalt!«, flüsterte Matthew einige Sekunden später zu seiner Schwester. »Ich zittere am ganzen Leib. Ich hab außerdem eine Heidenangst! Was hat das zu bedeuten? Wer sind diese Leute? Was wollen sie von uns? Was geht da vor, Max? Ich weiß nicht mal, ob ich die Antworten auf meine Fragen wissen will!«

Sie trugen beide nichts als ihre Flanellpyjamas und kauerten nebeneinander auf einem schwankenden Ast hoch oben in der Krone einer Fichte. Sie hatten sich vielleicht zweihundert Meter vom Haus der Marshalls entfernt, und ihr Versteck lag fünfzehn Meter über dem Boden. Max schätzte, dass sie für die suchenden Augen der Jäger so gut wie unsichtbar waren.

»Pssst, Matty.« Sie atmete hechelnd vor Angst, und der Schock saß ihr immer noch selbst in den Gliedern.

Die Männer waren im Haus. *Die Jäger*. Waren die Marshalls sicher vor ihnen?

Oder haben sie Moms und Pops »eingeschläfert«? Bitte, lieber Gott, lass das nicht zu! Bitte beschütze Art und Terry, betete Max. *Bitte, lieber Gott. Ich liebe meine Eltern.*

Sie beobachtete, wie ein schwarzer Lieferwagen vor dem Haus anhielt. Ihre Blicke folgten den vier Männern, die aus den Schatten rund um das Haus traten. Der Größte von ihnen hielt den Arm gegen den Leib gepresst und humpelte. *Gut, ich hab dir wehgetan, du Mistkerl. Eine Schande, eine richtige Schande, dass du noch laufen kannst!*

Die Männer stiegen in den Wagen, und er jagte mit aufheulendem Motor davon.

»Sie wollten uns töten, nicht wahr, Max? Sie wollten uns einschläfern? Diese elenden Bastarde! Diese verdammten, elenden Scheißköpfe!«

»Ich glaube, du hast Recht, Matthew. Ja, ich glaube, sie wollten uns wirklich töten.«

Sie umarmte ihren Bruder so fest, dass er protestierte. »Hey! Das tut weh! Meine Güte, Max, du weißt doch, wie stark du bist! Zuerst rettest du mich vor den Bösen, und dann bringst du mich selbst beinahe um!«

»Sehr lustig, Matty. Ich bin echt froh, dass du deinen ganz und gar merkwürdigen Sinn für Humor noch nicht verloren hast.«

Max gab ihrem Bruder einen dicken Kuss auf die Wange und ließ ihn los. Dann schaltete sie ihren Pocket-PC ein und klickte auf das Symbol ihres Instant-Messengers. Oz war online.

Max schickte ihm eine Nachricht, von der sie hoffte, dass sie nicht abgefangen oder zurückverfolgt werden konnte.

»SOS«, tippte sie ein. »Hau ab, so schnell du kannst. Hol Icarus ab. JETZT! DRINGEND!«

»Treffen bei der Mine?«, kam Ozymandias' Antwort sogleich zurück.

»K«, bestätigte Max. »Wir sehen uns dort.«

Max und Matthew kehrten zum Haus zurück, um ihre Sachen zu holen und nachzusehen, ob ihre Eltern noch lebten. Erstaunt stellten sie fest, dass Terry und Art die ganze Zeit über tief und fest geschlafen hatten.

Als sie fertig waren, taten sie, wovon Max immer gewusst hatte, dass sie es eines Tages tun würden. Sie flüchteten aus ihrem Gefängnis.

Die alten Schotterpisten, die früher zur Mine in der Nähe von Prairie Divide geführt hatten, waren in der Zwischenzeit völlig vom Wald überwuchert. Die Mine war heutzutage nur noch aus der Luft zugänglich.

Ein idealer Ort.

Oz und Icarus kamen aus dem Eingang der Mine gerannt, als Max und Matthew aus dem dunklen Nachthimmel landeten. Die Begrüßung war freudig aufgeregt und nervös zugleich.

»Ich bin frei! Ich bin endlich frei!«, sagte Icarus wieder und wieder. »Ein blinder Mann wird sie führen, und ich bin dieser Blinde!«

Max fiel auf, dass Icarus seit ihrem letzten Treffen gewachsen war. Sein weißblondes Haar war schulterlang, und er war inzwischen fast so groß wie sie selbst. Seine blau-grauen, blinden Augen schienen sich tatsächlich auf Matthew zu richten, als er ihn hochhob und an sich drückte.

»Lass mich runter, Icky!«, ächzte Max' kleiner Bruder. »Ich bin kein verdammtes Baby mehr! Ich bin jetzt groß!«

In gehetzten Worten berichtete Max den anderen von den Männern, die in das Haus der Marshalls eingebrochen waren und die ausgesehen hatten, als führten sie nichts Gutes im Schilde.

»Ich glaube, einer oder vielleicht sogar mehrere von ihnen waren Ärzte. Ich hatte so ein Gefühl«, erzählte Max.

»Es fängt also alles wieder von vorne an«, entgegnete Icarus. »Wir sollten die Zwillinge holen. Peter und Wendy sind auch nicht sicher. Verdammt, wir sollten sofort los, so schnell wir können!«

»Sie machen Werbekampagnen für *Cornflakes*!«, sagte Matthew. »Ich glaube nicht, dass ihnen Gefahr droht.«

»Und ob!«, widersprach Max mit erhobener Stimme.

Es gab keinen weiteren Einspruch, und so starteten sie einer nach dem anderen, bis sie in sechzig Metern Höhe in Formation übergingen und nach Südosten aufbrachen, in Richtung Fort Lupton, wo Peter und Wendy mit ihren biologischen Eltern in trügerischer Sicherheit lebten.

Der Flug war ganz anders als die nächtliche Unternehmung zwei Tage zuvor. Alles hatte sich verändert. Max empfand kein Vergnügen beim Anblick des Mondlichts oder dem Spiel von Licht und Schatten auf den Wipfeln unter ihr. Sie war die Älteste des Schwarms, wenngleich nur wenige Monate, und daher war sie die Anführerin. Die anderen blickten zu ihr und Oz auf und ließen sich von ihr führen. Max vermutete, dass es möglicherweise schwierig werden könnte, die Zwillinge mitzunehmen. Sie waren eigentlich noch Babys, schwer einzuschätzen und kaum unter Kontrolle zu halten.

Doch es musste sein. Es gab keine Alternative.

Irgendjemand war hinter ihnen her. Irgendjemand hatte es auf sie abgesehen.

Sie passierten die kleine Gemeinde Fort Lupton und näherten sich kurze Zeit später dem Farmhaus der Chens. Es lag auf einer Anhöhe am Ende einer fünfhundert Meter langen unbefestigten Auffahrt. Der nächste Nachbar der Chens war fast einen Kilometer weit entfernt.

Ein perfekter Platz für einen Mord, dachte Max. *Oder eine Entführung. Oder was auch immer diese Typen im Schilde führen.*

Sie landeten in einem kleinen Pinienhain, von wo aus sie freie Sicht auf das Haus hatten.

Der Rasen vor dem Haus wurde von einem gepflasterten Weg geteilt und führte zu einer umlaufenden Veranda, die mit Korbmöbeln voll gestellt war.

Oz deutete auf ein Garfield-Kuscheltier in einem der Fenster im oberen Stockwerk. »Wendy ist vernarrt in diese dumme Katze.«

»Okay«, sagte Max und nickte. »Das ist das Kinderzimmer. Ich gehe hoch. Ich möchte nicht, dass sie erschreckt werden.«

Max flatterte auf das Dach der Veranda und landete leise. Dann schlich sie zum Fenster der Zwillinge.

Es war unverschlossen. *Hmmm.* Sie schob es langsam nach oben und kletterte in das Zimmer.

Lieber Gott, hoffentlich komm ich nicht zu spät!

»Buuuh!«, machte Peter. »Hey, Max! Ihr wart noch fast zwei Kilometer weit weg, da haben wir euch schon gesehen!«

»Und gehört!«, fiel Wendy ein.

Falls Max sich Gedanken gemacht hatte, dass sie Peter und Wendy überzeugen musste, mit ihnen zu kommen, so hatte sie sich geirrt. Die beiden Vierjährigen klammerten sich an sie, umarmten und küssten sie und zitterten vor Glück und Freude. Über ihren Betten hing ein großes Poster mit einer Cornflakes-Reklame. *Abscheulich!*, dachte Max. *Das macht mich total wütend auf ihre Eltern!*

»Oh, wow, ein Nachtausflug!«, sagte Peter. »Ich kann es kaum abwarten!«

»Ein Flug im Schwarm! Wir unternehmen einen Flug mit dem ganzen Schwarm!«, frohlockte Wendy.

Jemand hämmerte an ihre Wand. Dann ertönte die dumpfe Stimme von Peter Chen, dem biologischen Vater der Zwillinge. »Hört auf damit! Peter und Wendy, ihr legt euch augenblicklich wieder ins Bett und schlaft! Ihr wisst ganz genau, dass ihr morgen Früh einen wichtigen Drehtag habt!«

»Wir sind nämlich jetzt Stars!«, flüsterte Peter und zwinkerte.

Max erstarrte. Sie lauschte, während ihr Herz bis zum Hals hämmerte. Erst als sie sicher war, dass sich draußen vor dem Zimmer keine Schritte näherten, bewegte sie sich wieder. Rasch half sie Peter und Wendy beim Anziehen und Packen. Leise, leise, und ganz vorsichtig.

Augenblicke später kauerten sie auf dem Verandadach. Wie Peter Pan und seine Freunde. Ziemlich cool, ziemlich verrückt, vollkommen abgefahren.

»Wohin fliegen wir?«, wollte Wendy wissen.

»Das ist ein Geheimnis«, antwortete Max.

Sie flatterten hinauf in die kühle, klare Nacht und folgten Max.

»Es ist ein Geheimnis!«, riefen Peter und Wendy aufgeregt. »Ein großes Geheimnis!«

Sie waren außer sich vor Freude, wieder vereint zu sein. Der ganze Schwarm!

Der Stamm!

Die Familie!

Genau so, wie es für ein paar kostbare Monate am Lake House gewesen war!

Sie vollführten Kunststücke hoch über dem schneebedeckten Waldland. Ihr unschuldiges Lachen hallte meilenweit über die Hügel. Es war ein wunderbares Erlebnis, die Vogelkinder zu beobachten. Besser als jede Flugshow der U.S. Air Force, besser als alles, was sie je zu bieten hätte.

Matthew mit seinen fortgeschrittenen neun Jahren führte das »Junior-Geschwader« in Sturzflüge und unglaubliche dreifache Fassrollen. Er führte die Zwillinge auf eine irrsinnige Jagd um zwei sichtlich gestresste Ohreulen herum, die auf ihrem nächtlichen Streifzug waren. Oz und Icarus amüsierten sich ebenfalls prächtig. Icarus benötigte die Hilfe von Oz, weil er blind war. Die Kinder hatten einen verbalen Kode entwickelt, quasi eine »Flugsprache«, um Icarus zu führen.

Chee-rup bedeutete geradeaus, *caw* bedeutete links, *cree* hieß rechts. Ein *Talondrop* war freier Fall mit angelegten Flügeln, mit den Füßen zuerst, doch nichts in der Flugsprache konnte die fantastische Macht der Worte *Steigen* und *Sinken* ersetzen.

Die Kinder kombinierten ihre Worte frei nach Gefühl. *Caw-Rolle* bedeutete Rolle nach links, *che-rup-te-rup-te-rup* bedeutete Auf- und Abfliegen wie in einer Achterbahn. Als sie sich endlich alle ein wenig abreagiert hatten und entspannter waren, gingen sie in den Gleitflug über, und Oz und Icarus sangen Lieder wie *Bad to the Bone* und *My Sharona*.

Max war von Stolz erfüllt. Sie hatten das kranke Höllenloch der Schule überlebt, wo man sie dazu gezwungen hatte, in den Labors zu arbeiten, wo sie in Käfigen gehalten worden waren und unter der ständigen Furcht gelebt hatten, eingeschläfert zu werden. Bis zum vergangenen Jahr waren sie niemals in einem Auto gefahren, nie in einem Kino, geschweige denn einer Stadt gewesen, und sie hatten nicht einmal das getan, wofür sie wie geschaffen waren.

Sie hatten niemals ihre Flügel ausgebreitet, um zu fliegen.

Während Max über all das nachdachte, schäumte die Begeisterung bei ihrem spitzbübischen kleinen Bruder über. »Snacks für unterwegs!«, rief er mit krächzend hoher Stimme. »Wer hat Hunger wie ein Wolf?«

Matthew hatte einen 7-Eleven-Laden erspäht, unten am Highway, der durch Lyons führte. Blendend grelles grünes und orangefarbenes Neonlicht schimmerte zu ihnen hinauf. Er pfiff die Zwillinge zu sich, und sie schossen hinunter auf die einladenden Türen wie Pfeile auf das Schwarze einer Zielscheibe.

»Nein!«, rief Max hilflos. »Nein, nicht! Bitte, halt. Tut das nicht!«

Sie hätte sich die Mühe sparen können.

Hilflos beobachtete sie, wie die Kids entlang den Ladenregalen flatterten und Dosen und Gläser hinter ihnen zu Boden polterten.

»Ring Dings!«, rief Wendy und riss ein paar Pakete Schokoladenkuchen aus dem Regal. Peter schwebte vor dem Salzgebäck und wählte eine Riesenpackung Cheeze Doodles.

Matthew nahm eine Schachtel Cracker-Jack-Karamellpopcorn und Tostitos Tortilla Chips. Mit ihrer Beute in den Armen flogen die drei Kleinen kreischend und lachend aus dem Laden und ließen einen vollkommen verwirrten, sprachlosen Teenager mit weit aufgerissenen Augen hinter der Registrierkasse zurück.

»Macht das nie wieder!«, schimpfte Max, als sie in die Formation zurückgekehrt waren. »Was ihr getan habt, nennt man Diebstahl! Dieser arme Junge muss den ganzen Dreck aufräumen, den ihr hinterlassen habt!«

»Wir machen es auch ganz bestimmt nicht wieder, Max«, versprach der kleine Peter und leckte sich die letzten Krumen von den Lippen. »Ich schwöre es. Wir benehmen uns von jetzt an.«

Max war nach Lächeln zumute, doch sie konnte nicht. Sie machte sich nicht so sehr wegen des Gelegenheitsdiebstahls Gedanken als wegen der Tatsache, dass man sie jetzt gesehen hatte.

Jetzt gab es einen Augenzeugen, und das in einer Entfernung von weniger als vierzig Kilometern von Bear Bluff.

Bear Bluff und Frannies Haus.

Ich feierte eine Selbstmitleidsparty auf der rückwärtigen Veranda meines Hauses, mit einer hübsch gekühlten Flasche Turning Leaf Chardonnay neben mir, als ich das Telefon läuten hörte. *Soll es weiter läuten.* Ich hatte nicht vor dranzugehen.

Die Notrufe waren zu meiner Vertretung umgeleitet, Dr. Monghill in Clayton, der nächsten Stadt in westlicher Richtung. Ich fühlte mich zu elend, um meine Depressionen auf irgendeinem unschuldigen Anrufer abzuladen, wer auch immer es sein mochte.

Ich saß einfach nur da und nahm die Atmosphäre in mir auf.

Die Grillen, die blinkenden Sterne und den süffigen Wein, als das Telefon erneut läutete und mir diesmal richtig auf den Geist ging.

Die Welt.

Lasst mich verdammt noch mal in Ruhe!

Dann hörte ich in der Ferne eine Polizeisirene.

Was hat das nun schon wieder zu bedeuten?

Ich ließ meinen Wein auf der Veranda stehen und ging ins Haus. Ich hatte gerade den Anrufbeantworter zurückgespult, als vor meinem Haus der infernalische Lärm der Sirene verstummte. *Das ist für dich*, dachte ich. Ich rannte nach draußen.

Eine helle Taschenlampe näherte sich durch den Wald. Es war State Trooper Brian McKenna. »Hey, Mac!«, begrüßte ich ihn.

»Hey, Frannie!«, antwortete er. »Ich dachte mir doch, dass ich Sie hier finde. Warum sind Sie nicht ans Telefon gegangen? Ich habe mir schon Sorgen gemacht!«

»Ich hab's abgeschaltet für heute Nacht. Was gibt's denn?«

»Die Kinder sind verschwunden«, sagte Mac und stellte den schweren Stiefel auf die unterste Stufe meiner Verandatreppe, während er eine Hand auf das Geländer legte. Big Mac hatte ebenfalls versucht, sich mit mir zu verabreden, und das, obwohl er *verheiratet* war. »Wissen Sie irgendwas darüber? Ich hoffe doch, dass Sie nichts mit der Sache zu tun haben, Frannie?«

Mir lief es eisig über den Rücken. »*Verschwunden?* Was soll das bedeuten? Welches von den Kindern ist verschwunden?«

»Alle, Frannie. Alle sechs sind verschwunden, alle auf einmal, wie vom Erdboden verschluckt. Haben Sie die Kinder bei sich oder wissen Sie, wo sie stecken könnten? Falls ja, sagen Sie es mir besser gleich, sonst könnten Sie in Schwierigkeiten kommen.«

»Ich habe die Kinder nicht bei mir, Mac«, antwortete ich. »Und ich habe kein Wort von ihnen gehört.«

»Hätten Sie was dagegen, wenn ich mich kurz im Haus umsehe?«, fragte der Trooper.

»Ich finde das verletzend, Mac. Aber bitte, verderben Sie sich nur alle Chancen bei mir. Meine Güte, Mac!«, sagte ich.

Er bedachte mich mit einem Seitenblick, der deutlich zum Ausdruck brachte, dass er entweder mein Verhalten oder meine vom Wein undeutlich gewordene Aussprache missbilligte – was von beiden, wusste ich nicht genau zu sagen. Ich war definitiv nicht betrunken, doch ich hatte einige Fortschritte in meinen Bemühungen gemacht, den Schmerz unter Kontrolle zu bringen. Trotzdem war ich von den Neuigkeiten wie betäubt. Ich redete ein paar Mal jede Woche mit den Kindern. Ich vermisste sie schrecklich, doch ich hatte mir immer und immer wieder eingeredet, dass sie in Sicherheit waren und vielleicht sogar glücklich. Dieser dumpfe Trost hatte sich in diesem Augenblick in Luft aufgelöst.

Ich folgte dem ernsten jungen Statie in mein Haus und sah ihm zu, wie er den Kopf in jedes Zimmer steckte. Als er sich überzeugt hatte, dass ich keine sechs Kinder unter dem Bett oder im Wäschetrockner versteckt hielt, entschuldigte er sich für seine Unhöflichkeit und bat mich, bitte mit den Staties in Verbindung zu bleiben.

»Wenn Sie etwas von den Kindern hören oder sehen, Frannie, dann rufen Sie mich sofort an. Wählen Sie meinen Pager an oder reden Sie mit einem Kollegen auf der Station, okay? Die Eltern der Kinder sind vollkommen außer sich vor Sorge.«

»Ich verstehe.« Ich verstand tatsächlich. Ich war selbst alarmiert.

Der Trooper tippte an seine Hutkrempe und kehrte über den Waldweg zu seinem Streifenwagen zurück.

Meine Betrübnis von vorhin war von einer Sekunde auf die andere wie weggeblasen. Noch wenige Minuten vorher hatte ich mich einsam gefühlt und in Selbstmitleid gebadet. Jetzt war mir schlecht vor Angst wegen der Kinder, so sehr, dass mir die Worte fehlten.

Es gab nur einen Menschen, auf den ich mich verlassen konnte, der jetzt imstande war, mir mit Rat und Trost zu helfen.

Und dieser Mensch war Kit.

Ich schaltete alle Lichter in der Küche ein, doch ich hatte keine Ahnung, warum ich dies tat. Vielleicht weil ich Angst hatte?

Der Wasserhahn tropfte, also drehte ich am Knopf, so fest ich konnte, um das unablässige Ping in dem Spülbecken aus rostfreiem Edelstahl zu stoppen. Ich warf ein paar offen stehende Schranktüren zu und hockte mich schließlich auf eine Stuhlkante.

Ich atmete ein paar Mal tief durch, und schließlich nahm ich mein schnurloses Telefon und tippte die Nummer von Kit ein.

Ich lauschte dem Läuten auf der anderen Seite der Leitung.

Es war halb eins in der Nacht, deswegen überraschte es mich nicht, dass Kit zu Hause war und bereits geschlafen hatte. Zum Glück erkannte er meine Stimme und legte nicht gleich wieder auf. Ich sagte ihm, dass ich dies befürchtet hätte.

»Warum sollte ich auflegen, wenn du anrufst, Frannie?«, fragte er.

Nun ja, das letzte Mal, dass wir einander tatsächlich gesehen hatten, war bei der Vormundschaftsverhandlung in Denver gewesen. Ich erinnerte mich, dass er versucht hatte, mich zu trösten, doch ich war untröstlich gewesen. Unsere Unterhaltungen am Telefon hinterher waren herzerweichend kurz gewesen. *Lass uns eine Pause machen, bla bla bla. Wir müssen uns erholen. Die Wunden müssen heilen. Wenn es so sein soll, dann soll es so sein.* Wir waren beide zu tief getroffen, um einander zu ertragen. Wir hatten nicht mehr miteinander geredet, seit ich ihm seine Sachen mit UPS zurückgeschickt hatte.

»Ich habe gerade erfahren, dass die Kinder verschwunden sind, Kit. Alle sechs! Ein State Trooper war bei mir und hat mir gesagt, alle sechs wären weg!«

Stille am anderen Ende der Leitung, und ich wusste, dass Kit genauso schockiert war wie ich, während er über all die grauenvollen Möglichkeiten nachdachte, genau wie ich es getan hatte. Warum sollten die Kinder gemeinsam weglaufen? Warum ausgerechnet jetzt? Wohin würden sie sich wenden? Doch am meisten von allen quälte uns die Frage, ob sie vielleicht entführt worden waren.

Ich war völlig unvorbereitet auf die Antwort, als sie schließlich kam. »Ich weiß es bereits, Frannie«, sagte er. »Ich konnte es dir nicht sagen, deswegen bin ich froh, dass die Cops zu dir gekommen sind.«

»Was?«, brüllte ich in den Hörer. *»Du wusstest es bereits?«*

»Ich durfte es dir nicht sagen. Man hat mir nicht erlaubt, dich zu informieren. Der Direktor persönlich hat es mir untersagt.«

Ich hasste es wie die Pest, wenn Kit mit seinem blöden FBI ankam.

»Du Arschloch!«, brüllte ich in den Hörer. »Du verdammtes Arschloch! Hast du wirklich geglaubt, ich würde mich besser fühlen, wenn ich durch einen Fremden davon erfahre? Aber was erwarte ich auch von dir.«

Mit diesen Worten legte ich auf.

Mit einer unglaublichen Wut im Bauch saß ich in der Küche auf meinem Stuhl und hielt das tote Telefon in der Hand. Ich war empört, und ich war verletzt. Eine ganze Weile lang starrte ich auf den Colorado-Wildlife-Wandkalender über meinem Herd, ohne mich zu regen. Hübsche Bilder, doch sie halfen mir jetzt auch nicht weiter. Ich musste raus aus dem Haus, um nicht verrückt zu werden.

Ich nahm meine Baumwolljacke, die achtlos über einer Stuhllehne gehangen hatte, und zog sie an. Dann rief ich nach Pip. »Hast du Lust auf einen kleinen Spaziergang mit mir, mein Freund?« Der Jack Russell konnte sein Glück kaum fassen.

Wir marschierten über einen Waldweg, der am oberen Rand einer Schlucht entlang verlief. Glücklicherweise herrschte fast Vollmond, und wir hatten mehr als genug Licht.

Pip rannte schnüffelnd und schnaubend hoch und runter, und ich hörte, wie verschiedene vierbeinige Kreaturen beim Geräusch meiner Schritte auf dem weichen Boden hastig tiefer in den Wald flüchteten.

Dann hörte ich ein Rascheln in den Bäumen über mir.

Sofort musste ich an einen Rotluchs denken. Ich erstarrte beim Gedanken an eine vierzig Kilo schwere Raubkatze irgendwo in den dünnen Ästen direkt über meinem Kopf. Das war überhaupt nicht gut. Das war im Gegenteil sehr, sehr schlecht.

Weiteres Rascheln. Meine Knie wurden ein wenig weich. Dann ertönte eine mir vertraute Stimme.

»Hey, Frannie! Wie ist denn das Leben so da unten auf der Erde?«

Zuerst sprang Max aus den dichten, überhängenden Ästen. Dann kam Matthew zum Vorschein, gefolgt von Icarus, Oz und den Zwillingen. Alle stürzten sich gleichzeitig auf mich und drängten sich um mich. »Mama, Mama!«, weinte die kleine Wendy immer wieder. »Mama, du bist es!« Mein Herz drohte zu schmelzen. Ich konnte nicht anders, die Tränen schossen mir in die Augen, und ich wollte sie auch gar nicht stoppen.

Endlich lösten wir uns voneinander, und dann rannten, sprangen und liefen wir zu meiner Hütte. Wir feierten mit heißer Schokolade und Plätzchen und mit Ananasstücken für Wendy und Peter. Es gelang mir nicht einen Moment lang, die Augen von den kleinen gefiederten Wunderkindern abzuwenden.

Ich war unendlich erleichtert, sie alle in meiner Küche zu haben, am Leben und unverletzt. In Gedanken zählte ich immer wieder ihre Zehen und Finger. Ich küsste ihre süßen, süßen Gesichter wieder und wieder. Und ich fragte mich unablässig: *Was mache ich jetzt nur?*

Nach dem Dessert war Max immer noch hungrig. »Ich habe eine verdammt lange Nacht hinter mir«, sagte sie lachend. »Ich könnte ein ganzes Nilpferd essen. Aber Pasta Marinara tut es auch.«

Max kannte sich in meiner Küche aus und beharrte darauf, selbst zu kochen. Sie nahm einen großen Topf vom Steckbrett über dem Herd, füllte ihn mit Wasser und stellte ihn auf die Flamme. Oz fand in der Speisekammer ein Glas mit roter Soße. Matthew begann Petersilie zu hacken.

Sie waren wieder zu Hause. Mein Gott, wie gut es tat. Das beste Gefühl auf der ganzen Welt.

Während Max und die Truppe Pasta zubereiteten, erzählte sie mir, warum sie alle hatten flüchten müssen. Mit bestürzender Nonchalance beschrieb sie die bewaffneten *Men in Black*, die in das Haus der Marshalls eingebrochen waren, und benutzte sogar eine Zeile von einem Filmposter: Gleicher Planet, neuer Abschaum.

Ich konnte nicht darüber lachen. Ich war schockiert, entsetzt, mir lief es eisig über den Rücken. Ich fragte Max rundheraus, ob sie sich einen Grund vorstellen konnte, aus dem jemand Jagd auf sie machte.

Sie zuckte die Schultern und meinte lakonisch: »Vielleicht sind wir ja so was wie unbezahlbare Kunstwerke? Wer weiß das schon? Belassen wir es einfach dabei, Frannie, okay?«

Gegen zwei Uhr morgens schliefen Wendy, Peter, Matthew und Pip endlich auf meinem Bett ein. Ich deckte Max auf dem Sofa mit einer Bettdecke zu und warf weitere Decken und Kissen auf den Boden für den harten Burschen Oz. Icarus versteckte sich im Wäscheschrank, wo er sich sicherer fühlte. Ich gab allen einen Gutenachtkuss.

Nachdem sie endlich eingeschlafen waren, kehrte ich in die Küche zurück, um gründlich über die Situation nachzudenken. Ich hatte sechs extrem verängstigte Kinder in meinem Haus, und sie waren auf der Flucht vor jemandem, der ihnen wahrscheinlich etwas antun wollte oder sie möglicherweise sogar verkaufen würde. Wer war dieser Jemand? Und warum?

Trooper McKenna hatte mich ermahnt, ihn sofort anzurufen, doch das hatte ich bis jetzt nicht getan. Vergangene Erfahrungen hatten mich gelehrt, den Menschen noch lange nicht zu vertrauen, bloß weil sie eine Uniform trugen und einen Stern auf der Brust hatten oder bei irgendeiner Regierungsbehörde arbeiteten.

Das FBI steckte ebenfalls in der Sache, so viel schien festzustehen.

Wenn Kit mir nicht erzählen durfte, dass die Kinder verschwunden waren – wie viel darf ich dann meinerseits ihm erzählen?

Bei diesem Gedanken übermannte auch mich der Schlaf.

Viertes Buch

Yellow brick road

Kristin Morgan war eine Medizintechnikerin von höherem Rang, die nur eine einzige Aufgabe hatte, doch sie schätzte, dass diese Aufgabe ihr einen wichtigen, wenngleich kleinen Platz in der Medizingeschichte verschaffen würde. Tatsächlich hatte diese Selbsteinschätzung ihr zu ihrem Spitznamen verholfen: Cog, Zahnrädchen.

Sie trug die Verantwortung für den Scoop, das formschöne Instrument aus Titan mit seinen Porsche-artigen Kurven und empfindlichen Kalibrierungen, die genau wie ein teurer Sportwagen ständige Feinabstimmung benötigten. Cog war verantwortlich für die Einsatzbereitschaft und die Wartung des Scoops, und es würde ihren Hals kosten, wenn mit diesem hochmodernen technischen Gerät irgendetwas schief ging. Und »den Hals kosten«, das war im Hospital durchaus nicht als Witz zu verstehen.

Ein leises, recht stimulierendes Summen verkündete die Einfahrt des Scoops in den Operationssaal. Er bewegte sich entlang einer Schiene an der Decke.

Cog, unkenntlich unter ihrer Mütze und Maske und in ihrem blauen OP-Kittel, folgte dem Scoop auf seinem Weg zum OP-Tisch.

Über dem nackten Körper von Raoul Ramirez, einem achtzehnjährigen Jungen aus Coral Gables, Florida, kam er zum Stehen.

Raouls Körper lag weit aufgeschnitten da. Ein langer zentraler Schnitt vom Hals bis zum Schambein, zwei Schnitte quer dazu am oberen und unteren Ende, und die beiden Lappen aus Haut und Muskeln wurden von Klemmen aufgehalten. Die Rippen waren ebenfalls gespreizt, und darunter lagen die nackten Organe, befreit von jeglichem Haltegewebe.

Cog hob die Hände an die beiden lateralen Griffe des Scoops, die an die Handgriffe eines Fahrrads erinnerten. Sie bemühte sich, nicht an die Person Raoul Ramirez zu denken, während sie ihre Arbeit machte.

Das ist Wissenschaft, sagte sie sich. Es war wichtig, notwendig; und es geschah überall auf der Welt, insbesondere in China und Japan. Es war von größter Bedeutung, dass die Vereinigten Staaten nicht den Anschluss verloren und zu guter Letzt andere Länder überflügelten, oder?

Der Scoop war ein wichtiges Instrument, und Cog war eine wichtige Person.

Sie führte die hydraulisch betriebenen Schaufeln zu einer exakt definierten Position über dem Torso des Jungen. Nach Augenmaß und mit viel Gefühl öffnete sie die Schaufeln, senkte sie herab und schob die Titanzähne unter Raouls innere Organe. Dann justierte sie die Schaufeln so, dass die umschlossenen Eingeweide weder abrutschen noch zerreißen konnten. Schließlich arretierte sie das glitzernde Maul der Maschine und legte einen weiteren Schalter um.

Mit leisem Summen glitten die Schaufeln nach oben und hoben das »Paket« von Organen aus dem Rumpf des Jungen. Der Rumpf war nun im Hospitaljargon ein »Kanu«.

Cog legte einen weiteren Schalter um und folgte dem Scoop auf dem Weg zurück und durch eine Öffnung in der Wand zu einem sich anschließenden Raum, den sie »Bad« nannten.

In Cogs Augen erinnerte das Bad eher an eine Dunkelkammer. Eine lange Wanne aus rostfreiem Edelstahl nahm eine ganze Wand ein, und in der Mitte des Raums stand ein grauer Metalltisch. Auf dem Tisch standen drei rechteckige Becken, ebenfalls aus rostfreiem Stahl, dreißig Zentimeter hoch, gefüllt mit Flüssigkeit.

Das Scoop lief summend an der Schiene entlang, bis es über dem ersten Becken zum Halten kam.

Cog griff nach oben und senkte die Schaufel ab, bis sie vollständig in die Flüssigkeit eintauchte. Zufrieden mit ihrer Arbeit bis zu diesem Zeitpunkt, öffnete sie den Scoop und schob zwei Schläuche in die abgetrennten Enden der größten Blutgefäße. Erst als sie damit fertig war, öffnete sie die Klemmen, die die große Hohlvene und die Bauchschlagader verschlossen hielten.

Blut sprudelte aus der Aorta und wurde über den einen Schlauch in einen Kanister abgeleitet, während durch den anderen eine kurzlebige Sauerstoffquelle mitsamt einem reinigenden Enzym in die Organe gespült wurde. Nachdem das Herz und die Lungen und alle anderen Organe von der sauerstoffangereicherten Lösung rosig leuchteten, klemmte Cog die Blutgefäße erneut ab und schloss die hungrigen Schaufeln des Scoops wieder.

Der Scoop hob das Organpaket hoch und positionierte es über dem zweiten Becken. Dieses enthielt eine weitere enzymatische Lösung, eine trübe Brühe, die mikrobiologisch maßgeschneidert worden war, um Fettknötchen, Blut und jegliche Überreste von Bindegewebe zu zerstören.

Cog ließ das Paket in der Reinigungslösung »einweichen«. Manchmal war es erforderlich, mit der Hand nachzuhelfen und Fett von der Leber und vom Herzen abzustreifen.

Doch Raoul war noch jung gewesen, und seine Organe waren in tadellosem Zustand. Er war ein prachtvolles Exemplar. Ein richtiges Schokoladenstück.

Cog beobachtete, wie der Scoop aus dem zweiten Becken auftauchte, und überführte ihn in Becken Nummer drei. Während das Paket in einer starken Salzlösung schwamm, versetzt mit neuralen Stammzellen, wurde das Nervensystem mit hochfrequenten Ultraschallwellen stimuliert. Die Stammzellen, ursprünglich aus dem Gewebe von Föten gewonnen und anschließend geklont, verbanden sich mit den abgetrennten Nervensträngen und bereiteten die Nervenenden auf diese Weise vor.

Kristin Morgan atmete befriedigt auf. Der Prozess war reibungslos verlaufen. Nachdem das »Paket« in den blauen Raum transferiert worden war, würde sie den Scoop sorgfältig zerlegen und desinfizieren. Es durfte nicht die geringste Gefahr einer Fehlfunktion oder gar einer Infektion beim nächsten Mal geben, und das nächste Mal würde bereits in gar nicht allzu ferner Zukunft stattfinden.

Cog würde Raoul Ramirez schon bald vergessen haben, genau wie all die anderen vor ihm.

Hunderte von Spendern.

Alle in diesem Raum gestorben.

Die Morgendämmerung war noch nicht hereingebrochen unter dem dichten Blätterdach um Bear Bluff, Colorado. Die Luft war frisch, beinahe zu kühl.

Dr. Ethan Kane lehnte an einem Baumstumpf und fluchte. Er musste aufhören, das Hämatom an seinem rechten Oberschenkel zu massieren, wo das kleine Miststück von Mädchen gewagt hatte ihn zu treten. Er hatte ein weiteres großes Hämatom am Unterarm. Er war sicher, dass es bis auf den Knochen ging.

Der Schmerz diente Dr. Kane als Lektion, dass er das Mädchen trotz allem unterschätzt hatte. Sie war ein überlegenes Wesen, hieß es. Nun, jetzt hatte er selbst die Erfahrung gemacht.

Er lutschte auf einem brutal starken Pfefferminz, während er durch eines der fantastischen neuen, in Deutschland hergestellten Ferngläser die Hütte von Frannie O'Neill beobachtete.

Er befand sich mehr als zweihundert Meter vom Haus entfernt, doch er konnte die Tierärztin deutlich sehen. Es war fast, als stünde er direkt vor dem Fenster des Miststücks.

Er fragte sich, ob sie jeden Morgen so früh aufstand oder ob sie vielleicht von einer dunklen Vorahnung erfüllt war, dass sie an jenem Tag sterben würde. *Denn das wirst du*, dachte Dr. Kane. *Du bist eine tote Frau, auch wenn du es noch nicht weißt.*

Er konnte die Zeit auf der Uhr über dem Herd ablesen: 4:22.

Seine eigene Uhr, eine Breitling Aerospace, zeigte die gleiche Zeit. Dr. O'Neill achtete offensichtlich peinlich darauf, dass die Uhr richtig ging. Wahrscheinlich achtete sie genauso peinlich auf eine ganze Menge anderer Dinge.

Im Westen nichts Neues, kicherte Dr. Kane in sich hinein. *Bald kann ich wieder zu meiner wichtigen Arbeit im Hospital zurück.*

Seine Zweimannteams waren tief im Wald postiert, und zwar so, dass sie die Türen auf der Nord- und Südseite der Hütte beobachten konnten. Jeder von ihnen besaß ein Motorola-Funkgerät, eine Infrarotbrille, ein Werkzeug mit verschiedenen Klingen und Schneidinstrumenten und einen GPS-Empfänger, der so ungefähr jeden Fleck auf der Erde genau bestimmen konnte.

Dr. Ethan Kane ging in Gedanken noch einmal seinen Plan durch. Das Team würde nicht in die Hütte einbrechen, weil es zu viel Raum für Fehlschläge und Konfusion gab. So viel hatte er inzwischen gelernt. Die Kinder waren beängstigend stark, unglaublich schnell und gerissen. Sie schienen sämtliche Vorzüge von Menschen und Vögeln in sich zu vereinen.

Nein, das Team würde in den Wäldern bleiben und warten. Bereit zum Zuschlagen. Diesmal würde es keine schmerzhaften Fehler geben.

Wenn die Kinder irgendwann das Haus verließen, würden die Teams sie einfach packen.

Eine Vogelbrut nach der anderen.

Ich glaube, ich habe nicht länger als eine halbe Stunde geschlafen, doch ich war mir nicht sicher. Vielleicht war ich auch eine ganze Stunde weggetreten. Plötzlich jedoch war ich hellwach. Und ich wusste, dass ich in Schwierigkeiten steckte.

Der neunjährige Matthew stand neben mir, rüttelte mich am Arm und starrte mich aus vor Entsetzen geweiteten Augen an.

»Was ist denn, Matt?«, fragte ich ihn.

»Draußen in den Wäldern treiben sich Mistkerle rum. Nicht mal Pip hat sie bis jetzt gehört. Es sind die gleichen Schweine, die in unser Haus in Pine Bush eingebrochen sind. Ja, ich bin ganz sicher, Frannie. Ich kann sie riechen. Sie riechen nach Tod. Sie sind böse, schlecht bis auf die Knochen. Vertrau mir.«

Panik breitete sich in mir aus. Wäre Adrenalin Raketentreibstoff, ich wäre in diesem Augenblick auf halbem Weg zum Mond gewesen. Wir waren vollkommen ungeschützt hier draußen und verletzbar. Meine Hütte besaß ein Dutzend Fenster oder mehr, und vor keinem einzigen davon hatte ich Vorhänge. Heute weiß ich, dass ich dumm gewesen bin. Statt am Abend zuvor das Wiedersehen mit den Kindern zu feiern, hätte ich sofort um Hilfe rufen müssen. Oder mit ihnen flüchten. *Wir hätten flüchten sollen!*

»Bleib hier«, sagte ich zu Matthew. »Bleib genau hier und rühr dich nicht vom Fleck, du Super-Pfadfinder. Steh nicht auf und halte dich von den Fenstern fern!«

»Sehe ich vielleicht so blöd aus?«, entgegnete Matthew entrüstet.

»Nein. Also bleib unten.«

Ich setzte mich auf den Boden und schlüpfte hastig in die Klamotten vom Vortag. Dann hörte ich Pips Krallen auf dem Hartholzboden klicken. In Sekundenschnelle hatte er mich entdeckt und tanzte auf den Hinterbeinen um mich herum.

»Still«, ermahnte ich ihn. »Du hast versagt, Kleiner. Du bist mir ein schöner Wachhund.«

Gemeinsam krochen wir in die Küche. Ich kroch direkt zu der Wand, an der das schnurlose Telefon hing. Ich tastete nach dem Apparat in seiner Halterung und wollte nicht glauben, was meine Finger mir verrieten.

Das Telefon war verschwunden!

Die Halterung war leer!

Wo war das verdammte Ding? Was hatte das zu bedeuten? Waren sie vielleicht schon im Haus?

Ich unterdrückte einen Aufschrei, doch ich konnte nicht verhindern, dass ein leises Stöhnen über meine Lippen drang. Dann kroch ich über den Boden zur Arbeitsfläche und tastete mit der Hand dort umher.

Ich fand die Zuckerdose und stieß den Salzstreuer um. *Verdammter Mist!*

Dann fanden meine tastenden Finger das Schnurlosgerät – genau an der gleichen Stelle, wo ich es am Vorabend nach meinem Telefonat mit Kit vergessen hatte. Ich kann Ihnen sagen, ich war unendlich erleichtert.

Ich drückte den Wählknopf.

Kein Freizeichen. Nichts.

Vielleicht waren die Batterien leer. Es spielte keine Rolle. Ich steckte bis zum Hals im Wasser, und das ohne Sicherheitsleine und Rettungsring. Sechs kleine Kinder saßen zusammen mit mir im sinkenden Boot. Ich war in heller Panik. Ich war schließlich nicht Jodie Foster.

In diesem Augenblick erhob ich mich vom Boden.

Und spürte eine Hand an meinem Bein.

Fast hätte ich einen Herzschlag erlitten.

»Hier, nimm das.« Es war Max, und sie drückte mir ihr Mobiltelefon in die Hand.

Ich stieß einen erleichterten Seufzer aus – das Gerät war voll aufgeladen, und die Batterieanzeige leuchtete grün. »Danke«, flüsterte ich.

Ein weiterer Schatten kam in die Küche gekrochen. Ozymandias der Tapfere. Der Held. Er sah aus, als wäre er bereit, sich in den Krieg zu stürzen.

»Sie kommen näher, Frannie«, berichtete er. »Die Feiglinge kommen immer näher. Wir können gegen sie kämpfen! Wir können gegen sie gewinnen! Ich zweifle nicht einen Augenblick daran, dass wir die besseren Chancen haben!«

»Max, ruf alle Kinder zusammen. Du auch, Ozy. Holt eure Sachen, und dann geht alle leise nach unten in den Keller. Und dass mir keiner fliegt! Bleibt unten am Boden, hört ihr? *Nicht fliegen!*«

Dadurch, dass wir uns im Keller versteckten, konnten wir höchstens ein wenig Zeit herausschinden. Falls wir dort blieben, würden sie uns am Ende finden. Und ermorden? Doch ich hatte eine andere Idee. Es heißt, Diamanten würden unter hohem Druck entstehen. Falls ja, dann war meine Idee ein richtiger Diamant.

Und wie bei allen kostbaren Edelsteinen würde der Preis verdammt hoch sein.

Ich wusste, was ich zu tun hatte, und ich hasste es mehr, als hätte ich einen Liter Rizinusöl in einem Zug austrinken müssen. Es machte mich unglaublich wütend und zugleich untröstlich traurig.

Und vielleicht war es auch ein wenig verrückt.

Es musste einer der schlimmsten Augenblicke meines Lebens sein, und bis jetzt war noch nicht einmal etwas passiert!

Ich war wütend auf Kit, weil er nicht da war, um mir zu helfen. Vielleicht wäre ihm ein anderer, besserer Plan eingefallen.

Verdammter Mistkerl!

Ich kauerte hinter den Kindern, als sie eines nach dem anderen die Treppe hinunter in den Keller schlichen. Die Zwillinge hatten die Augen weit aufgerissen und murrten vor sich hin, weil sie so unvermittelt aus ihrem behaglichen Schlaf geweckt worden waren.

Max legte ihnen die Hände auf die Köpfe, um sie zum Schweigen zu bringen. »Still!«, flüsterte sie.

»Ich komme gleich hinterher«, raunte ich Max zu. »Macht nichts Unbesonnenes. Ich komme in ein paar Minuten nach.«

Ich hoffte inbrünstig, dass ich imstande sein würde, dieses Versprechen zu halten.

Die strahlende Morgensonne schimmerte durch die Fenster auf der Ostseite. Meine Hände zitterten nicht wenig. Rasch, bevor sentimentale Gedanken in mir die Oberhand gewinnen konnten, machte ich mich an die Arbeit und tat das Unaussprechliche.

Ich nahm ein scharfes Schälmesser und ging damit zu meinem Sofa. Ich schlitzte die Polster auf, bis der gesamte Rahmen mit Federn und Gänsedaunen bedeckt war.

Als Nächstes stapelte ich die Magazine vom Wohnzimmertisch auf dem ruinierten Sofa. *Scheiße. Scheiße. Scheiße. Das schmerzt. Das tut wirklich verdammt weh.*

Ich blickte mich im Wohnzimmer um, warf einen letzten Blick auf die Bücher und Erinnerungen an meinen toten Mann, Dr. David Mekin. Auf das Modellboot, das er gebaut, mit seiner Unterschrift und dem Datum versehen hatte, auf unser Hochzeitsfoto auf dem Kaminsims. Es gelang mir nicht, die Flut von Erinnerungen aufzuhalten. Der Bau unseres Heims, die langen Abende vor dem Kamin, wie wir uns geliebt hatten, selbst die Streits, die wir miteinander ausgefochten hatten …

Doch dann riss ich mich zusammen und kroch zum Schrank im Hausflur, wo ich kurz aufstand und einen Stapel der alten medizinischen Fachzeitschriften meines toten Mannes herunterzog. Als er noch am Leben gewesen war, hatte ich sie nicht wegwerfen dürfen, und nachdem er tot gewesen war, hatte ich sie nicht mehr wegwerfen wollen. David war Forscher gewesen, und ein guter obendrein. Er hatte zu viel über die Schule herausgefunden, und die Schweinehunde hatten ihn beseitigt. Genau so reagierten sie, wenn man ihnen in die Quere kam, und im Augenblick schien es so, als wäre jemand hinter mir und den Kindern her, als würden wir auf der Abschussliste stehen. *Armer David*, dachte ich. *Arme Kinder. Und ich erst.*

Automatisch traten mir Tränen in die Augen. Ich sah Davids mit einem Laken zugedeckten Leichnam auf dem Stahltisch des Leichenbeschauers liegen. Ich erinnerte mich an den grausamen Schmerz über seinen Verlust. Nach Davids Ermordung war ich aus der Hütte ausgezogen, in der wir gemeinsam gelebt hatten, und hatte in dem freien Zimmer in meiner Tierklinik gewohnt. Es war zu schmerzhaft gewesen, mit seinen Hinterlassenschaften und meinen Erinnerungen zu leben. Dann hatte ich Max in den Wäldern gefunden. Nachdem es mir gelungen war, ihr Vertrauen zu gewinnen, hatte sie mich und Kit mitgenommen und uns die anderen Kinder vorgestellt. Als die Typen von der Schule uns gefunden hatten, brannten sie meine Tierklinik bis auf die Grundmauern nieder. Mit dem Geld der Versicherung war ich in der Lage gewesen, das Haus neu aufzubauen; in der Zwischenzeit war ich wieder in mein altes Blockhaus in den Wäldern gezogen.

Und jetzt sah alles danach aus, als wäre es an der Zeit für einen weiteren Umzug – nur, dass Nationwide die Rechnung diesmal mit ziemlicher Sicherheit nicht bezahlen würde.

Neben dem Holzofen hatte ich ein Dutzend Duraflame-Scheite gestapelt. Sie würden ihren Zweck perfekt erfüllen.

Ich warf die Scheite auf den Berg von Magazinen und Federn und fügte sicherheitshalber noch einen Küchenstuhl aus Holz hinzu.

Ich wappnete mich für das, was als Nächstes getan werden musste.

Ich nahm ein Streichholz und zündete es an. Es flammte zischend und fauchend auf. Ich hielt die Flamme an den Haufen.

Es dauerte ein paar Sekunden, dann loderte das Feuer auf. Ich beobachtete, wie kleine Rauchwölkchen zur Decke stiegen, und als das Feuer richtig brannte, nahm ich Max' Mobiltelefon aus der Tasche und tätigte meinen Anruf.

»Bitte helfen Sie mir!«, sagte ich mit echter Panik in der

Stimme. »Hier brennt ein Haus in den Wäldern hinter der Tierklinik von Bear Bluff. Ja, richtig, direkt am Highway Thirty-four. Bitte beeilen Sie sich!«

Ich zog meine Jacke an und klemmte mir den winselnden Pip unter den Arm. Ich weinte, als ich mich bereitmachte, mein brennendes Haus zu verlassen.

Ich war außerdem wütend wie nur irgendetwas, absolut außer mir vor Wut, und ich brannte auf Rache. Irgendwie würde ich Rache nehmen. Es gab immer einen Weg.

Ich rannte die steile Kellertreppe hinunter, bevor ich Zeit finden konnte, meine Tat zu bereuen. Im Keller herrschte absolute Dunkelheit.

Es dauerte einige Sekunden, bevor ich meine Orientierung wiedergefunden hatte.

Ich hörte Scharren und Schleifen, und ich näherte mich dem Geräusch.

Die Kinder waren bei der Arbeit. Sie hoben und schleiften schwere Kisten und Mobiliar zur Seite. Ich meine damit unglaublich schweres Zeug.

Voller Schrecken erkannte ich, dass vor den Kellertüren alles Mögliche an altem Plunder aufgestapelt lag – unser Ausgang war blockiert. Und es wurde noch schlimmer. Ich blickte zur Treppe zurück und sah Rauch, der durch den Schlitz unter der Tür in den Keller vordrang. Ich hatte nicht erwartet, dass sich das Feuer so rasend schnell ausbreiten würde.

In was für eine Falle hatte ich uns da manövriert?

Wir würden alle hier unten sterben!

Wir würden bei lebendigem Leib verbrennen!

Und ich hatte das Feuer selbst gelegt!

Ich stieg über Kisten und Kartons hinweg, um Oz, Max und Matthew zu helfen. Wir wuchteten ein Bettgestell und Dutzende von Kisten voller Bücher beiseite, zusammen mit zwei alten Kommoden. Schließlich hatten wir die Kellertür frei.

»Du bist stärker, als du aussiehst«, sagte Max anerkennend und lächelte ermutigend.

Die Tür wurde durch einen Riegel versperrt, doch mit ein

paar Schlägen mit einem Vorschlaghammer hatte ich ihn herunter.

Plötzlich ging oben ein durchdringender Alarm los. Dann ein zweiter.

Wirklich laut.

»Das sind nur die Rauchmelder, keine Sorge«, erklärte ich den Kindern. »Ich brenne nämlich gerade mein eigenes Haus ab.«

Ich lauschte dem durchdringenden Schrillen mit einer Mischung aus Trauer und Zufriedenheit. Sobald die Blockhauswände brannten, würde das Feuer draußen einen dichten Vorhang aus Rauch bilden, die Ablenkung, die wir zu unserer Flucht brauchten. Wenigstens hoffte ich das. Gütiger Gott, zu welchem Preis!

Die Kellertüren waren schräge Lukendeckel, und die Angeln waren rostig. Wir drückten mit Schultern und Rücken dagegen, so fest wir konnten. Schließlich öffneten sie sich. Ich hatte vergessen, wie unglaublich stark Max und Oz waren – insbesondere Oz, der mir in jeglicher Hinsicht imponierte.

Die Lukendeckel der Kellertür lagen flach zur rechten und linken Seite des Ausgangs am Boden. Der Ausgang selbst führte nach Osten und lag ungefähr fünfzehn Meter von einer Schlucht entfernt. Die Schlucht war nur knapp drei Meter tief und gesäumt von dicken, verwitterten und moosüberwucherten Felsbrocken. Unter gewöhnlichen Umständen ein schöner Ort für einen Spaziergang durch die Natur.

Jetzt hingegen betrachtete ich die Schlucht als eine lange Rutsche in die Sicherheit. Jedenfalls betete ich, dass sie sich als solche erweisen würde.

Es hatte ausgesehen, als gäbe es für uns keine Fluchtmöglichkeit – und jetzt gab es doch eine. Das Feuer, der Rauch, all die Ablenkungsmanöver hatten bis jetzt offensichtlich funktioniert. Jetzt brauchten wir nichts weiter als ein wenig Glück.

Wendy hatte Angst und weinte leise. Ich konnte es ihr nicht verdenken. Mir war ebenfalls zum Weinen zumute. Langsam steckte ich den Kopf durch die Kellerluke und blickte mich um.

Ich lauschte. Keine Schritte. Keine Schüsse. Ich duckte mich wieder in den Keller, nahm Wendy in die Arme und drückte sie fest an mich.

»Mama!«, schniefte sie.

Verdammt! Sehen Sie? Ich war ihre Mutter! Die einzige Mutter, die sie jemals anerkennen würden.

»Es ist alles gut, Baby«, flüsterte ich ihr ins Ohr. »Uns geschieht schon nichts. Irgendwie schaffen wir es hier raus.«

Dann sprintete ich aus der Luke und zum Rand der Schlucht. Ich rutschte den Hang hinunter, während Pip neben mir hersprang. Die Kinder folgten dicht auf dicht. Oz führte den blinden Icarus, während Max ihren jüngeren Bruder Matthew und Peter vorantrieb.

Ich zählte durch.

Die Kinder waren verängstigt, doch wenigstens waren wir noch alle beisammen, und bis jetzt hatte sich niemand verletzt.

Aber was nun? Was sollten wir jetzt tun?

Heißer Rauch stieg in die morgendliche Luft hinauf, und ich glaubte, unter den gegebenen Umständen alles getan zu haben, was in meinen Kräften stand. Herrgott, ich bin eine Tierärztin und nicht Supergirl!

Bevor ich noch damit fertig war, mir selbst auf die Schulter zu klopfen, vernahm ich ein leises Ping, und neben mir zersplitterte ein Stück von einem Felsen.

Jetzt zischten rings um uns Kugeln. Sie haben uns wieder entdeckt! O mein Gott, wir stecken in Schwierigkeiten, hilf uns!

Dann bekamen wir eine kleine Atempause. Nicht so viel, um in lauten Jubel auszubrechen, doch der Wind drehte sich, und der Rauch meines brennenden Hauses gab uns Deckung.

»Und jetzt fliegt los! Bleibt tief unten, hört ihr? Ganz tief unten! Wir treffen uns am Wagen. Los mit euch! Beeilung!«, brüllte ich den Kindern zu, und ausnahmsweise stellte einmal niemand Fragen, sondern alle gehorchten widerspruchslos. Bis zur Straße und dem Inn-Patient, wo ich den Wagen geparkt hatte, war es ungefähr ein halber Kilometer.

Ich hoffte inbrünstig, dass der Wagen noch dort stand! Ich hatte keinen Plan B.

Die Kinder flatterten davon, während ich über Stock und Stein und über herabgefallene Äste sprang. Gott sei Dank stand der Rauch immer noch zwischen mir und den bewaffneten Männern draußen im Wald.

Gerade als die Schlucht zu flach wurde, um sich weiterhin darin zu verbergen, tauchte vor mir ein großer blauer Umriss auf, den ich schon immer geliebt hatte.

Wie ein Fels in der Brandung. Der Suburban stand da, wie ich ihn verlassen hatte. Und neben dem Wagen standen die Kinder. Alle, ohne Ausnahme, Gott sei Dank!

Ich sprang vor und schloss die Türen für die Kinder und Pip auf, und ohne dass ich hätte drängen müssen, kletterten sie auf die Sitze.

»Wohin fahren wir?«, wollten Max und Oz gleichzeitig wissen, während ich den Motor startete.

»Alles anschnallen«, befahl ich statt einer Antwort. »Los, legt eure Sicherheitsgurte an!«

Ich besaß nicht das Herz, ihnen zu verraten, dass ich nicht die geringste Ahnung hatte, wohin ich mich wenden sollte. Ich hatte Angst.

Ich hatte keinen Plan.

Im Verlauf der nächsten fünfhundert Kilometer fuhren wir durch majestätische Ebenen und Hügel und passierten Pikes Peak und andere landschaftliche Reize, die ich zu jeder anderen Zeit bewundert hätte.

Hin und wieder wachte eines der Kinder auf, und ich hielt an einer Tankstelle, um Benzin und Snacks zu kaufen, doch die meiste Zeit lagen sie hinten unter den Decken und blieben unsichtbar. Sämtliche Erleichterungen fanden unterwegs hinter Büschen statt, damit wir nicht von anderen gesehen wurden. Wir waren schließlich nicht in Ferien.

Es war ein einziges Déjà-vu-Erlebnis. Wieder einmal waren wir auf der Flucht, und ich war nicht die Einzige, die mit Angst und Sorge an die Ereignisse der Vergangenheit denken musste.

»Ganz wie in alten Zeiten, wie?«, fragte Max, doch in ihrem Gesicht zeigten sich Ironie und Traurigkeit und nicht eine Spur von Humor. »Ich fühle mich genauso wie letztes Jahr, als Matthew und ich aus diesem elenden, obszönen Gefängnis namens Schule geflüchtet sind. Mit dem einzigen Unterschied, dass wir damals überhaupt nicht wussten, wie die Welt draußen aussieht. Heute wissen wir es.«

»Ich bin jedenfalls lieber auf der Flucht als bei meiner biologischen Mutter«, sagte Ozymandias. »Sie nennt mich Harold, und sie hat nicht die geringste Ahnung von meinen Bedürfnissen. Ich meine den Bedürfnissen des Vogel-Teils in mir.«

»Harold!«, gluckste Matthew. »Ich werd verrückt!«

Wir fuhren bereits sechs Stunden, als wir in der Nähe von Walsenburg einen alten Vulkankegel passierten, östlich des Highways, der aus dem alten Santa Fe Trail hervorgegangen war. Ich war vollkommen am Ende vor Müdigkeit und Angst, als wir endlich mittags den Raton-Pass und die Staatsgrenze passiert hatten.

Kurze Zeit darauf bemerkte ich ein Hinweisschild: *Pines Bungalow Motel*.

Ich verließ den Highway, und wir fuhren über eine kleinere Straße bis an den Stadtrand der Ortschaft Raton, New Mexico, wo ich einen Bungalow anmietete. Ich bezahlte bar für eine Nacht.

Ich parkte den Wagen direkt vor dem Eingang des Bungalows Nummer acht. Dann ging ich hinein und überprüfte alles, bevor ich den Kindern erlaubte, aus dem Suburban auszusteigen.

Es war ein nasskalter, ungemütlicher Bungalow ohne Annehmlichkeiten mit Ausnahme eines kleinen RCA-Fernsehers aus den Siebzigern. Der Teppich war dunkelgrau, zweifellos ausgewählt wegen seiner Schmutzunempfindlichkeit. Die beiden Doppelbetten waren unordentlich gemacht mit Decken und Laken, die ganz bestimmt niemals das Good Housekeeping Seal of Approval erhalten würden – oder auch nur meine Billigung. Es war ein Platz, der wie geschaffen war für einen von jenen Hollywoodfilmen, in denen unheimliche Monster den Menschen zusetzen.

Die Kinder waren hungrig, und ich sagte ihnen, dass ich

einkaufen gehen würde. Doch zuerst sollten sie über das Mobiltelefon ihre Eltern anrufen.

»Je weniger ihr sagt, desto besser«, warnte ich sie. »Ich mache mir auch Sorgen wegen der Sicherheit eurer Eltern. Wir müssen es kurz und schmerzlos machen, okay? Und bitte, seid freundlich. Sie haben Angst um euch.«

Wir überlegten, was sie sagen sollten, und setzten ein Dreißig-Sekunden-Limit für die Dauer der einzelnen Gespräche. Eines nach dem anderen erzählten die Kinder schließlich ihren Eltern, dass sie auf einem »Aus-Flug« wären, dass sie nicht in Gefahr schwebten und dass sie bald wieder nach Hause kämen. Als sie alle durch waren, rief ich bei Doc Monghill an und sagte seinem Anrufbeantworter ohne weitere Erklärung, dass er für mich einen oder zwei Tage über das Inn-Patient wachen solle. *Oder vielleicht für den Rest meines Lebens.*

Plötzlich spürte ich eine größere Erschöpfung als jemals zuvor in meinem Leben. Ich war am absoluten Ende meiner Kräfte und Möglichkeiten. Ich benötigte selbst dringend Hilfe.

Mein Herz hämmerte bis zum Hals, während ich mit der Zentrale redete und danach mit einem Executive Assistant weiterverbunden wurde.

Schließlich hörte ich eine männliche Stimme sagen: »Agent Brennan hier. Was kann ich für Sie tun?«

»Kit!«, sagte ich. »Ich bin mitten im Nichts, im wahrsten Sinne des Wortes. Ich habe eine höllische Angst. Und ich habe die Kinder bei mir, alle sechs. Ich schwöre dir bei Gott, jemand versucht uns umzubringen! Kann sein, dass ich noch untertreibe!«

In dieser Nacht saßen die Kinder und ich in einem beengten, vier mal fünf Meter großen Motelzimmer und erzählten uns gegenseitig Geistergeschichten. Echte Geistergeschichten! Im Fernseher lief eine Baseball-Übertragung, doch niemand sah hin. Die Mets gegen die Rockies.

Hauptsächlich drehten sich die Geschichten um das, was die Kinder ihre »Monate in der Gefangenschaft ohne Folter« nannten, ihre »Zeit bei den biologischen Eltern«, ihren »Alptraum in der Vorstadt« und so weiter. Im Grunde genommen klangen sie nicht viel anders als andere Kinder, die zum ersten Mal in ihrem Leben gezwungen wurden, Regeln zu beachten. Sie hassten es und wollten rebellieren, sie wollten tun, wozu sie Lust hatten und wann sie Lust hatten.

Selbstverständlich war es noch viel schwieriger, wenn man sich rein zufällig von anderen Kindern unterschied.

»Wir mussten in die *Therapie*«, gestand Matthew. »Kannst du dir vorstellen, wie es ist, in einem Kaff wie Pine Bush, Colorado, zu irgendeinem Doktor Sowieso zu gehen, der meint zu wissen, was Max und ich in der Schule erlebt haben? Weil er selbst als Junge von zwei Schulen geflogen ist?«

»Erzählt uns von euren Werbespots«, sagte Oz mit einem Blick zu den Zwillingen, die sich in meinen Schoß gekuschelt hatten und glaubten, sie wären sicher, allein weil sie klein waren.

»Ganz bestimmt nicht!« Peter setzte sich kerzengerade auf und verschränkte die Arme vor der Brust. »Du bist dran, Ozymandias. Äh, ich meine *Harold*.«

»›Wir fliegen unheimlich gerne‹«, sprudelte Wendy los, »›und wir beginnen unseren Tag am liebsten mit einer ausbalancierten Mahlzeit aus Wingdingers.‹ Das war der Text des Werbespots.«

»Falsch«, unterbrach Peter seine Schwester. »›Wir beginnen unseren Tag am liebsten mit einer ausbalancierten Mahlzeit, und Wingdingers gehören dazu.‹«

»Der Spot wird derzeit getestet«, verkündete Wendy stolz. »In Bridgeport, Connecticut, und in Columbus, Ohio.«

»Oooh«, sagte Matthew. »Ich bin sehr beeindruckt. Oder sollte ich sagen niedergedrückt?«

»Kommt schon, hört auf damit«, mischte ich schlichtend ein. »Möchte vielleicht jemand über das Hier und Jetzt reden? Was wir als Nächstes tun sollten? Oder wollen wir eine Karriere bei Film und Fernsehen starten? Wie Icarus mit seinem Auftritt bei *Touched by an Angel*?«

»Macht das ja nicht!«, warnte Icarus und hob die Fäuste, als wollte er jemanden schlagen. »Und was wollen wir nun als Nächstes unternehmen? Wer sind diese verdammten Jäger?«

Plötzlich starrten alle Max an.

Sie warf die Hände in die Höhe. »Fragt mich nicht, Leute! Ich habe keine Ahnung, wer sie sind oder was sie wollen. Ich tappe genauso im Dunkeln wie jeder von euch auch. Ich schwöre es.«

Ich musterte die Kinder der Reihe nach, und ich erkannte, dass niemand ihr wirklich glaubte. Trotzdem fürchteten sie sich davor, Max herauszufordern. Niemand wagte es, ihren Schwur anzuzweifeln.

»Hey«, sagte Max und grinste. »Wie wäre es mit diesen Mets?«

Niemand lachte.

Ethan Kane stand aufgerichtet und sehr majestätisch über einem Patienten namens Andrew Mellon McKay, der vor ihm auf dem Operationstisch lag. Seine Gedanken beschäftigten sich parallel mit zwei verschiedenen Dingen. Zum einen bereitete er sich darauf vor, eine fantastische Arthroplastik durchzuführen, die ihm ein Honorar von zweihunderttausend Dollar einbringen würde, und zum anderen musste er unaufhörlich an das Desaster denken, das sich draußen in Colorado ereignet hatte.

Max und die anderen Vogelkinder waren vom Radarschirm verschwunden. Genau wie Dr. Frannie O'Neill. Und die liebe Max wusste einfach mehr, als für sie oder sonst irgendjemanden gut war.

»Wir sind bereit, Dr. Kane«, sagte eine der OP-Schwestern.

»Das sehe ich«, erwiderte Dr. Kane scharf.

Sie schob einen Foley-Katheter in die Harnröhre des Patienten, um die Hydrierung und die Nierenfunktionen zu überwachen. Dr. Kane seufzte und begann mit seiner Arbeit.

Er untersuchte das ringsum mit Tüchern abgedeckte Kniegelenk auf dem Operationstisch, bevor er mit seinem Skalpell eine Inzision über die Patella zog. Er schob die Haut zurück und begann die Muskeln und Ligamente zu trennen, bis er die Gelenkkapsel offen vor sich hatte, den harten Knorpel, der das Gelenk umgab.

Er sah mit einem Blick, dass die Kniescheibe, die Patella, nicht mehr zu retten war und dass es einfacher und schneller wäre, sie vollständig zu entfernen. Doch das hatte Dr. Kane vorher schon vermutet.

Dr. Kane wählte ein Werkzeug mit einer feinen Säge. Mit einem leisen, raspelnden Geräusch sägte er das Ende des rechten Femur und Tibia des Patienten durch und warf die Fragmente und die gesamte Patella in eine Schale.

Dann wählte er einen ganz besonders feinen Bohrer mit einem Fräskopf. Er war knapp zehn Zentimeter lang und bestand aus Materialien, die in der Weltraumforschung entwickelt worden waren. Die Löcher, die er damit bohrte, waren absolut genau und perfekt abgestimmt auf die Pins an den Enden des künstlichen Kniegelenks.

Diese perfekte Passform beschleunigte den Heilprozess um Monate. Und bei einem Patienten, der bereits dreiundachtzig Jahre alt war, zählten Monate eine Menge.

Innerhalb von Sekunden war er mit den Löchern fertig. Er applizierte einen medizinischen Kleber auf die Pins, bevor er sie in die neu gebohrten Löcher schob und sich vom perfekten Sitz überzeugte. Zufrieden trat Dr. Kane zurück. Ein anderer Arzt wartete bereits, um die Muskeln und Bänder wieder an ihren Platz zu schieben und die Wunde zu vernähen. Dr. Kane öffnete und schloss geistesabwesend die Fäuste, dann ging er um den Operationstisch herum und wandte sich dem zweiten Knie zu.

»Ich habe schlechte Neuigkeiten.«, sagte Dr. Kane zu seinem Team, während sie arbeiteten. »Das Experiment namens Maximum ist immer noch wie vom Erdboden verschluckt. Einfach verschwunden. Genau wie die anderen. Sie sind auf der Flucht. Wir wissen nicht, wo sie sich zu diesem Zeitpunkt aufhalten.«

Kane dachte an Max, an ihre unstillbare Neugier und ihre Furchtlosigkeit. Und in diesem Augenblick verhaspelte er sich.

Das Skalpell glitt ihm durch die Finger und fiel klappernd zu Boden.

Er starrte auf das chirurgische Messer auf dem braun gesprenkelten Linoleumboden, und sein Nackenhaar richtete sich auf.

Was, zur Hölle, hat das zu bedeuten?

Das ist vollkommen unerhört!

Ethan Kane macht keine Fehler.

Max' Herz drohte auszusetzen, als sie durch einen schmalen Spalt in den fast geschlossenen, graublauen Vorhängen des Motelfensters nach draußen starrte. *Was ist das?*

Ein staubiger schwarzer Jeep setzte auf den Parkplatz vor dem Nachbarbungalow zurück. Wer hatte sich hier in Bungalow acht eingemietet?

Dann stieg Kit aus dem Wagen.

»O Gott, hurra! Hurra!«, flüsterte Max leise vor sich hin. »Von jetzt an wird es richtig interessant.«

Sie beobachtete Kit, wie er seine langen Glieder streckte und sich anschließend schüttelte wie ein großer Hund. Er war ganz in Blau gekleidet. Blaues Baumwollhemd, Bluejeans und eine navyblaue Clubjacke, die seine golden schimmernden Haare betonte.

Max' Stimmung stieg ganz beträchtlich, und plötzlich breitete sich ein Lächeln über ihrem bedrückten kleinen Gesicht aus.

»Frannie, er ist da!«, flüsterte Max mit gedämpfter Stimme. »Es ist Kit! Die Kavallerie ist eingetroffen!«

Frannies Gesicht durchlief die gleiche Veränderung wie zuvor das von Max. Der bis auf die Knochen erschöpfte, traurige Ausdruck darauf verwandelte sich von einer Sekunde zur anderen in Freude und Hoffnung.

Max spürte eine weitere Woge von Glück – und diesmal fühlte sie es für Frannie. Kit war da. Und die Frage in ihrem Kopf lautete: Warum waren sie überhaupt getrennt gewesen? Wie konnten zwei kluge Menschen so dumm sein? Sie gehörten zusammen. Jeder konnte das sehen und fühlen. Außer offensichtlich Frannie und Kit selbst.

Frannie öffnete die Tür des Bungalows und eilte zu Kits Wagen. Sie war manchmal einfach *bezaubernd.* Sie streckten die Hände aus und fielen sich in die Arme, zögerlich zuerst, dann fest wie Ertrinkende.

Mit einem Mal hatte Max Tränen in den Augen, ohne genau zu wissen warum. Dann begriff sie. *Ich mag es einfach, wie die beiden miteinander umgehen. Ich liebe es!*

Die beiden Erwachsenen, Mom und Dad, ließen endlich voneinander ab und gingen auf den Bungalow zu. Kit lächelte erwartungsvoll.

Frannie betrat das Zimmer zuerst. »Kinder, seht nur, wer gekommen ist!«, sagte sie. »Rumpelstilzchen ist da.«

Alles kreischte auf und lachte überglücklich, und die Kinder warfen sich förmlich auf Kit. Er hatte nicht genügend Arme, um sie alle zu halten. Max beobachtete, wie er jedes Kind der Reihe nach begrüßte, während sie abseits in einer Ecke des Zimmers stand.

Dann entdeckte er sie.

»Hey, Maxie!«, rief er und kam zu ihr. »Wie geht es meinem besten Mädchen auf der ganzen Welt? Wie ich sehe, spielst du immer noch die Schüchterne, Zurückhaltende, hm?«

»Warum nicht?«, entgegnete Max. »Es funktioniert immer.«

Kit war der Einzige, der sie Maxie nannte, und Max liebte den Klang dieses Wortes aus seinem Mund. Er streckte die Arme nach ihr aus, und sie drängte sich an ihn und drückte ihn, als wollte sie ihn nie wieder loslassen. Sie war zu Hause. Endlich. Dies war ihr Zuhause – alle acht zusammen.

»Ich habe dich so vermisst, Kit«, sagte sie leise. »Es mag schmalzig klingen, aber es ist so.« Für einen winzigen, kurzen Augenblick hatte sie das Gefühl, dass vielleicht am Ende doch noch alles in Ordnung kommen würde.

Doch im Grunde ihres Herzens glaubte Max nicht an Happy Ends.

Sie wusste bereits zu viel darüber, wie die große, böse Welt wirklich funktionierte. Sie wusste viel mehr darüber als Kit und Frannie.

Man würde niemals zulassen, dass Max und die anderen Kinder überlebten. Traurig, aber wahr.

Es kam einfach nicht infrage.

Eine richtige Tragödie.

Das war eine unerwartete Freude, und was für eine! Ich lag wieder einmal in Kits Armen. Wir waren beide vollständig angezogen und benahmen uns sehr schicklich – vielleicht ein wenig zu schicklich –, aber wir fühlten uns beide wohl.

Wir hatten uns mehrere Male geküsst und umarmt, doch es war zu viel Wasser unter der Brücke hindurchgeflossen, seit wir das letzte Mal zusammen gewesen waren. Leidenschaftliche Umarmungen hätten sich merkwürdig und unangemessen angefühlt.

Jedenfalls sagte ich mir das.

Im Augenblick hatte ich ein wenig Kontrolle. Nicht viel, wie ich zugebe, doch es war besser als nichts. Es ist eine wissenschaftliche Tatsache, dass das Gehirn einer Frau ein Hormon namens Oxytocin ausschüttet, wenn sie mit einem Mann schläft, und dieses Hormon bewirkt, dass sie sich an den Kerl bindet wie Krazy-Glue-Zweikomponentenkleber. Die Betonung liegt auf Crazy. Und als wäre das nicht schon genug, erinnerte ich mich, wie gut es gewesen war, mit Kit zusammen zu sein. Um einen alten Song zu zitieren: *Nobody does it better … Baby, you are the best.* Nein, wenn Kit und ich zusammen ins Bett gingen, würde ich ihm einmal mehr die Schlüssel zu meinem Herzen überreichen, und ich war nicht bereit, das in diesem schäbigen, heruntergekommenen Motelbungalow zu tun.

Nicht hier, nicht jetzt, noch nicht.

Nein, Sir. Nicht ich.

Nicht, dass er mich gefragt hätte.

Es tat so gut, wieder von ihm gehalten zu werden, nachdem ich so lange ohne ihn gewesen war. Zuerst redeten wir überhaupt nicht, sondern atmeten nur leise. Vermutlich aus reiner Nervosität fing ich dann an, über unsere gegenwärtigen Probleme zu plappern.

»Ich schätze, ich habe dir eine ganze Menge zu erzählen«, begann ich.

»Ich bin da, Frances Jane«, sagte er. »Ich habe die ganze Nacht Zeit für dich.« Er nannte mich immer bei meinem vollen Namen, wenn er versuchte mich zu beruhigen. Es war ein wenig gönnerhaft – aber na und?

Ich erzählte ihm, welchen Schreck die Kinder mir eingejagt hatten, als sie eines nach dem anderen aus den Bäumen gesprungen waren, während ich mit Pip spazieren gegangen war. Dann berichtete ich, warum die Kinder von ihren Eltern geflüchtet waren. Wie ich die Kerle in Bear Bluff überlistet hatte, indem ich die Hütte, meinen einzigen Besitz auf dieser Welt, in Brand gesteckt hatte. Kit sah mich voller Zuneigung an, und um seine Lippen spielte ein Lächeln. Als ich unsere Flucht durch die Schlucht nach unten beschrieb und schließlich die sechshundert Kilometer lange Fahrt hierher in das Pines Bungalow Motel, lachte er laut auf.

»Jesses!«, sagte er mit einem breiten Grinsen. »Du bist echt besser als Scully!«

»Bin ich das? Ja, nicht wahr?«

Ich mochte es sehr, wenn Kit so lächelte. Ich grinste zurück, und vielleicht berührte ich sein langes blondes Haar für ein paar Sekunden zu lang. Ich liebte dieses Haar. *Verlier nicht die Kontrolle, Frannie! Sei einfach weiter Scully!*

»Die Kinder werden erwachsen«, sagte er. »Oz ist schon fast ein richtiger Mann. Hat er dir seine Tattoos gezeigt?«

Ich nickte. »Es hat ihnen gut getan, draußen in der Welt zu leben. Icarus kann bereits drei Sprachen, und er erfindet gerade eine eigene. Oz ist unser Fachmann für Ornithologie. Ich glaube, es ist seine Version von *Roots*, dass er jedes Vogelbuch liest, das irgendwo irgendwann auf der Welt einmal geschrieben wurde.«

»Und Max? Was macht sie?«

»Hm. Sie ist immer noch die Anführerin, der Mutterersatz für die anderen. Vielleicht wird sie eines Tages eine Lehrerin. Eine Professorin.«

Kit lächelte mich erneut an. »Was ich wissen will – hat Max dir nicht erzählt, was vorgeht? Ich nehme an, sie weiß sehr wohl, was das alles zu bedeuten hat. Max scheint immer eine Menge mehr zu wissen, als sie bereit ist einzugestehen.«

Ich schüttelte den Kopf. »Nein. Max redet nicht. Was machen wir nun?«

Kit wurde ernst. »Zuerst die wichtigen Sachen«, sagte er. »Ich denke, wir müssen als Erstes ein paar Prioritäten setzen.«

»Beispielsweise?«

»Beispielsweise bestellen wir jetzt drei oder vier große Pizzas mit allem Drum und Dran.«

Ich nickte. »Und dann?«

»Dann werde ich mich unter vier Augen mit Max unterhalten.«

Und genau das taten sie dann auch. Gemüsepizzas, gefolgt von einem ernsten Gespräch unter vier Augen.

Max saß neben Kit auf einem niedrigen Zweig einer alten

Fichte in den nahe gelegenen Wäldern. Der Bund ihrer Jeans saß angenehm straff vom Essen, das sie eben erst in sich hineingestopft hatte. Sie liebte diese Vier-Augen-Gespräche mit Kit.

Sie erzählte ihm vom Leben in Pine Bush und darüber, wie schwer es ihr und Matthew fiel, mit den normalen Leuten klarzukommen. Sie erinnerte sich an mehr als fünfzig Namen, die die Kinder für sie erfunden hatten und hinter ihrem Rücken benutzten. Max berichtete weiter, dass die Lügengeschichten in den verschiedensten Nachrichtensendungen und Zeitungen sie verletzt hätten. »Ich wollte einfach nur dazugehören, weißt du«, sagte sie. »Ist das denn zu viel verlangt?«

Kit schien sie zu verstehen. Er verstand ihre Probleme fast immer.

»Du hast eine Menge am Hals, Kleine«, entgegnete er. »Und du schlägst dich großartig. Ich bin wirklich stolz auf dich. Frannie übrigens auch.«

Max nickte, doch sie hatte Kit noch nicht die Hälfte von dem gesagt, was sie bedrückte. Sie hatte ihm nicht verraten, dass sie ununterbrochen in Alarmbereitschaft lebte, ständig auf alles Ungewöhnliche achtete, auf jedes auffällige Geräusch, oder dass sie sicher war, man würde versuchen, sie und die anderen Kinder zu entführen oder vielleicht sogar zu ermorden, wahrscheinlich eher früher als später.

Max hatte sich ihre gegenwärtige Position topographisch vorgestellt. Ein rascher Überflug hatte ihr ein Gefühl für die Ausdehnung der Hügellandschaft vermittelt sowie die Höhe der Bäume, die Windgeschwindigkeit und die Temperaturen im Mikroklima des Waldes. Die Gegend erinnerte sie stark an die Berge rings um Lake House. Auch darüber hatte sie mit Kit gesprochen. Bis es Max schließlich zu bunt geworden war. »Genug von der albernen Nostalgie, Kit«, sagte sie.

Dann hatten sie schweigend dagesessen.

Max' Gehör registrierte jedes Geräusch in der Umgebung, eine dichte Symphonie aus Verkehrslärm und den Stimmen des Waldes. Sie hörte sogar Frannie im Bungalow die Dusche aufdrehen.

Ihre Augen waren so scharf, dass sie die Stoppeln in Kits

rasiertem Gesicht hätte zählen können, wenn sie gewollt hätte. Kein Käfer auf einem Ast, kein Pollenflug entging ihrer Aufmerksamkeit.

Doch Kit war bei ihr, und das erzeugte ein Gefühl von etwas mehr Sicherheit in ihr. Sie hatte sich noch nie in ihrem Leben geborgener gefühlt, als wenn er bei ihr war.

Dad. Mein lieber, alter Dad. Aber Kit ist gar nicht so alt. Und er benimmt sich ganz sicher nicht alt. Er und Frannie sind einfach nur die coolsten Erwachsenen, die ich je gesehen habe.

Max seufzte und genoss den absolut wunderbaren Abend. Die Sonne war eben hinterm Horizont versunken, und der Himmel war blutig rot, wo er die Erde zu berühren schien. Weiter oben verblasste die Farbe zu einem grünlich goldenen Band, das seinerseits von einem leuchtenden, mit glitzernden Sternen durchsetzten Kobaltblau abgelöst wurde.

Die anderen Kinder spielten und lachten in den Wäldern hinter dem Bungalow, und Max hatte Mühe, die Lüge nicht zu glauben, die sie alle heute ihren Eltern am Telefon erzählt hatten.

Es ist nur ein kleiner Aus-Flug. Ein harmloses Abenteuer, mehr nicht. Wir sind bald wieder daheim. Bla-bla-bla.

»Maxie«, begann Kit. »Wir stecken in einer wirklich ziemlich gefährlichen Situation. Ich denke, das ist dir bewusst.« Kits Gesicht war plötzlich ganz ernst, und Max spürte einen Stich. »Wir müssen dieses Motel bald wieder verlassen. Was dann?«

»Du wirst dir schon etwas ausdenken«, antwortete Max. »Dir ist noch immer etwas eingefallen. Habe ich Recht oder nicht?«

»Dein Vertrauen in Frannie und mich ehrt uns, doch das reicht nicht. Ich muss wissen, was wirklich dahintersteckt. Max? Wer ist hinter euch her? Warum sind sie hinter euch her? Erzähl mir, was das alles zu bedeuten hat. Ich brauche deine Hilfe.«

Max schüttelte entschieden den Kopf. *Auf gar keinen Fall*, sollte es heißen.

»Mach das nicht«, sagte Kit mit etwas mehr Schärfe in der Stimme. »Ich bin nicht Superman. Ich kann euch nicht beschützen, wenn ich nicht weiß, mit wem ich es zu tun habe, wer hinter euch her ist und was sie von euch wollen. Du weißt es, Maxie, nicht wahr?«

»Das ist der Grund, warum Frannie es so hasst, wenn du in deinem FBI-Tonfall mit ihr redest«, entgegnete Max und schüttelte erneut den Kopf. Ihre Ohren und Wangen waren hochrot angelaufen.

Bevor sie noch mehr sagen konnte, stieß sie sich von dem Ast ab, auf dem sie mit Kit gesessen hatte, und flatterte mit rauschendem Flügelschlag von ihm und seinen bohrenden Fragen weg.

Sie flog höher, immer höher, bis sie fast einen Kilometer über der Erde schwebte. Was für eine großartige Flucht. Mein Gott, es war absolut fantastisch hier oben!

Bis auf eine schreckliche Tatsache – wegfliegen änderte nicht das Geringste an dem, was unten am Boden vor sich ging.

Sie wusste Dinge, grauenvolle Geheimnisse, und sie alle konnten deswegen sterben. Es klang irrsinnig, doch das änderte nichts an der Wahrheit. Alle acht von ihnen konnten sterben wegen dem, was Max über das Hospital wusste.

Du weißt es, Maxie, nicht wahr?

O ja, und ob sie es wusste. Sie wusste eine Menge mehr, als sie wissen wollte.

Mein Gott, wie allein sie sich fühlte!

Und das war es gewesen, was sie wirklich gehasst hatte an Pine Bush – die Einsamkeit.

Sie dachte erneut an Lake House – den einzigen Ort auf der Welt, wo sie sich nicht allein gefühlt hatte, nicht für eine einzige Minute. Der beste Platz auf der ganzen Welt! Gott, wie sie Lake House geliebt hatte! Sie alle hatten es geliebt!

Hör auf damit, Max! Hör endlich auf damit! Das Lake House war zu gut, um von Dauer zu sein. Es ist Geschichte, Schnee von gestern.

Dann hörte Max jemanden pfeifen und ihren Namen rufen. Wie war das möglich? War es überhaupt möglich?

O ja, war es. »Hey, Max! Was machst du hier?«

Es war Ozymandias.

Es war Ozymandias, und Max war unendlich froh, ihn zu sehen. Er flog in den Wolken über ihr – nein, er *schwebte* dort, bis er die Flügel anzog und an ihr vorbei nach unten schoss.

Max folgte ihm dicht auf den Fersen. »Pass auf deinen Hintern auf, Junge«, rief sie. »Sonst schnapp ich ihn mir!«

Sie erspähte Oz auf einem Ast tief unter sich, und es sah aus, als würde er in Zeitlupe auf und ab tanzen.

Sie landete direkt neben ihm. »Hey. Ich hatte eben an dich gedacht.«

»Sicher.«

Oz streckte den Arm aus, um Max zu stützen, und dabei berührte er sie an einer empfindlichen Stelle zwischen den Flügeln und Schulterblättern.

Es durchzuckte sie wie ein elektrischer Schlag, ein unglaubliches Vergnügen, das sie ein wenig schwindlig machte. *Hey! Was hat denn das nun schon wieder zu bedeuten?*

Sie stieß unwillkürlich ein leises Gurren aus.

»Du bist ja ganz erhitzt!«, sagte Oz besorgt. »Alles in Ordnung, Max?«

Max betastete ihr Gesicht und ihre Wangen. Sie waren heiß. »Ich hatte eine Auseinandersetzung mit Kit«, erwiderte sie. »Nichts Großes.«

»Ich habe es gehört.«

»Wir werden uns schon wieder vertragen. Ich kann Kit nie lange böse sein. Ich glaube, niemand kann das.«

»Komm schon, Max, warum hast du so große, böse Geheimnisse? Vor uns allen?«

»Können wir das nicht für den Augenblick vergessen?«, entgegnete sie und wandte sich ab. »Vergiss es einfach, okay?«

»Schon gut, schon gut.«

Er pflückte einen frischen Ast und streifte die Nadeln ab. Er wirkte nachdenklich. Und außerdem unglaublich attraktiv, schön, anziehend, was auch immer. »Ich bin froh, dass ich von zu Hause weg bin«, sagte er. »Ich habe es dort gehasst. Meine Mutter hat ständig Interviews und Auftritte verkauft. Sie spielt die Heilige, die Märtyrerin, aber das ist sie nicht.« Er sah Max direkt in die Augen. »Ich habe viel an dich denken müssen. Jeden Tag. Eigentlich jede Minute.«

Max stockte der Atem. *Also habe ich nicht allein an Oz gedacht. Ich habe nicht allein ständig seine Stimme gehört und ihn mir vorgestellt.*

Als sie einander ansahen, verspürte sie das gleiche benebelnde Gefühl wie wenige Tage zuvor, als sie ihn im Falkenhaus besucht hatte. Oz' Pupillen weiteten und verengten sich in rascher Folge. Sein Blick war unglaublich intensiv.

Verstohlen packte Max den Baumstamm, um sich daran festzuhalten. *Mannomann. Und was jetzt?*

»Ich fühle mich ganz eigenartig«, gestand Oz. »Aber ich glaube, ich mag dieses Gefühl.«

»Du *glaubst*, du magst es?«

»Ich *weiß*, dass ich es mag. Und ich weiß, dass ich dich unglaublich mag, Max. Ich habe dich schon immer gemocht. Fast seit wir Babys waren.«

Max konnte die wilden Emotionen kaum noch im Zaum halten, die in ihr aufwallten. Sie wollte laut auflachen, doch sie wusste instinktiv, dass es an dieser Stelle nicht angebracht war.

Aber was war angebracht? Was sollte sie nun tun? Sie war doch angeblich so verdammt klug. Wie funktionierte das nun wieder?

Sie wollte Oz berühren, ihn auf seinen wundervollen Mund küssen … und auf so ungefähr jede andere Stelle ebenfalls.

Sie wollte ihn an sich ziehen und festhalten, und sie wollte von ihm gehalten werden.

Wenn er es ebenfalls empfindet, dann nimmt er mich jetzt in die Arme. Max konzentrierte sich mit jeder Faser ihres Seins auf diesen einfachen Gedanken.

Tu es, Ozymandias. Los, nimm mich in die Arme. Fass mich an. Tu es jetzt. Bitte. Bitte!

Bitte küss mich, Oz. Dann weiß ich, dass ich nicht verrückt bin. Oder wenigstens, dass wir es beide sind.

»Ich möchte dir etwas zeigen«, flüsterte Oz. »Mein Geheimnis.«

Er zog den Reißverschluss seiner Jacke auf und schob das T-Shirt hoch.

»Der Adler, ich weiß. Du hast ihn mir beim letzten Mal schon gezeigt.«

»Nein, da ist noch mehr zu sehen. Schau ganz genau hin«, sagte er. »Komm näher, Max, bitte. Hab keine Angst, ich tue dir nichts.«

Max rückte näher. Sie kuschelte sich ganz eng an Oz, spürte seine Wärme, roch ihn, und ihr wurde erneut schwindlig. Sie beugte den Kopf vor, und dort, auf der Brust des Adlers, war ein kleines rotes Herz eintätowiert.

Und in dem Herz drei Buchstaben in geschwungener Schreibschrift: *MAX*.

Max stieß einen leisen Überraschungslaut aus. »Ist das ein Tattoo? Ich meine, bleibt es für immer?«

»Es ist vielleicht ein wenig linkisch«, räumte Oz ein. »Aber ich habe es selbst gemacht. Und ich musste auf dem Kopf schreiben, weißt du?«

»Danke, Ozy. Es ist wirklich sehr schön, was du für mich getan hast«, sagte Max ganz leise. »Ich meine – ich liebe es.«

Max' Blick wanderte nach oben und begegnete dem von Oz. Sie betrachtete die starken Linien und Kanten seines Gesichts, seine sanft geschwungene Nase, die Wölbung seiner Lippen, die langen Wimpern über den dunklen, warmen Augen. Frannie meinte, dass er aussah wie achtzehn. In Vogelmenschenjahren gerechnet war er vielleicht sogar noch älter.

Sie beugte sich vor und küsste Oz auf die Wange. Ihre Lippen verweilten auf seiner Haut. Der Geruch seines Körpers ging direkt in ihr Kleinhirn, und sie wurde von Gefühlen übermannt, die sie nicht einmal annähernd hätte beschreiben können.

Küss mich, Oz. Mein Gott, wie schön er ist! Er ist wunderbar! Er ist ein richtiger lebendiger Prinz!

Oz errötete vor Freude und unausgesprochenem Vergnügen.

»Hey«, sagte Max schließlich. »Komm, wir fliegen ein wenig rum, nur du und ich allein. Lass uns hinfliegen, wo noch nie jemand vor uns gewesen ist.«

Ohne auf eine Antwort zu warten, duckte sich Max und sprang mit einem kräftigen Satz hoch in die Luft.

»Juch-huuu!«, rief sie mit sich überschlagender Stimme. »Juch-huuu!«

Sie schlug in rascher Folge mit ihren Flügeln und stieg schnell höher hinauf, dem Mond entgegen. Sie fühlte sich immer noch ein wenig benommen, weil sie wusste, dass Oz bei ihr war.

Schüttle es ab, Mädchen! Schüttle es ab!

Sie bemerkte eine Verwirbelung in der Luft hinter sich und drehte den Kopf. Dann lächelte sie. Oz war direkt hinter ihr. Sie beobachtete ihn. Sein Flügelschlag war fantastisch, ein richtiges Kunstwerk.

»Chee-rup-te-rup-te-rup!«, rief sie ihm zu, während sie geradeaus und immer weiter hinaufflog.

Oz folgte ihr und ahmte ihre Bewegungen exakt nach. Max schätzte, dass es so ziemlich das aufregendste Verfolgungsspiel war, das jemals gespielt worden war. Zwei Jets der Air Force hätten es nicht besser gekonnt.

Sie brach aus der Formation, rollte nach links, und Oz folgte ihr erneut in wenigen Zentimetern Abstand.

Es gelang ihr nicht, ihn abzuschütteln. Es ist irgendwie … irgendwie total sexy, dachte sie. Was auch immer mit ihr geschah, sie mochte dieses Gefühl sehr.

Wer auch nicht?

Dann schoss sie senkrecht nach unten, dem Boden entgegen, und zog erst dreißig Meter über den Baumwipfeln wieder hoch.

Bist du immer noch hinter mir, Oz?

Kannst du mithalten? Bist du hinter mir?

Als sie bemerkte, dass Oz direkt neben ihr flog, lachte sie ihm zu und zwinkerte albern, dann vollführte sie einen Sturzflug, bis sie nur noch fünf oder sechs Meter über den Wipfeln waren.

Während des Falls sahen sie sich in die Augen. Max streckte die Hände nach Oz aus, und er tat das Gleiche. Ihre Hände berührten sich – ganz kurz nur, doch es war ein elektrisierendes Gefühl.

Sie befanden sich mitten in einem kunstvollen Tanz, und irgendwie schienen sowohl Max als auch Ozymandias jede der Figuren zu kennen.

Mein Gott, was hat das zu bedeuten? Was geschieht mit uns? Spürt Oz das Gleiche wie ich? Er muss das Gleiche spüren!

Der Mond hatte seinen Zenit erreicht, und das weiße Licht ließ die Federn von Oz platinfarben schimmern. Max hatte noch nie in ihrem Leben etwas Schöneres gesehen. Nichts kam diesem Anblick auch nur nahe.

»Chee«, sagte Max leise, zärtlich, ein Laut, der nur für Oz allein bestimmt war. Ihre Flügelpaare schlugen nun im Gleichtakt, während sie in geringer Höhe über die Wipfel segelten.

Diesmal flog Oz direkt über ihr. Vielleicht dreißig oder vierzig Zentimeter über ihr, nicht mehr. Das war so großartig, so unglaublich cool. Ihre Bewegungen verliefen vollkommen synchron, und Oz war so nah, dass die Luft Max' Rücken wärmte. Es war, als hätte Oz sie mit einer Kaschmirdecke zugedeckt.

Leise rief er ihren Namen. »Max, süße Max!«

Max rief seinen Namen, und das Geräusch klang wie Magie in ihren Ohren. »Ozymandias!«

Was geschieht mit uns?

Warum gefällt es mir so unglaublich gut?

Unter ihnen befand sich eine kleine Lichtung, wie eine tiefe Schale voller Mondlicht, die aussah, als wäre sie eigens für die beiden geschaffen. Max und Oz sanken nach unten.

Vielleicht ist sie tatsächlich für uns gemacht, dachte Max. *Vielleicht beobachtet Gott uns am Ende doch und kümmert sich um uns.*

Ihre Füße setzten auf einer dicken Schicht Tannennadeln auf. Plötzlich umfassten sie sich. Sie standen sich gegenüber, ganz nah, und zum ersten Mal küsste Oz sie. Ein *richtiger* Kuss. Max hatte das Gefühl, als hätte sie seit langer Zeit von diesem Kuss geträumt, nur, dass er in Wirklichkeit noch viel, viel besser war, viel süßer und erotischer, als sie es sich in ihren Träumen jemals hätte vorstellen können.

Sie spürte, wie eine Hitzewallung durch ihren Körper floss. Sobald der magische Kuss geendet hatte, wollte sie ihn wiederholen. Sie konnte nicht aufhören, Oz zu küssen, konnte nicht genug bekommen von seinem Mund. Etwas Derartiges hatte sie noch nie zuvor empfunden, hatte sich nicht vorstellen können, dass es existierte, was auch immer es war.

Sie klammerten sich aneinander wie Ertrinkende. Beide brannten lichterloh, Geist, Herz und Körper. Dann verloren sie das Gleichgewicht und fielen der Länge nach hin.

Lachend wälzten sie sich herum. Der Boden fühlte sich an wie ein weiches Bett. Das Lachen erstarb so plötzlich, wie es angefangen hatte, und Oz nahm Max ganz sanft in die Arme. Sie konnte ihm nicht widerstehen. Sie wollte es auch gar nicht.

Die Geräusche des Waldes ringsum gerieten auf einmal weit in den Hintergrund, und Max hörte nur noch ihren gehetzten Atem, als sie sich erneut küssten. Eine leise Stimme in ihrem Kopf sagte: *Das tut so gut! Mein Gott, wie ich es liebe! Es kann nicht falsch sein. Ich bin so unendlich glücklich! Ich war noch nie so glücklich in meinem Leben. Ich hatte überhaupt keine Ahnung, was Glück bedeutet.*

Oz berührte ihre Wange, ihre Lippen, ihren Hals, ihre Schultern, dann wanderten seine Hände tiefer. Jede Stelle, die er streichelte, wurde unter seiner Berührung warm.

Verzückung, dachte Max.

Das ist das richtige Wort. Und so fühlt es sich an, verzückt zu sein.

Mit zitternden Fingern knöpfte Max ihre Hose auf. Sie bebte am ganzen Leib. Oz zerrte an seiner Hose, seinen Schuhen, seinem Hemd. Sekunden später lagen ihre Kleider in unordentlichen Haufen auf dem Waldboden.

»Mein Prinz!«, flüsterte Max. »Oh, mein süßer Prinz! Ozymandias!«

»Meine Prinzessin«, sagte er.

Sie lächelte. »Nein. Nur Mad Max, weiter nichts.«

Das Gefühl von nackter Haut an nackter Haut war überwältigend, und plötzlich verschwand die Angst, die Max vor dem Unbekannten gehabt hatte. Sie wich einem unglaublichen Verlangen, einem unendlichen Bedürfnis, jemand anderen zu lieben außer sich selbst. Es gab einen kurzen Augenblick, in dem sie vielleicht hätte Nein sagen können. Doch als sie in Ozymandias' Augen sah und die Intensität und Aufrichtigkeit seiner Gefühle für sie erkannte, da gab es für sie kein Halten mehr.

Verzückung.

Max öffnete sich ganz weit für Oz. Sie vertraute ihm vollkommen. Er schmiegte sich an ihren Leib und drang in sie ein, und sie bewegten sich in vollkommener Harmonie. Für einen kurzen Moment breiteten sie ihre Flügel aus und erhoben sich flatternd mehrere Zentimeter über den Boden. Oz stöhnte tief, und Max hielt ihn mit ihren Armen und Beinen und, wichtiger noch, mit ihrem Herzen.

Ein warmes Gefühl lief durch sie hindurch und hinterließ ein prickelndes Kitzeln. Sie wusste, dass eine Wahrheit aus diesem ersten Mal entsprungen war. Eine Wahrheit, der sie sich nicht länger verschließen konnten. *Wir wurden dafür geschaffen, das miteinander zu tun, Oz und ich*, dachte sie.

Wir wurden dafür geschaffen.

Max klammerte sich an Oz, und während sich ihr Atem allmählich verlangsamte, wusste sie, dass sich ihre ganze Welt plötzlich verändert hatte.

Sie war vorher schüchtern gegenüber Oz gewesen, hatte vor ihm zurückgescheut, doch dieses Gefühl war vollständig verschwunden. Einfach weg. Jetzt kannte sie ihn, jetzt war er ein natürliches Wesen in diesem Universum, und sie war eins mit ihm. Und er kannte Max auf eine Weise, wie noch niemand zuvor sie gekannt hatte und niemand sie je wieder kennen würde. Das versprach sie sich im Stillen. Max empfand eine tiefe Bindung zu Oz, und sie war sicher, dass Oz, ihr liebster Freund, ihr Liebhaber, genau die gleiche Bindung spürte.

Sie hatten sich für den Rest ihrer Leben aneinander gebunden.

So machten es die Vögel.

Sie lagen nebeneinander auf den Tannennadeln und zitterten leicht, als ihre Haut abzukühlen begann.

Unschuldig.

Rein.

Und doch reicher an Erfahrung.

Und weiser.

Sie benutzten ihre Flügel, um sich gegenseitig zuzudecken während sie ihre dampfenden Leiber weiter fest aneinander pressten und ihre Arme und Beine einander immer noch umschlungen hielten.

Max genoss dieses Gefühl, einfach nur dort zu liegen, mit Oz zusammen, und dem subtilen allmählichen Nachlassen ihrer Herzschläge zu lauschen. Sie gurrte leise Koseworte in sein Ohr und blies auf seine winzigen Flaumfedern.

Dann richtete Oz sich auf.

»Max?«

Sie öffnete die Augen und sah ihn voller Liebe an.

»Hmmm? Was ist denn, Ozy?«

»Hast du das gehört? Ein Wagen hat auf dem Highway angehalten. Hör mal! Schritte! Jemand nähert sich. Er kommt in diese Richtung. Genau in unsere Richtung!«

Einen Augenblick bitte!«, rief ich zur Bungalowtür, wo irgendjemand klopfte wie ein Irrer. Ich hatte ein winziges Badetuch um die nassen Haare geschlungen und ein weiteres um den Leib, und es dauerte einen Moment, bis ich mich angezogen hatte, bevor ich öffnen und dem elenden Lärm Einhalt gebieten konnte.

Es war Kit, und er hatte einen enttäuschten Ausdruck im Gesicht.

»Was ist mit dir und Max?«, fragte ich. »Ist alles in Ordnung? Geht es Max gut?«

»Sicher«, antwortete er kurz angebunden und schob sich an mir vorbei in den Raum.

»Es geht ihr prima. Sie ist schließlich Max.«

»Wie ist euer Vier-Augen-Gespräch verlaufen? Das Verhör?«

Kit schnitt eine Grimasse. »Nicht so gut.«

»Sie hat dich also voll auflaufen lassen, habe ich Recht?«

»Ja, ich gebe es ja zu. Sie ist verdammt gut darin«, räumte Kit ein. »Sie verbirgt irgendetwas vor uns, Frannie. Ich bin ganz sicher. Irgendetwas macht ihr eine höllische Angst, und sie traut sich nicht, darüber zu reden. Das macht mir wiederum Angst.«

»Und?«, fragte ich. »Hast du eine Ahnung, was es sein könnte?«

Kit schüttelte den Kopf. »Nicht die geringste. Es treibt mich in den Wahnsinn. Was könnte sie vor uns verbergen? *Warum* verbirgt sie etwas vor uns?«

Ich spürte, wie er mich beim Frottieren meiner Haare beobachtete, während ich zwischen Badezimmer und Schlafzimmer hin- und herging. Ich schaltete den Fernseher ein und bekam eine verschwommene Version von Brad Pitt und Oprah Winfrey in ihrer Talkshow zu sehen. Ich blieb einige Sekunden vor dem Apparat stehen. Schließlich machte ich mich daran, leere Pizzaschachteln einzusammeln und in einen winzigen Abfalleimer zu stopfen.

»Warum setzt du dich nicht ein wenig hin, Frannie? Du zappelst ja wie eine Katze in einer Kiste!«, sagte Kit schließlich.

»Ja? Ich mache mir Sorgen wegen der Kinder. Ich mache mir Sorgen wegen dir, wegen mir, einfach wegen allem. Ich mache mir Gedanken wegen dem, was Max uns verschweigt. Sie verschweigt uns ihr Geheimnis, weil sie denkt, die Informationen könnten uns schaden. Es muss so sein. Mir fällt kein anderer Grund ein.«

»Komm her zu mir und setz dich. Bitte. Ich streichle dir ein wenig den Rücken. Du siehst aus, als könntest du es gebrauchen. Ein wenig Rückenstreicheln.«

Ich sah eine elektrisierende Sekunde lang in seine großen blauen Augen und spürte, wie von ihnen eine Anziehungskraft ausging wie von einem Traktorstrahl in *Raumschiff Enterprise*.

»Nein danke«, sagte ich. »Trotzdem, danke für das Angebot.«

Kit seufzte in gespielter Komik. »Ihr beide«, sagte er. »Du und Max – ihr seid die starrköpfigsten Frauen, die ich kenne.«

Ich lachte, weil ich nicht wusste, wie ich sonst hätte reagieren sollen. Nun ja, eigentlich schon. Eigentlich wollte ich ja zu Kit gehen. Eigentlich hätte ich nichts auf der Welt lieber getan, als die Tür versperren, die Vorhänge zuziehen, mich splitterfasernackt ausziehen und zum ersten Mal seit Monaten mit Kit schlafen.

Ich will ganz ehrlich sein.

Ich liebte Kit immer noch – doch was, wenn seine Gefühle erkaltet waren? Was, wenn er nur eine sentimentale Regung spürte? Wer auch immer gesagt hat, es ist besser, geliebt und diese Liebe verloren zu haben, als niemals geliebt zu haben, hat offensichtlich niemals so sehr geliebt wie ich und so viel verloren. Ich glaubte nicht, dass ich die Kraft besaß, noch einmal einen derartigen emotionalen Peitschenhieb zu ertragen.

Also kam Rückenstreicheln überhaupt nicht in Frage, bevor ich nicht mehr über Kits wahre Gefühle herausgefunden hatte. Ja, ich gebe zu – wahrscheinlich wollte ich diese berühmten drei kleinen Worte hören.

Kit schien meine Gedanken gelesen zu haben. Manchmal konnte er das tatsächlich. »Ich weiß ja, dass wir auseinander waren«, setzte er an. »Ich hatte Angst, weißt du? Zuerst habe ich meine Familie verloren, dann die Kinder. Frannie, es ist nicht …«

Sag die Worte! Sag es endlich …!

Doch Kit sah an mir vorbei, auf irgendetwas *hinter* mir. Was? Langsam drehte ich mich um. Die Tür des Bungalows war weit offen. Max und Oz standen im Eingang und starrten uns aus aschfahlen Gesichtern an. Sie sahen völlig verängstigt aus, fast, als hätten sie soeben einen Tornado überlebt.

»In den Wäldern wimmelt es von Jägern«, sagte Oz.

Es konnte nicht schon wieder geschehen – aber verdammt, es passierte tatsächlich!

Kit zögerte nicht länger als zwei, drei Sekunden. Er zog seine furchteinflößende Automatik oder Halbautomatik oder was es auch immer war und sprang aus dem Bungalow, als wäre der Teufel hinter ihm her. Er bewegte sich am Boden entlang, geführt von Max und Oz, die sich in die Luft erhoben hatten.

Kit war nicht so schnell wie die beiden, doch er war behände und flink auf den Beinen. Pip und ich rannten hinter ihm her und versuchten mitzuhalten, doch um ehrlich zu sein, wir waren nicht besonders gut.

Zwischen den Bäumen verlief ein Trampelpfad, und Kit folgte seinem Verlauf. Plötzlich drehte er sich um und sah den Hund und mich.

»Gottverdammt, Frannie!«, schimpfte er flüsternd, während er sich hinter einen Baum duckte. »Runter mit dir! Bitte, geh in Deckung! Jetzt sofort! Ich meine es ernst, Frannie!«

Ich tat wie geheißen. Draußen in dem dunklen Wald entstand eine Bewegung, und es dauerte einige Sekunden, bis ich begriff, dass das mottenartige Flattern an der Biegung weiter voraus von Matthew kam.

Mein Gott! Er flatterte im Kreis über einer Gruppe von vier oder fünf ganz in Schwarz gekleideten Männern, und er trat und boxte nach ihren Waffen und Gesichtern.

Matthew griff die Jäger an! Gütiger Gott im Himmel, er war erst neun Jahre alt! Aber er war so unglaublich schnell! Und wütend! Und furchtlos wie ein alter Pirat, trotz seiner jungen Jahre.

Dann bemerkte ich eine weitere kleine Gestalt, die das Gleiche tat wie Matthew.

»Sieh nur, Kit! O mein Gott! Du musst ihnen Einhalt gebieten!«

Es war Peter! Der kleine vierjährige Peter imitierte den Neunjährigen. Ohne jede Furcht flog er Sturzflugangriffe und bemühte sich nach Kräften, mit Hieben und Tritten und wütenden Flüchen Angst und Verwirrung unter den Jägern zu verbreiten.

Das einzige Problem war, dass Kit nicht auf die Männer in Schwarz schießen konnte. Peter und Matthew waren ihm im Weg.

Es war frustrierend, ärgerlich und völlig verrückt. Und dabei war ich noch nicht einmal diejenige mit der Pistole in der Hand.

Gerade als ich dachte, dass ich mich kaum noch hilfloser

fühlen könnte, kam Oz aus dem Nichts hinzu und stürzte sich vehement in das Geschehen. Er war wie ein Projektil, das auf einen der Männer zuschoss. Der Jäger besaß eine Maschinenpistole und feuerte eine Garbe nach der anderen auf Oz, und orangefarbene Blitze erhellten seine Gestalt und die Szene ringsum.

Doch er *verfehlte* Oz. Es sah fast aus, als steckte Absicht dahinter! Was hatte das zu bedeuten? Wer waren diese Leute? Welche Befehle hatten sie? Wer gab ihnen die Befehle?

Oz versetzte dem Schützen einen machtvollen Schlag mit dem Flügel, und der Mann ging besinnungslos zu Boden. Ich traute meinen Augen kaum. Ozymandias, der geflügelte Racheengel!

Ich schrie den Kindern zu, sich zurückzuziehen. Genauso wie Kit. Selbst Max schrie. Sie mochten überlegen sein, doch sie waren nicht kugelsicher.

Oz trat einen der Schützen von hinten. Der Kerl ging zu Boden, und Oz versetzte ihm einen weiteren Tritt gegen den Schädel. Ich sah, wie ein weiterer dieser Killer einen kleinen dunklen Schatten zu packen bekam, der in diesem Augenblick an ihm vorbeiflattern wollte.

Wendy! Er hat Wendy!

»Okay!«, brüllte er, und er schien wirklich wütend. »Alles zurück! Lassen Sie die Waffe fallen! Treten Sie die Waffe in meine Richtung!«

Der gesamte Wald schien in Raum und Zeit zu erstarren. Ich sah in Kits Gesicht, wie er seine Möglichkeiten abwog – zu gehorchen und die Waffe fallen zu lassen oder zu schießen –, als die Stille durchbrochen wurde.

Ein schrilles Krächzen! Oz sprang vom Boden auf und schlug die Hand mit der Pistole zur Seite. Doch der Schlag hatte den Schützen nur gestreift, und der Killer wandte sich nun gegen Oz. Er versetzte ihm einen Hieb mit der Waffe.

Es gab ein grauenhaftes Geräusch, als der Stahl Oz am Kopf traf.

Doch Kit hatte endlich freies Schussfeld. Er feuerte, und der Killer wurde hoch in der Brust getroffen. Er stolperte rückwärts und kippte um, die Arme an die Brust gerissen. Er blutete wie irrsinnig und starb wahrscheinlich vor unseren Augen.

Die anderen Männer lagen entweder am Boden oder ergriffen die Flucht. Wendy hatte sich befreit und stieß triumphierende Rufe aus. Dann kam sie zu mir geflattert und warf sich in meine Arme. »Mama! Mama!«, kreischte sie. »Wir haben gewonnen!«

Ich hatte meine ernsten Zweifel. Ich atmete schwer und drohte in einen ernsten Schock zu fallen, während ich beobachtete, wie Kit seine Waffe einsteckte. Obwohl sie uns gerettet hatte, hasste ich dieses Monstrum und das, was es zu tun imstande war. Es war ein Tötungsinstrument. Doch eine andere Sache machte mir fast noch mehr zu schaffen. Warum hatten die Killer nicht direkt geschossen? Was hatte sie daran gehindert, uns einfach alle über den Haufen zu schießen? Die Möglichkeit dazu hatten sie mehr als einmal gehabt. Was hat das zu bedeuten? Wieso sind wir nicht alle tot?

»Okay, alles herhören!«, rief Kit immer noch ein wenig außer Atem. »Kommt zu mir, damit ich euch sehen kann. Ist jemand verletzt?«

Eines nach dem anderen umringten die Kinder uns. Oz erhob sich vom Boden und drängte sich ebenfalls an uns. Kit redete ununterbrochen auf sie ein. »Es ist gut«, sagte er beruhigend. »Es ist vorbei. Keine Angst. Für den Augenblick sind wir in Sicherheit.«

»Ob jemand verletzt ist?«, fragte Matthew, der sich als Erster wieder zu fassen schien. »Darauf kannst du wetten! Wir haben ihnen mächtig in den Hintern getreten!«

»Wir hatten Glück«, entgegnete Kit.

»Und wir waren verdammt gut!«, rief Oz und schüttelte die erhobene Faust. »Ich bin stolz, euch auf meiner Seite zu haben!«

»Ja, genau!«, ließ sich der kleine Peter vernehmen. »Darauf kannst du wetten!«

Ich untersuchte jedes der Kinder kurz auf Verletzungen. Oz

hatte es am schlimmsten erwischt. Er hatte eine Platzwunde an der Schläfe.

Wie durch ein Wunder waren Platzwunden, Schrammen und blaue Flecken die einzigen Verletzungen, die wir alle erlitten hatten.

Doch Kit hatte Recht – wir hatten Glück gehabt. Verdammtes Glück. Oder vielleicht steckte doch mehr dahinter als Glück? Natürlich. Es musste mehr dahinterstecken.

Der Kampf hatte genauso schnell angefangen, wie er zu Ende gewesen war. Eine fünfminütige Auseinandersetzung, ein Überfall, der leicht jeden von uns das Leben hätte kosten können. Wir klammerten uns aneinander und beruhigten uns gegenseitig. Ich war immer noch atemlos vor Aufregung. Einige der Kinder fingen leise an zu wimmern und zu zittern. Die Wirklichkeit holte sie nach und nach ein.

Ich sah, wie Kit sich mit Max von der Gruppe entfernte, und folgte den beiden. Kit beugte sich vor und fasste Max bei den Schultern.

»Das war verdammt knapp, Maxie. Zu knapp. Ich übernehme die Verantwortung; ich hätte euch alle unter Verschluss halten müssen, bis ich euch in Sicherheit gebracht habe. Wir müssen von hier verschwinden. Auf der Stelle. Aber wir haben ein Problem, nicht wahr? Wir wissen immer noch nicht, was das alles zu bedeuten hat.«

»Sie wollten uns nicht verletzen«, antwortete sie. »Noch nicht. Sie wollten uns einfangen. Das ist doch wohl offensichtlich, oder?«

»Aber was *wollen* sie, Max? Was wollen sie von euch?«

Max hatte Kratzer im Gesicht, und ihre Augen waren weit aufgerissen. Ich sah, wie sie erschauerte und schließlich einen Entschluss fällte.

Als sie sprach, kamen ihre Worte so leise, dass Kit und ich Mühe hatten, sie zu verstehen.

»Es ist in Maryland«, flüsterte sie. »Es ist wie eine andere Schule, wie dieser schreckliche Ort, an dem man uns gefangen gehalten hat, nur glaube ich, dass es dort noch schlimmer ist. Sie haben diesen Biotech-Wahnsinn noch weiter getrieben.

Viel weiter. Sie sind bis an die Grenze gegangen. Vielleicht sogar über die Grenze hinaus.«

»Woher weißt du das, Max?«, fragte ich. »Und was ist die Grenze?«

Sie schüttelte den Kopf und starrte zu Boden. »In der Schule musste ich bestimmte Sachen für sie am Computer machen. Zuerst war es nur, um mich mit irgendetwas zu beschäftigen. Aber dann erkannten sie, dass ich die Arbeit von drei ihrer Drohnen in der Hälfte der Zeit erledigen konnte.

Also erledigte ich ihre Arbeit und schrieb wichtige Briefe und E-Mails. Aber ich habe auch die Akten gelesen, und ich erinnere mich an alles. Es gibt noch ein anderes experimentelles Labor, in Maryland. Nicht allzu weit von Washington, D.C., entfernt, wo Kit lebt. Der Doktor, der dieses Labor leitet, soll ein Genie sein, aber meiner Meinung nach ist er ein völliger Irrer. Ich weiß, dass er ein Irrer ist. Er war einmal in der Schule zu Besuch, aber ich bekam ihn nicht zu sehen. Jedenfalls nicht richtig. Sie haben uns in unsere Käfige gesperrt, solange er da war. Ich weiß, dass unsere Doktoren vor diesem Typ in Ehrfurcht erstarrt sind und vor dem, woran er arbeitet. Und sie hatten eine Heidenangst vor ihm. Und ja, es gibt Leute bei der Regierung, die von diesem illegalen Labor und seiner Arbeit wissen.«

Max sah auf. Sie blickte Kit in die Augen, dann mir, und schüttelte erneut den Kopf. »Wenn du redest, bist du tot«, sagte sie. »So hat man mir gesagt. Sieht so aus, als müsste ich jetzt sterben.«

Max' Beichte änderte alles.

An jenem Abend kurz vor Sonnenuntergang machten sie und Oz mit den übrigen Kindern einen kurzen Aus-Flug, mit Frannies Erlaubnis. Sie flogen in dichter Formation, ein wundervoller Anblick, während sie der versinkenden Sonne entgegenschwebten. Sie erinnerten an jenem Abend mehr an ein Geschwader von Kampfjets als an einen Vogelschwarm.

Icarus stieß einen Ruf aus, und Max drehte sich zu ihm um. Er hatte die blinden Augen gegen den Fahrtwind geschlossen.

»Wohin fliegen wir eigentlich, Leute? Erzählt es mir! Was verpasse ich unterwegs alles?«

»Einen großartigen Sonnenuntergang, Ic. Strahlendes Orange vor leuchtendem Blau. Wunderschöne Pinienwälder und Berge bis an den Horizont«, rief Max nach hinten. »Wir fliegen hinauf in die Wälder. Unberührte Wälder. Und wir kehren nicht zurück, mein Freund. Es ist zu gefährlich für Frannie und Kit.«

»Oh?«, machte Ic. »Dann sind wir also die Einzigen, die sterben?« Seine hohe Stimme troff vor Ironie.

»Ja. Ich fürchte, so ist es, Icarus. Das hier ist unser Kampf.«

Er zuckte die Schultern. »Meinetwegen. Ich kann damit leben.«

Es war im Grunde genommen Ozymandias' Plan, und der erste Teil bestand darin, genug Zeit zu gewinnen, um eine sichere Unterkunft zu finden, bevor es in den Bergen dunkel wurde. Oz hatte alles durchdacht. Er war sicher, dass sein Plan funktionieren würde. Sie würden sich hoch oben in den Bäumen provisorische Nester bauen, indem sie aus Ranken und Zweigen Schlafkörbe flochten. Die Körbe würden mit Farnen und losen Blättern ausgepolstert.

Max hatte seinen Plan gebilligt. Prinzipiell. Doch wie Oz es beschrieb, klang es fast nach einem gemütlichen Ausflug, und alle vertrauten ihm, insbesondere, da Max es tat.

Sie konnten eine nahe gelegene Farm nach Essbarem ausplündern. Gemüse und Kürbisse waren gegenwärtig reif zur Ernte. Vielleicht gab es auch Karotten, Erbsen, Tomaten, Melonen und andere Dinge.

Und Sonnenblumenkerne, die sie alle liebten, gab es ebenfalls. Oz erklärte, dass die köstlichen Kerne Samenkörner waren, die inmitten von großen Blüten in flachen Scheiben gepackt waren.

»Was, wenn es keine Farmen gibt?«, fragte Wendy. »Habt ihr schon mal daran gedacht?«

»Kein Problem«, antwortete Oz. »Es gibt auch so reichlich Nüsse und Samen und Wurzeln. Und fette weiße Maden unter jedem verrottenden Baumstamm. Eine großartige Eiweißquelle.«

Max sah sich nach den übrigen Kindern um. Bei der Erwähnung von Maden verzogen sie die Gesichter, doch sie schienen nicht den Mut zu verlieren, und das Abenteuer lockte noch immer, während sie weiter und weiter in die Berge flogen.

»Wurzeln, Nüsse, weiße Maden!«, sangen sie fröhlich. »Wurzeln, Nüsse, weiße Maden!«

Sie waren ganz auf sich allein gestellt.

Vielleicht waren sie dorthin zurückgekehrt, wo sie hingehörten.

Es würde sein wie damals im Lake House.

Nun ja, fast wie im Lake House. Bestimmt nicht ganz so gut.

Oz und Max hatten beschlossen, sich die Wache zu teilen. Jedenfalls für die erste Nacht.

Sie saßen zusammengekauert auf einem Felsensims, das vielleicht fünfzehn Meter über die Baumwipfel ragte, in denen die Kinder schliefen. Menschliche Jäger konnten sich unmöglich unbemerkt an sie heranschleichen, doch Oz zerbrach sich auch den Kopf über Bergkatzen, die unglaublich schnell und brutal vorstoßen und einen Menschen innerhalb von dreißig Sekunden zerreißen konnten.

»War das ein Teil deiner Studien in Ornithologie?«, erkundigte sich Max. »Wie man in der Wildnis überlebt? Wie man gegen Berglöwen kämpft?«

Endlich lächelte Oz. »Unsere Instinkte werden schon dafür sorgen, dass wir überleben. Ganz ähnlich wie damals, zu Anfang am See. Es stimmt, keine Sorge, Max. Vergiss nicht, Nüsse, Wurzeln und weiße Maden.«

»Du bist dir so sicher in diesen Dingen, Oz. Sei vorsichtig, dass du den Mund nicht zu voll nimmst. Könntest du Maden essen?«

»Maden? Ich weiß es nicht. Aber ich weiß, dass ich mit dir zusammen sein möchte. Und das, obwohl du ein Mädchen bist.«

»Und es ist nicht einfach eine vorübergehende Vernarrtheit? Bist du dir ganz sicher?«

Oz lachte. »Vernarrt war ich in dich, als ich noch jünger war.

Als wir beide noch in der Schule waren. Ich bin jede Nacht mit dem Gedanken an dich eingeschlafen. Ehrlich. Jede Nacht.«

Max lachte. »Ich hatte ja keine Ahnung!«

»Natürlich nicht. Du warst zu sehr mit dir selbst beschäftigt. Und ich, ich war immer wie versteinert in deiner Nähe. Wenn ich mit dir reden musste, habe ich immer am ganzen Leib gezittert.«

»Halt meine Hand«, sagte Max mit weicher Stimme. »Halt mich ein wenig fest, während ich die erste Wache übernehme.«

Oz nahm Max in die Arme. »Wenn ich dich so halte, würde ich dich am liebsten nie mehr loslassen«, entgegnete er leise. »Ich schätze, das könnte heute Nacht ziemlich gefährlich werden.«

»Ozymandias«, seufzte Max leise und schmiegte ihr Gesicht an seine Wange. Dann fing sie an zu weinen, und sie weinte normalerweise nie.

Als er ihre Tränen spürte, zuckte er zurück. »Was ist denn? Bitte, Max, weine nicht. Wenn du weinst, verliere ich jeden Mut.«

Sie sah ihm tief in die wunderschönen Augen. »Oh, Oz, im Augenblick geht alles schief, was nur schief gehen kann. Wir sind ganz auf uns allein gestellt, mit einem blinden Jungen, zwei halben Babys und meinem kleinen Bruder. Wir hatten Nüsse und Wurzeln zum Abendessen und sonst nichts. Menschen jagen uns und versuchen uns zu fangen oder zu töten, und wahrscheinlich werden sie es schaffen. Und weißt du was?«

Oz umarmte sie noch fester. »Nein. Was denn, Max? Erzähl es mir!«

»Ich war in meinem ganzen Leben noch nie glücklicher. Und das liegt allein an dir. Ich liebe dich, Oz.«

»Und ich liebe dich. Ich habe dich immer geliebt und werde dich immer lieben. Und jetzt lass mich die erste Wache übernehmen.«

Max grinste. »Ich wusste, dass du das sagen würdest, mein Schatz. Du bist manchmal so ein Macho!«

Irgendetwas war schief gegangen!

Kit und ich jagten in meinem Suburban über eine unbefestigte Straße, so schnell wir es wagten. Doch der verdammte Weg endete einfach vor einem Berg. Wir waren mitten im Nichts. Es ging nicht mehr weiter.

Vor uns nichts als nackter, harter Fels.

»Man könnte sagen, wir sind am Ende der Straße angelangt«, knurrte Kit hinter dem Lenkrad. »Verdammter Mist! Verdammte Max!«

Ich fing leise an zu weinen, und Kit rutschte zu mir herüber, legte die Arme um mich und küsste meine Tränen fort. Ich mochte es immer noch, wenn er mich hielt, und ich hatte es aufgegeben, dagegen anzukämpfen oder es abzustreiten.

»Den Kindern wird nichts geschehen«, sagte er. »Für den Augenblick sind sie wahrscheinlich in Sicherheit. Ich glaube, dass sie einfach ein wenig Ruhe brauchen, um ihre Gedanken zu ordnen. Max war richtiggehend darauf programmiert, nicht über die Dinge zu sprechen, die sie in der Schule erfahren hat. Sie und Oz werden das Richtige tun. Sie verhalten sich wie Erwachsene, alle beide.«

»Sie sind ausnahmslos Genies, Kit. Weit über dem Durchschnitt, oder hast du das vergessen? Sie wissen es, genau wie wir.«

»Also schön, dann kommen sie vielleicht nicht zurück. Trotzdem, es wird ihnen nichts geschehen.«

»Sag das nicht.«

»Komm, wir fahren zum Motel zurück. Vielleicht warten die Kinder schon auf uns. Außerdem haben wir keine andere Wahl, oder?«

Wir benötigten fast eine halbe Stunde, um zum Pines Bungalow Motel zurückzukehren, dem besten, das Raton, New Mexico, zu bieten hatte. Weder Kit noch ich sahen unterwegs irgendwelche Zeichen, die auf Schwierigkeiten gedeutet hätten. Doch die Kinder blieben verschwunden.

Wir warteten nervös auf sie, in der ständigen Angst, dass jeden Augenblick neue Jäger, neue Killer auftauchen konnten.

»Ich habe mich sicherer gefühlt, als die Kinder noch um uns herum waren«, sagte ich zu Kit. Er kauerte vor dem Kamin und legte ein weiteres Scheit auf das Feuer. »Sie konnten einen Eindringling schon aus viel größerer Entfernung als wir entdecken.«

Kit breitete eine Wolldecke auf dem Boden aus, nicht allzu weit vom Feuer entfernt. Er klopfte neben sich.

»Wau, wau!«, machte ich.

»So habe ich das nicht gemeint. Ich wollte nur sagen, dass es gemütlich ist hier vor dem Kamin. Bitte, Frannie. Bitte. Siehst du, ich bettele.«

Ich stand auf und ging ein paar Kissen vom Bett holen, bevor ich mich zu ihm setzte.

»Was hast du jetzt vor?«, fragte ich. »Mit mir zusammen vor dem Feuer sitzen? Die Zehen wärmen?«

»Das habe ich auch nicht gesagt.«

Endlich legte ich mich neben ihm hin, und er nahm mich in seine starken Arme. »Ich habe dich jeden Tag, jede Stunde und jede Minute vermisst, Frannie!«, flüsterte er.

Ich verdrehte die Augen. »Das ist wirklich ziemlich dick aufgetragen.«

»Du bist ganz schön hart«, sagte Kit und grinste. »Aber ich habe dich wirklich vermisst. Jeden Tag, an dem wir nicht zusammen waren.«

»Wie wäre es mit ›viele Tage‹ und ›viele Stunden‹?«, entgegnete ich.

»Das ist besser, glaube ich. Ich habe dich vermisst.«

»Ich dich auch. Und warum sind wir dann getrennt geblieben?«

»Zu großer Verlust, zu viel Schmerz, viel zu viel Chaos und Konfusion. Meine Familie stirbt, dann verlieren wir bei diesem furchtbaren Prozess in Denver die Kinder. Ich hatte Angst, du könntest mich als Nächstes verlassen, Frannie. Ich schwöre, ich hatte Angst, du könntest mich verlassen.«

»Küss mich«, flüsterte ich. »Halt den Mund und küss mich.«

Er küsste mich. Mehr als einmal. Sanfte, süße, starke Kit-Küsse. Genau wie früher. Küsse, die so aufrichtig waren, dass ich seinen Worten einfach glauben musste. Und dann berührte Kit mich überall, wo ich es wollte. Und ich wollte es überall. Mein Gott, wie sehr ich diese Berührung liebte!

Zuerst erforschte er mein Gesicht und ich das seine. Dann bedeckte er meinen Hals und meine Schultern mit Küssen. Er knöpfte mein Hemd auf und ich seins. Er beschäftigte sich mit meinem Gürtel und meiner Hose und ich mich mit seiner. Erst als wir endlich vollkommen nackt waren, begriff ich, wie sehr ich Kit vermisst hatte und wie sehr ich ihn wahrscheinlich liebte, mit meinem ganzen Herzen und meiner Seele und meinem Körper ebenfalls.

Und endlich einmal sagte er genau das Richtige. »Ich liebe dich, Frannie. Ganz einfach. Ich liebe dich wirklich, Frances Jane. Ehrlich gesagt, ich bete dich an.«

»Und ich liebe dich, Thomas«, flüsterte ich zurück.

Irgendwann, nach einer ganzen Weile und einer Reihe spektakulärer Verrenkungen, die nichts zu suchen haben in einer Geschichte für Jung und Alt, schliefen wir auf den Decken vor dem Kaminfeuer ein.

Zwischendurch wurde ich einmal wach und nahm mir meinen Anteil an Decken und Kissen, denn mir war kalt. Vielleicht auch mehr als meinen Anteil, aber ist es nicht genau das, worum es in der Liebe geht?

Ich schlief augenblicklich wieder ein. In dem sicheren Kokon von Kits Armen. Sicher und tief und fest und gesegnet. Eingewickelt in Decken. Und vollkommen zufrieden.

Als ich zum zweiten Mal erwachte, schien weiches Sonnenlicht durch die Fenster.

Und noch etwas sah ich.

Die Kinder! Sie waren zurückgekehrt. Mein Gott, sie starrten Kit und mich an!

»Macht, dass ihr von den Fenstern verschwindet, ihr kleinen Spanner!«, polterte Kit in gespielter Empörung.

»Warum? Das haben wir doch alles schon längst gesehen!«, antwortete Icarus, der blinde Poet, der er war. »Habt ihr vielleicht Lust auf ein paar Klettenwurzeln?«

Fünftes Buch

Das hospital

Dr. Ethan Kane summte den Eagles-Oldie *Hotel California* und dachte angestrengt über Resurrection nach. Es war fast vollbracht. Seine Träumerei wurde unterbrochen von einem wichtigen Anruf. Es war ein Ferngespräch aus Los Angeles, und Dr. Kane hatte den ganzen Tag darauf gewartet.

Die Leute aus Kalifornien versuchten ihre Spielchen mit ihm zu spielen, und das war eine ganz schlechte Idee.

Die Stimme am anderen Ende der Leitung klang abgehackt und geschäftsmäßig. Wahrscheinlich ein New-Yorker, den es in die andere Ecke des Landes verschlagen hatte. »Hallo Dr. Kane, mein Name ist Anthony Depino.«

Dr. Kanes Tonfall war das genaue Gegenteil. Er klang jovial und unbekümmert. »Hallo Anthony, was verschafft mir das überraschende Vergnügen? Ich fürchte, Sie haben mich noch auf der Arbeit abgefangen; wir haben hier schon nach neun Uhr. Wie geht es meinen Freunden, den Stevensons?«

»Sic sind alt«, antwortete der Anwalt, und dabei beließ er es. Depino war niemand, der sich lange mit einer Vorrede aufhielt. Kane war es recht. Depino war einer der einflussreichsten Anwälte von ganz Los Angeles und hatte in den vergangenen Jahren sämtliche privaten Angelegenheiten der Stevensons geregelt. Und er schien zu glauben, dass er mit Ethan Kane verhandeln konnte.

»Nun, da die Stevensons nicht jünger werden, kommen wir zur Sache, Anthony«, sagte Dr. Ethan Kane.

»Ausgezeichnet, Dr. Kane, ganz meine Meinung. Ich möchte Sie informieren, dass der Preis, den Sie für die Prozedur genannt haben, vollkommen inakzeptabel für uns ist«, betonte der Anwalt. »Der Prcis für Resurrection ist einfach zu hoch, selbst für jemanden wie Roger Stevenson. Sie müssen ein besseres Gebot machen.«

»Ich verstehe vollkommen«, erwiderte Dr. Kane und legte den Hörer auf.

Er grinste, dann nahm er eine Hand voll Erdnuss-M&Ms, eines seiner wenigen Laster. Er steckte sich drei verschiedenfarbige Dragees in den Mund, als das Telefon erneut läutete.

»Dämlicher Idiot! Will mit mir verhandeln!«, murmelte Dr. Kane und grinste breiter.

Er ließ es ein paar Mal läuten, bevor er den Hörer von der Gabel nahm, das Mikrofon an den Mund hielt und die knusprigen M&Ms laut zerbiss. *Das haben Sie sich so gedacht, Mr Depino aus der Stadt der Engel, dieser zweitklassigen Müllkippe für zweitklassige Anwälte.*

»Lassen Sie mich Ihnen eine einfache, wenngleich profunde Frage stellen«, sagte Dr. Kane, bevor der andere Zeit fand zu reden. »Wie viel ist ein Tag mehr auf der Erde für jemanden wie Roger Stevenson wert? Haben Sie eine genau Preisvorstellung im Kopf? Hat er eine? Haben Sie ihn gefragt, was er für einen Tag zu zahlen bereit ist?«

»Jedenfalls keine hundert Millionen Dollar, Sir«, antwortete Depino.

»Auf Wiederhören, Mr Depino. Ich habe Dutzende von Bewerbern in der Warteschlange, die bereit sind, den geforderten Preis für Resurrection zu bezahlen.«

»Warten Sie! Roger ist einfach nur vorsichtig!«, erwiderte der Anwalt. »Und ich bin es auch. Ich vertrete seine Interessen.«

»Mr Depino, ich habe andere Kandidaten, die sich um Resurrection reißen. Zufällig mag ich Roger sehr. Roger war früher einmal ein großer Führer, das habe ich nicht vergessen. Der Preis beträgt einhundert Millionen Dollar, und er ist nicht verhandelbar. Um ehrlich zu sein, ich könnte leicht das Doppelte oder Dreifache für Resurrection verlangen. Und jetzt erwarte ich eine Antwort, Sir. Kein Hinhalten mehr. Ist Roger Stevenson dabei oder nicht?«

»Wir werden den geforderten Preis zahlen.«

»Sie werden es nicht bedauern. Roger Stevenson wird Sie überleben, Anthony. Einhundert Millionen Dollar sind beinahe geschenkt für dieses wissenschaftliche Wunder. Wir werden Geschichte schreiben. Wir werden die Welt zu einem besseren Ort machen, und vielleicht werden wir sie sogar retten!«

Die Kinder hatten beschlossen – sie hatten abgestimmt –, dass sie uns ihr Schicksal anvertrauen wollten. Ich hoffte inbrünstig, dass wir uns der Aufgabe würdig erweisen und ihr Vertrauen nicht enttäuschen würden.

Der Anfang war jedenfalls alles andere als gut. Wir hatten einen Deal mit dem FBI getroffen. Kit hatte eine Transportmöglichkeit nach Washington, D.C., organisiert, rein zufällig ganz in der Nähe von Maryland. Was wir dem FBI dafür liefern mussten, war nicht ganz klar. Doch ich war sicher, dass die Bundesbehörde uns nicht aus reiner Menschenfreundlichkeit half.

Wir alle klammerten uns an unsere Armlehnen, als die Beech King auf dem Dulles-International-Flughafen aufsetzte und über die Landebahn hüpfte. Die Bremsen quietschten, das Flugzeug bog nach links ab und stoppte schließlich ein wenig hart, so dass wir in die Sicherheitsgurte gedrückt wurden.

Als wir ausstiegen, stellten wir fest, dass ein stürmischer Wind ging. Wir mussten uns am Geländer der Gangway festhalten, die man von der Seite an die Maschine gerollt hatte.

Die Federn der Kinder wurden zerzaust, die Haare peitschten uns durch die Gesichter, und über das mondbeschienene Flugfeld wehten Staubwolken.

Erster Stopp: Washington, D.C.

Zweiter Stopp: Hölle.

Ich bekam eine Gänsehaut, und nicht nur wegen des kalten Windes. Drei Männer in dunklen Anzügen erwarteten uns, während Peter sich einmal mehr erbrach, diesmal auf den Beton des Flugfelds. Als er sich erholt hatte, begleiteten uns die Männer zu einem einzelnen, frei stehenden Hangar neben dem Terminal. Die Sache gefiel mir nicht. Sie hatten kein Recht dazu – doch wir hatten einen »Deal« mit dem FBI.

Der Älteste der drei Männer, ein schlaksiger Bursche mit einer Hakennase und zurückweichendem Haaransatz, stellte sich als Senior Agent Eric Breem vor. Er nickte den Kindern und mir zu, dann zog er Kit beiseite und verwickelte ihn in eine intensive Unterhaltung.

Unter vier Augen selbstverständlich. Von Mann zu Mann,

wie sich das gehörte. Ich stand abseits und beobachtete tatenlos das Geschehen.

Bald gerieten sie in Streit, und Kit war eindeutig wütend auf Breem. »Das werden Sie ganz bestimmt nicht!«, rief er empört. »Schminken Sie sich das ab! Es wird nicht geschehen!«

Augenblicke später wurden wir in den kleinen Hangar geführt, und die Tür wurde hinter uns zugeschlagen und abgesperrt. Ich schätzte, der Raum wurde normalerweise benutzt, um illegale Einreisende festzusetzen oder Schmuggelware zu inspizieren, denn das Mobiliar war denkbar spärlich. Ein langer Tisch und ein Stapel von Klappstühlen an einer Wand.

Was kam nun?

Ein dunkelhaariger, breitschultriger Agent mit riesigen Händen klappte die Metallstühle auf, und jedes der Kinder nahm auf einem Stuhl Platz, mit Ausnahme von Max, die stehen blieb. »Nur ein paar Formalitäten«, sagte der Agent.

»Mir gefällt das nicht!«, beschwerte sich der kleine Peter, und damit traf er den Nagel auf den Kopf. Keiner von uns fühlte sich besonders wohl in seiner Haut. Das FBI kann manchmal ziemlich merkwürdig sein.

Ein weiterer Agent, blond und schmal und mit einer hellblauen Krawatte als Farbtupfer unter dem schwarzgrauen Anzug, wandte sich an Kit und stellte sich als Adam Warshaw vor. »Wir würden die Kinder gerne eines nach dem anderen befragen. Es dauert nicht lange. Es ist sehr wichtig. Extrem wichtig!«

Kit schüttelte den Kopf. »Tut mir Leid, das kann ich nicht zulassen. Die Kinder hatten einen sehr langen, anstrengenden Tag, und es ist nach Mitternacht.«

»Doch, Brennan, Sie werden es zulassen. Aber ich verspreche Ihnen, dass wir es kurz machen«, entgegnete Agent Warshaw. Er richtete den Blick auf Max, die neben den anderen Kindern stand und alles beobachtete, wie es typisch war für sie.

»Max? Du bist Max, nicht wahr?«, fragte Warshaw. Er hielt einen Bleistift und ein Notizbuch in den Händen.

Max starrte ihn wortlos an. Sie sah ein wenig bleich und zittrig aus, doch sie streckte ihm das Kinn so trotzig entgegen, dass ich innerlich lächeln musste. *Die tapfere Max.*

»Ja, ich bin Max«, sagte sie nach einer ganzen Weile. »Was wollen Sie?«

»Wenn ich richtig informiert wurde, sind bewaffnete Männer in das Haus deiner Eltern eingebrochen. Ist dies zutreffend?«

»Ja. Bis auf das mit den ›Eltern‹. Frannie und Kit sind unsere Eltern. Wir haben sie uns als Eltern ausgesucht. Schreiben Sie das in Ihr kleines Notizbuch.«

»Max, hast du einen Verdacht, warum diese Männer versucht haben, dir und deinem Bruder etwas anzutun? Was wollen sie von euch?«

Ich sah das Unbehagen auf Max' Gesicht. »Ich habe nicht die leiseste Ahnung«, antwortete sie.

»Tut mir Leid, aber ich glaube dir nicht«, sagte Agent Warshaw. »Ich denke, du kennst den Grund sehr genau.«

Kit mischte sich ein. »Breem, hören Sie auf damit! Sie haben keinerlei gesetzliche Handhabe, diese Kinder zu verhören, also lassen Sie das. Ich komme morgen Früh ins Büro und sage Ihnen alles, was ich weiß und was die Kinder mir gesagt haben. Wenn das nicht reicht, dann sage ich ihnen, dass sie mit niemandem mehr reden sollen, solange nicht ihre Eltern und Rechtsbeistände zugegen sind, ist das klar?« Er blickte zu mir. »War das deutlich, Frannie?«

»Ich denke, es war erstaunlich deutlich, Kit, und es war sehr prägnant. Nur ein vollkommener Trottel würde es nicht kapieren. Nicht wahr, Agents Breem und Warshaw?«

Gespanntes Schweigen hing in der Luft, während Breem und Warshaw wütend Kit anstarrten. Draußen pfiff der Wind um die Aluminiumpaneele des Gebäudes, dass sie klapperten und ein Geräusch erzeugten wie Löffel auf Blechtellern.

Endlich lenkte Breem ein. »Also gut«, nickte er. Was hätte er auch sonst tun können? Er zeigte die Zähne, wahrscheinlich seine Version von einem Lächeln. »Es war ein langer Tag. Morgen Früh also, Brennan. Bis dahin bringen wir Sie an einen sicheren Ort, wo Sie sich ausschlafen können. Wir haben alles arrangiert …«

»Danke, aber die Kinder bleiben bei uns«, widersprach Kit.

»Wir haben uns vorher auch schon um sie gekümmert, wir werden es auch heute Nacht tun. Kommt, Kinder, Frances Jane, wir gehen. Es war ein langer Tag.«

Der kleine Peter sprang auf. »Ja, nichts wie weg von hier!«, rief er.

Ich fasste Kit am Arm. »Zu dir nach Hause?«, flüsterte ich.

»Wenn sie uns hätten erledigen wollen, dann wären wir längst tot, Frannie«, antwortete er, und mir lief es kalt den Rücken hinunter. »Gehen wir, *vamanos*!«

»Vamanos!«, riefen die Kinder im Chor.

Zwei anonyme schwarze Town Cars jagten spät in der Nacht durch eine der breiten Avenuen der Hauptstadt. Ich war so übermüdet, dass ich allem und jedem misstraute, sogar meinen eigenen Gefühlen, was die Übernachtung in Kits Wohnung anging. Ich war überhaupt nicht sicher, ob es eine so gute Idee war, dort zu schlafen. Auf der anderen Seite hatte ich keinen besseren Vorschlag, und ich misstraute dem Federal Bureau of Investigation, insbesondere den Agenten Breem und Warshaw.

Hinten im Wagen gab es ein lautes, albernes Kichern, und ich drehte den Kopf, um zu sehen, was die Kinder so amüsierte. Oz hatte den Arm um Max gelegt. Was war das? Max und Oz?

Ich dachte noch immer über die veränderte Lage nach, als die Limousine vor Kits Apartment anhielt.

Die Wohnung lag in einer ruhigen Wohngegend in der Nähe von Dupont Circle, in relativer Nähe zum Weißen Haus, zu mehreren bedeutenden Monumenten und diversen Bundesbehörden. Kit erzählte uns, dass das kleine viktorianische Wohnhaus früher einmal von einer einzigen Familie bewohnt worden war.

Als er die schwere Haustür aufgeschlossen hatte, trampelten wir drei Stockwerke hinauf bis in die oberste Etage. Kits Wohnung.

»Es ist nichts Berühmtes, aber hier wohne ich«, sagte Kit, als wir eintraten. Sein Apartment war rustikal eingerichtet. Schwere, einfache Möbel, Perserteppiche, voll gestopfte Bücherregale und ein Klavier. Sehr hübsch, wie ich zugeben musste. Sehr heimelig. Sehr Kit.

»Passt mit euren Flügeln auf«, warnte ich die Kinder, die auf potenziell destruktive Art und Weise durch sämtliche Zimmer tobten.

»Achtet auf meine Sachen!«, rief Kit. »Habt Erbarmen, Kinder! Da stecken viele Erinnerungen drin!«

Icarus interessierte sich für das Klavier. Er setzte sich vor das Instrument und begann eine beschwingte Version von *Fly Me to the Moon*, und wir lauschten andächtig. Der Junge war ein geborener Mime, und seine stimmlichen Fähigkeiten waren schlichtweg erstaunlich. Er klang ganz genau wie Frank Sinatra, bewegte sich wie Sinatra, verzog das Gesicht wie Sinatra.

Ich ließ den Blick schweifen und bemerkte ein paar silberne Bilderrahmen auf dem Klavier.

Einer zeigte einen Schnappschuss von einer schlanken, hübschen blonden Frau mit zwei netten kleinen Jungen, die Kit wie aus dem Gesicht geschnitten waren.

Andere Bilder zeigten Kit mit seinen Söhnen in den Armen, beim Radfahren, beim Ballspielen. Kit hatte sie sehr genau beim Großwerden beobachtet, erkannte ich, und in mir stieg eine Woge aus Traurigkeit auf. Kit bemerkte meine Blicke.

»Wunderschön«, sagte ich leise. »Du hast eine wunderschöne Wohnung.«

»Danke«, murmelte er. »Es war eine großartige Zeit, Frannie. Wirklich, eine großartige Zeit. Aber so ist das Leben.«

Er nahm mich bei der Hand und führte mich in die Küche. Ich spürte, dass Kit im Augenblick nicht über seine Familie reden wollte. Ich konnte es ihm nicht verdenken.

Der Kühlschrank war gut gefüllt, und wir waren am Verhungern. Kit nahm Brot und Cracker aus einem Schrank und stellte sie auf den Eichentisch. Bald standen Käse und rohes Gemüse und Aufschnitt daneben, zusammen mit den Resten eines Grillhähnchens. Pip bekam das Geflügel, und mit dem Rest machten die Kinder kurzen Prozess. Kit schenkte mir ein Glas Pinot Grigio ein, und das war genau das, was ich jetzt brauchte. Nach wenigen Schlucken stellte ich jedoch fest, dass ich immer noch nicht entspannen konnte. Die Wirklichkeit holte mich bereits wieder ein.

Ich besaß kein eigenes Zuhause mehr.

Ich hatte erst kurze Zeit zuvor einen sterbenden Mann gesehen.

Zur gleichen Zeit hatte ich selbst dem Tod ins Auge gesehen und war nur knapp davongekommen.

Ich fühlte mich verantwortlich für die Sicherheit der Kinder, doch ich hatte nicht die geringste Ahnung, wie ich diese Sicherheit garantieren sollte.

Und ganz in der Nähe, in Maryland, ereigneten sich vielleicht in diesem Augenblick grauenhafte, unaussprechliche Dinge.

Ich hatte nichts, absolut überhaupt nichts unter Kontrolle.

Ansonsten: keine Probleme.

Ich war so erschöpft, dass ich wahrscheinlich im Stehen hätte einschlafen können. Deswegen sank mein Unterkiefer auch verblüfft nach unten, als Icarus unvermittelt verkündete: »Ich muss noch ein wenig überschüssige Energie verbrennen.«

»Wir auch!«, riefen die Zwillinge.

»Nein, hört auf!«, rief ich. Zu spät. Oz hatte bereits ein Fenster geöffnet, und Icarus war auf das Sims geklettert.

Keine Chance, sie jetzt noch aufzuhalten. Mit ein paar »Bis später«-Rufen schossen die Kinder eines nach dem anderen aus dem Fenster. Ich bekam Wendy so eben noch am Hosenbund zu packen. Sie drehte sich mit einem verletzten Blick in den Augen und einem bemitleidenswerten Protestlaut zu mir um. »Frannie! Bitte! Alle sind draußen! Es ist ein Nacht-Flug! Bitte, bitte, Frannie! Ich muss raus! Wie damals im Lake House! Bitte!«

Ich warf Kit einen fragenden Blick zu, und er zuckte die Schultern, also ließ ich die Kleine los. Sie breitete die Flügel aus und flatterte hinter den anderen her nach draußen. Sie war so unglaublich süß, dass ich ihr nicht widerstehen konnte.

Kit kam zu mir und legte mir den Arm um die Schultern, und wir sahen zu, wie die Kinder vor dem leuchtenden Vollmond hersegelten. Es war ein Anblick, der mich immer wieder aufs Neue mit Ehrfurcht erfüllte – bis zum heutigen Tag.

»Ich habe das Gefühl, als würde mir jemand den Boden unter den Füßen wegziehen«, sagte ich. »Ich fühle mich nirgendwo mehr sicher. Nicht einmal hier.«

»Ich hatte den gleichen Gedanken«, entgegnete Kit. »Leider, wie ich gestehen muss.«

»Wir sind wahrscheinlich paranoid, oder? Einfach nur paranoid, richtig?«

Kit seufzte schweigend.

»Das war die falsche Antwort«, seufzte ich und zog ihn an mich.

Die Kinder unternahmen einen nächtlichen Aus-Flug über Washington, D.C. Icarus sang schon wieder laut *Fly Me to the Moon*. Es war tatsächlich nahezu perfekt. Der Junge konnte sogar *schmachten*. »Aber dass mich bloß keiner ›Ol' Blue Eyes‹ nennt!«, warnte er die anderen.

Max überließ sich wie immer den kraftvollen Aufwärtsströmungen der Luft unter ihren Flügeln, während der Wind machtvoll um sie herumwehte. Es war wie auf einer Achterbahn in einem Vergnügungspark, doch tausendmal besser. Die anderen Kinder jauchzten vor Vergnügen, als die Luft sie hob, fallen ließ und wieder hob.

Max war immer noch die Geschickteste von allen, obwohl Oz schneller und stärker war. Sie schloss die Flügel ein kleines Stück und benutzte den Wind wie eine Rutsche, die sie in einen langen, atemberaubenden Sturzflug führte.

Doch gerade in dem Augenblick, als sie sich so richtig zu amüsieren begann, fiel ihr alles wieder ein.

Vielleicht starben in Maryland in diesem Augenblick Menschen.

Nein, nicht vielleicht, sondern ganz bestimmt!

Die moderne Wissenschaft geriet außer Kontrolle, jedenfalls ihrer Meinung nach.

Jeder, der ihr etwas bedeutete auf dieser Welt, schwebte in schrecklicher Gefahr.

»Hast du etwas gegen ein wenig Gesellschaft?«, fragte Oz. Er glitt neben Max. »Oder möchtest du lieber alleine sein?«

»Ich möchte ein wenig Gesellschaft.«

Max drehte den Kopf zu ihm und lächelte ihn an. Sie flog dichter zu Oz und streichelte mit den Fingern seine verletzte Schläfe. »Das ist eine sehr beeindruckende Beule«, sagte sie.

»Eine Kriegsverletzung«, verkündete Oz stolz. »Von der Schlacht beim Pines Bungalow Motel.«

»Sicher«, pflichtete Max ihm bei. *Allerdings fürchte ich, dass der Krieg gerade erst angefangen hat.*

Oz vollführte einen Salto vorwärts, gefolgt von einem weiteren rückwärts. Er führte den blinden Icarus zu Max, als sie den im Mondlicht silbern schimmernden Potomac River überflogen.

»Max, hast du vielleicht Parfum aufgetragen?«, fragte Icarus. »Gib's zu, Max, du hast Parfum benutzt! Höchst interessant.«

»Damit du mir einfacher folgen kannst«, antwortete Max und lachte.

»Was für eine Stadt! Also schön, alles herhören!«, rief Oz den anderen zu. »Willkommen in der Hauptstadt der Vereinigten Staaten. Ich heiße Ozymandias, und ich bin heute Nacht Ihr Fremdenführer. Zu Ihrer Rechten sehen Sie das John F. Kennedy Center, und dort, genau unter uns, befindet sich die berühmte Iwo-Jima-Statue. Und das dort …«, fügte er mit dramatischer Geste hinzu, »… das dort ist eine Boeing 747 der American Airlines auf Kollisionskurs zu uns. Verschwinden wir lieber schnell, bevor jemand die Air Force alarmiert, um uns abzuschießen!«

Die Kinder kreischten vor Vergnügen. Dann wurden ihre Rufe vom unglaublichen Brüllen der Triebwerke erstickt, als die 747 genau über sie hinwegzog.

Der Schwarm flog in vollkommener Formation über das Lincoln Memorial hinweg.

Oz setzte seine Fremdenführung fort und zeigte ihnen das Vietnam Veterans Memorial und zahlreiche Kreisverkehre mit Avenuen, die in sternförmiger Richtung von ihnen ausgingen.

»Ist das nicht ein ganz und gar erstaunliches Bauwerk?«, rief er, als sie über das Capitol flogen.

»Die Kuppeldecke des Capitol ist die größte ihrer Art in den Vereinigten Staaten. Und das dort ist die Pennsylvania Avenue. Direkt unter uns seht ihr das Weiße Haus, wo der Präsident und seine Familie wohnen. Und da hinten irgendwo liegt das Hoover Building. Heimat des Federal Bureau of Investigation.

Los, Icarus, komm! *Caw-roll!*«, rief Oz. Gemeinsam mit Icarus flog er eine Fassrolle nach links, und der ganze Schwarm folgte den beiden.

Sie flogen dicht über dem Boden, streiften mit den Flügeln fast das Wasser und stiegen dann wieder auf, um die erstaunliche Kuppel des Capitol zu umkreisen.

»Glaubst du, der Präsident weiß, was wirklich draußen in der Welt passiert?«, fragte Oz, als er sich Max wieder näherte. »Beispielsweise diese Sache in Maryland? Oder dass irgendwelche Mistkerle versuchen, uns zu ermorden?«

Sie schloss die Augen und öffnete sie langsam wieder. »Ich bezweifle es ernsthaft. Vielleicht haben wir irgendwann Gelegenheit, es ihm zu erzählen. Oder sogar zu zeigen. Aber jetzt halte bitte meine Hand. Ich brauche das jetzt, ganz dringend.«

Oz tat sogar etwas Besseres. Er glitt über Max und ließ sie sich an seine Unterseite kuscheln. Das war wunderschön. So flogen sie den ganzen Weg bis zu Kits Wohnung.

Es war kurz vor Anbruch der Morgendämmerung, obwohl meine Stimmung eher nach Weltuntergang als nach Sonnenaufgang war. Kit und ich waren bereits auf der Route One unterwegs in Richtung der FBI Critical Incident Response Group in Stafford, Virginia. Wir mussten dorthin. Es standen Menschenleben auf dem Spiel, einschließlich die der Kinder und unsere eigenen.

Wir hatten die Kinder mit einem Videospiel in Kits Wohnung zurückgelassen, das eine Spielzeit von – ich schwör's – siebenhundert Stunden hatte, einem ganzen Tiefkühlschrank voller gefrorener Pizzas und der strikten Order, unter gar keinen Umständen Aus-Flüge zu unternehmen.

Wir waren auf direktem Weg zu dem Alptraum, der Max so lange verfolgt hatte, genau genommen ihr gesamtes Leben lang. *Wenn du redest, bist du tot.* Kits Wohnung erschien uns noch als der sicherste Ort für die Kinder. Jedenfalls für den Augenblick.

Ich nahm einen Schluck aus meinem Kaffeebecher in der vergeblichen Hoffnung, meine Nerven zu beruhigen. Weniger als eine Stunde nachdem wir Washington, D.C., verlassen hatten, erblickte ich zum ersten Mal unser Ziel.

Es gab kein Schild vorn an der Straße, keine erkennbare Adresse, nichts. Lediglich einfache zweistöckige Bürogebäude aus roten Ziegelsteinen, die durch einen betonierten Gehweg miteinander verbunden waren.

»Sieht ziemlich unauffällig aus«, sagte Kit. »Aber lass dich davon nicht täuschen, Frances Jane, nicht eine Sekunde lang.«

»Keine Sorge. Ich lasse mich bestimmt nicht von irgendwelchen schnell redenden FBI-Typen um den Finger wickeln«, sagte ich. »Das habe ich bereits hinter mir.« Ich zwinkerte.

Die Critical Incident Response Group war nach Waco und Ruby Ridge im Jahre 1994 ins Leben gerufen worden. Die ersten fünf Jahre war sie im Gebäude der FBI Academy in Quantico untergebracht gewesen, doch vor kurzem hatte sie ein acht Meilen entferntes neues Gebäude bezogen. Die Aufgabe der Abteilung, so erzählte mir Kit, bestand im Management einer Vielzahl verschiedener Notfälle wie Terrorangriffen, Geiselnahmen und so weiter.

Also schön, sie sind also im Prinzip auf alles vorbereitet. Oder vielleicht auch nicht.

Etwa dreihundert Menschen arbeiteten hier, nach Kits Worten, und der Parkplatz war größtenteils besetzt, als wir dort ankamen. Kit parkte seinen Subaru Outback, und wir stiegen aus. Wir gingen über einen Weg aus gegossenem Beton und betraten ein Vestibül hinter einer Glastür, das bis auf einen einzelnen Aufzug vollkommen leer war.

»Werden sie uns denn glauben?«, fragte ich Kit unsicher. »Und wichtiger noch, werden sie uns helfen?«

»Ich bezweifle es ernsthaft«, antwortete Kit und runzelte die Stirn.

»Dann frage ich mich, warum wir überhaupt hergekommen sind. Warum sind wir hier, Kit?«

Er strich sich mit der Hand durch das blonde Haar. »Wir sind hier, weil sie uns vielleicht helfen, ohne es zu wollen. Vielleicht wissen sie etwas Wichtiges, von dem sie überhaupt nicht wissen, welche Bedeutung es hat. Das ist beim FBI viel häufiger der Fall, als du dir vielleicht vorstellen kannst.«

»Oh. Also sind wir hier, um sie zu verhören und nicht umgekehrt?«

Kit zwinkerte. »So lautet der Plan, ja. Aber wir werden es bald herausfinden. Außerdem habe ich versprochen, dass wir kommen würden.«

Die Tür glitt auf, und Kit und ich stiegen in den Lift, der uns nach oben in den Empfangsraum im ersten Stock bringen sollte. Er war durch eine dicke, kugelsichere Glasscheibe von uns abgeschottet. Kit zeigte seinen Ausweis und sprach in ein Mikrofon in der Scheibe. Er sagte, wir hätten einen Termin bei Agent Breem.

Eine Agentin lächelte uns freundlich zu und betätigte einen Summer. Wir traten ein. »Gehen Sie nach links und dann immer geradeaus«, sagte sie. »Agent Breem erwartet Sie bereits. Wir alle haben Sie erwartet. Wir hatten eigentlich gehofft, dass Sie die Superkinder mitbringen würden.«

Wir folgten den Anweisungen der Agentin, und unsere Schritte hallten hohl auf den Linoleumfliesen eines langen Korridors. Meine Nervosität stieg von Sekunde zu Sekunde. Ich schätze, das ist einfach so, wenn man das FBI besucht. Ich hatte schon früher schlechte Erfahrungen mit dieser Behörde gemacht. Kit ironischerweise ebenfalls. Hauptsächlich sind es gute Leute, aber irgendwo unterwegs ist etwas schief gelaufen. Wahrscheinlich unausweichlich, wenn man einen Boss wie Edgar J. Hoover hat. Von da an ging's bergab.

Zu beiden Seiten des Korridors gab es Großraumbüros, und in den meisten wimmelte es von Agenten, viele mit Schlips und

Kragen, andere in Jeans und T-Shirts. Eine überraschend bunt zusammengewürfelte Truppe. Längst nicht so steif, wie ich mir das vorgestellt hatte.

Am Ende des Ganges erwartete uns ein schlaksiger blonder Agent in einem blauen Anzug. Agent Warshaw von gestern Abend.

Arschloch. Mistkerl. Unsensibler Blödmann. Und ja, genau das dachte ich von ihm.

»Dr. O'Neill, Brennan, hallo. Kommen Sie bitte rein.«

»Wie könnten wir eine so nette Einladung ausschlagen?«, antwortete ich.

»Was habe ich ihr getan?«, wandte sich Agent Warshaw an Kit, doch der zuckte bloß die Schultern.

Zuerst das unausweichliche Angebot von Kaffee, das Kit und ich unisono ablehnten, gefolgt von einem dümmlichen Kommentar über unsere Herfahrt, das Wetter und die Washington Redskins. Nur um anschließend festzustellen, dass wir schließlich alle auf der gleichen Seite standen.

Ich kaufte ihnen diesen Blödsinn nicht ab. Wir standen nicht auf der gleichen Seite. Eine alte Comicfigur namens Pogo hat einmal gesagt: »Wir haben den Feind getroffen, und das sind wir.« Es traf ziemlich genau meine Empfindungen bezüglich des FBI.

»Wo steckt Breem?«, fragte Kit, während Warshaw eine Wandkarte von Maryland entrollte.

»Er hat gesagt, dass er hinzukommt, sobald er kann«, antwortete Warshaw und tat Kits Frage damit als erledigt ab. »Und jetzt erzählen Sie mir bitte, was genau Sie vom FBI erwarten.«

»Sie wissen bereits, was wir erwarten. Hilfe. Informationen. Max weiß etwas, das ziemlich unheimlich klingt. Es hat mit einem gesetzwidrigen Forschungsprojekt zu tun«, erklärte Kit. »Illegalen Experimenten, die irgendwo in Maryland durchgeführt werden. Der genaue Ort ist nicht bekannt, der Name ebenfalls nicht. Menschen werden möglicherweise jetzt in diesem Augenblick getötet, während wir versuchen, dieses Labor ausfindig zu machen. Es ist mehr oder weniger dasselbe wie damals in Colorado mit dieser ›Schule‹.

Aber das wissen Sie bereits alles. Es steht in meinem Bericht. Das Problem ist – niemand glaubt mir oder Max«, beendete Kit seine Worte, und die Anspannung in seiner Stimme wurde deutlich spürbar.

»Sie sind hier, oder nicht?«, entgegnete Warshaw. »Und wir helfen Ihnen.«

»Aber nur, weil ich noch ein klein wenig Einfluss in Washington besitze. Ein ganz klein wenig. Aber niemand nimmt diese Geschichte sonderlich ernst.«

»Also schön, fassen wir kurz zusammen, damit ich sehe, ob ich richtig verstanden habe«, entgegnete Warshaw. »Irgendjemand führt illegale sogenannte Biotech-Experimente durch, und er möchte Max so unbedingt zum Schweigen bringen, dass er bereit ist, alle Kinder zu ermorden, um dieses Ziel zu erreichen.«

»Irgendetwas in der Art«, räumte Kit ein. »Aber eigentlich glaube ich eher, dass sie versuchen, die Kinder zu fangen und zu entführen. Mord ist vielleicht nur der letzte Ausweg. Die Kinder sind wertvoll, aber ich habe keine Ahnung, warum diese Leute sie so unbedingt in die Finger kriegen wollen. Es macht mich verrückt!«

»Nun hören Sie aber auf«, sagte Warshaw abschätzig. »Hören Sie sich doch mal selbst zu! Sie haben keine wirklichen Beweise, keine Dokumentation, einfach gar nichts außer den halbgaren Verdächtigungen einer Zwölfjährigen, die aller Wahrscheinlichkeit nach unter hohem Stress steht.«

»Ich neige dazu, Agent Warshaw zuzustimmen«, sagte Agent Breem, der in diesem Augenblick das Büro betrat. »Warum erzählen Sie uns nicht, was Sie wissen, Brennan. Wir müssen es aus erster Hand erfahren. Und Dr. O'Neill, fühlen Sie sich ganz ungezwungen, wenn Sic ctwas dazu beizutragen haben.«

»Oh, danke sehr«, sagte ich.

Kit konnte sehr überzeugend sein, wenn er es darauf anlegte. Im Verlauf der nächsten Stunde berichtete er den beiden FBI-Agenten von dem, was Max uns erzählt hatte. Allerdings nicht alles. Wie es schien, vertraute Kit dem FBI ebenfalls nicht hundertprozentig.

Breem lauschte ohne jede Zwischenfrage. Als Kit geendet hatte, nahm er das Telefon zur Hand, wählte eine Nummer, gab ein paar Informationen durch und sagte schließlich: »Melden Sie sich so bald wie möglich wieder bei mir.« Er legte auf.

Kaum fünfzehn Minuten später erschien eine blonde Frau und brachte Breem eine dicke Akte. Breem blätterte den Inhalt durch.

Ich las das auf dem Kopf stehende Etikett. LIBERTY GENERAL HOSPITAL. Was war das?

»Sie haben immer noch Freunde im Hoover Building, wussten Sie das?«, sagte Breem zu Kit. »Ihre Freunde wollen, dass wir Sie unterstützen, also erhalten Sie unsere Unterstützung. Dieses Liberty Hospital könnte die fragliche Einrichtung sein, auf die sich die Informationen des Mädchens beziehen.

Doch Liberty können Sie getrost vergessen. Es ist ein Lehrkrankenhaus, und zwar eines der allerersten Güte. Verdammt, sogar der Präsident und der Vizepräsident lassen sich heutzutage dort untersuchen. Es ist das beste Krankenhaus in der gesamten Umgebung von D.C. Besser als das Walter Reed.«

Kit nickte seine Zustimmung, während er durch die Dokumente in der Akte blätterte.

»Im Gegensatz zu anderen Kindern in ihrem Alter neigt Max nicht zu Fantastereien, und sie lügt niemals. Sie sagt, es gibt ein illegales Labor irgendwo in Maryland. Wo auch immer es sein mag, dort werden Experimente durchgeführt. Experimente an Menschen.«

»Vielleicht werden irgendwo illegale Experimente an Menschen durchgeführt, doch ich bezweifle, dass es im Liberty General Hospital geschieht«, bemerkte Agent Breem.

Ich sah, wie Kit sich versteifte, und die Muskeln in seinen Kiefern begannen zu arbeiten. »Ich verstehe«, antwortete er. »Nun ja, danke jedenfalls für die Akte. Wir werden jetzt wieder gehen.«

»Ich mag ihn nicht«, sagte ich zu Kit, als wir auf dem Rückweg zum Wagen waren. »Wirklich nicht. Ich hasse es, wie er mit dir geredet hat. Das Gleiche gilt für Warshaw. Vertraust du den beiden?«

Kit sah mich an. »Ich vertraue dir und den Kindern und sonst niemandem. Wie ich es sehe, haben es alle anderen auf unser Leben abgesehen.«

Ich starrte ihn aus aufgerissenen Augen an. »Das klingt ja fast wie Max!«

»Das tut es, und genau das hat sie gesagt.«

Alle anderen haben es auf unser Leben abgesehen. Was für eine Einstellung. Furchterregend, und möglicherweise die Wahrheit.

Es war spät am Nachmittag, als wir wieder in Kits Wohnung in Washington eintrafen. Ich war aufgewühlt und nervös, und ich hatte Angst. Genau wie die Kinder. Den Rest des Tages verbrachten wir damit, aus den Fenstern zu starren und die Pendler und Touristen zu beobachten, die die Straßen von Dupont Circle mit seinen Galerien und Restaurants bevölkerten.

Doch wie heißt es so schön: Es ist kein Verfolgungswahn, wenn jemand wirklich hinter dir her ist.

Als es dunkel wurde und die Büros und Läden für die Nacht schlossen, kam unsere Zeit.

Eines nach dem anderen schlüpften die sechs Kinder aus dem Badezimmerfenster, das auf der hinteren Seite des Hauses lag.

Sechsmal hallte das Flügelflattern vom Beton und den Ziegelsteinen des Hinterhofs wider, und sechsmal hielt ich den Atem an und dankte Gott, dass keine Schüsse erklangen und keine Schreie. Ich fing bereits an, wie Kit zu denken. Das Ganze entwickelte sich immer mehr zu einem Alptraum. Ich vertraute nur noch Kit und den Kindern und sonst niemandem mehr.

»Ich zittere vor Angst und Nervosität«, gestand ich ihm, als das letzte Kind weg war.

»Keine Sorge, es wird wahrscheinlich noch schlimmer kommen. Das war ein Scherz. Nein, ich denke, für den Augenblick sind wir sicher.«

Wir warteten eine Stunde, bevor wir ebenfalls das Haus verließen. Wir wanderten bis zur Ecke der Massachusetts Avenue und winkten ein Taxi an den Straßenrand. Ich fühlte mich wie in einem Film, einem richtig gruseligen Thriller – die Sorte Film, die ich mir niemals ansah.

Wir fuhren schweigend ein paar Blocks in südlicher Richtung die Massachusetts Avenue hinunter, an mehreren Botschaften und Konsulaten vorbei. Dann sprang Kit an einer roten Ampel aus dem Wagen und verschwand.

Ich blieb im Taxi sitzen, als es am Scott Circle nach links auf die Sixteenth Street und von dort aus weiter in die P Street fuhr, wo auch ich ausstieg. Wie in einem Spionagefilm.

Kits Subaru stand noch immer dort, wo er ihn am Nachmittag abgestellt hatte. Nach wenigen Minuten kam er herbeigetrabt und hielt die Wagenschlüssel hoch.

Er umarmte mich. »Alles in Ordnung?«

»Umarmungen helfen jedenfalls. Aber nein, nichts ist in Ordnung.«

Wir stiegen ein und fuhren nach Westen, durch verschiedene Nebenstraßen, an seiner Wohnung vorbei und dann nach draußen in Richtung Zoo. Dort sammelten wir die Kinder ein, die sich bei einem Safeway-Supermarkt versteckt gehalten hatten, vier Blocks östlich vom Kalorama Park.

Mission erfüllt. So weit, so gut.

»Alles anschnallen«, sagte Kit. »Ich meine es ernst.«

Er fuhr weiter kreuz und quer durch die Stadt, um eventuelle Verfolger abzuschütteln – für den Fall, dass es welche gab. Für die Kinder war es ein aufregendes Abenteuer, doch ich stand Todesängste aus. Wir umfuhren andere Wagen, als wären wir auf einer Rennbahn, wendeten mitten auf der Straße, fuhren Auffahrten hinauf und gleich wieder hinunter. Als Kit endlich sicher war, dass er jeden Verfolger abgeschüttelt hatte, fuhren wir über ruhige Nebenstraßen in das Hinterland von Maryland, bis wir ein idyllisch gelegenes, ländliches Motel namens Alma's Valley Rest fanden, wo wir uns einmieteten.

Ich hoffte inbrünstig, dass Kit Recht hatte und niemand uns gefolgt war.

Alma's Motel war ein schickes Bungalow-Motel. Wir hatten einen eigenen Vierzig-Quadratmeter-Bungalow zwischen den Bäumen, und er war viel hübscher als unsere letzte Absteige. Es gab zwei Doppelbetten mit zueinander passenden himmelblauen Tagesdecken sowie ein paar Klappbetten und einen Fernseher mit Kabelanschluss.

Und das Schönste, hinter dem Haus verlief ein kleiner Bach im kühlen Schatten mehrerer hoher Ulmen. Was konnte man mehr verlangen?

Ich begann mich sogar mit dem Gedanken anzufreunden, dass wir alle zusammen in einem einzigen Zimmer schlafen würden. Es war beengt, doch es war auch sehr gemütlich und familiär.

Dann brach der neue Tag an, und meine Märchenfantasien von Prinzessin Frannie und ihrem hübschen Prinzen Kit und den sechs magischen Kindern lösten sich im morgendlichen Nebel auf.

Die Jäger waren unterwegs, irgendwo dort draußen. Daran bestand nicht der geringste Zweifel.

Irgendwie mussten wir sie stoppen, bevor sie uns stoppen konnten.

Aber wie?

Am Ende war es ganz leicht, wirklich – wir mussten nichts weiter tun, als die Jäger zu jagen. Wir mussten sie erwischen, bevor sie uns erwischten. Es gab keinen anderen Ausweg.

Kit hatte es geschafft, das FBI auf unsere Seite zu ziehen. Vielleicht besaß er tatsächlich Verbindungen zu irgendjemandem im Hoover Building. Wie dem auch sei, irgendjemand verschaffte uns eine Gelegenheit zu einem Gespräch im Hauer Institute, das zum Liberty General Hospital gehörte und im gleichen Gebäude untergebracht war.

Die eine Hälfte der Kinder schlief schnell ein, während die andere Milch trank, einen riesigen Haufen Krispy Kreme Donuts verschlang und Cartoons im Fernsehen sah, als Kit und ich uns auf den Weg zum Liberty Hospital machten, von dem wir bereits wussten, dass es über jeden Verdacht erhaben war.

Nachdem wir losgefahren waren, sagte Kit: »Mann, das ist

vielleicht ein wunderschöner Tag!«, und es war tatsächlich ein schöner Tag. Alles leuchtete in strahlenden Goldtönen, und am tiefblauen Himmel war nicht eine einzige Wolke zu sehen.

In den Bäumen raschelte eine milde Oktoberbrise, und aus dem Radio kamen Hits der Sechziger. Kit stimmte in einen Song von Bobby Darin ein: *»I want, a girl, to call, my owo-wown …«*

Kit hatte eine ziemlich gute Singstimme und machte Walden Robert Cassotto richtig Konkurrenz. Wir erinnerten uns wieder einmal, wie sehr wir einander liebten, und für eine Weile vergaßen wir, dass wir nicht auf dem Weg in einen gemeinsamen Sommerurlaub waren.

Unglücklicherweise waren wir das tatsächlich nicht. Im Gegenteil, wir waren auf direktem Weg in Max' Alptraum. Wenn er sich nicht im Liberty Hospital verbarg, dann irgendwo anders hier draußen im ländlichen Maryland.

Ich wagte nicht darüber nachzudenken, was für Experimente dort an Menschen durchgeführt wurden, doch falls sie auch nur halbwegs denen ähnelten, die an der »Schule« in Colorado stattgefunden hatten, dann wollte ich es auch lieber gar nicht.

Das »äußerst hoch angesehene« Liberty General Hospital lag in Carroll County, etwa fünfzig Kilometer nordwestlich von Baltimore, nicht weit vom Liberty Reservoir entfernt. Das Krankenhaus war so versteckt in einem Tal zwischen den rollenden Hügeln der Landschaft, dass wir beim ersten Mal glatt daran vorbeifuhren.

Beim zweiten Anlauf erspähte ich das diskrete Bronzeschild, das uns von der Hauptstraße weg über eine schmale Landstraße und schließlich auf einen Kiesweg führte, der zwischen hohen Pflanzungen und eine wunderbar gepflegte Parkanlage hindurch zum Hospital führte.

»Sieht fast zu gut aus, um wahr zu sein«, sagte ich zu Kit. »Vielleicht hatten deine Freunde vom FBI ausnahmsweise einmal Recht mit ihrer Einschätzung.«

»Ich habe keine Freunde beim FBI. Nicht mehr«, entgegnete Kit. »Sie halten mich alle für so etwas wie Fox Mulder, erinnerst du dich?«

Das Krankenhaus bestand aus zwei in einem Winkel von sechzig Grad zueinander stehenden Gebäudeflügeln. Die beiden dreistöckigen Hälften waren aus weißen Steinen gemauert und besaßen viele breite Fenster, die eine wunderbare Aussicht boten.

Ich musste einräumen, dass es sehr vornehm und sehr gutartig aussah.

Doch der Schein konnte täuschen.

Und warum standen mir beim ersten Anblick der Anlage die Haare zu Berge?

Warum sagte mir jeder einzelne Instinkt, mich abzuwenden und davonzulaufen, als sei der Teufel persönlich hinter mir her? Und warum rannte ich nicht davon?

Kit legte leicht den Arm um mich, als wir durch die automatischen Gleittüren gingen, die in eine weite, offene Empfangshalle führten. Ich brauchte seine Berührung dringend. Sie verschaffte mir ein wenig Sicherheit.

»Ich bin okay«, flüsterte ich und sah ihn von der Seite an. *Lügnerin. Elende Lügnerin.*

»Ich nicht«, antwortete er. »Ich fühle mich immer ganz merkwürdig, wenn ich irgendwohin komme, wo vielleicht Experimente an Menschen durchgeführt werden.«

»Bestimmt nicht hier«, widersprach ich. »Vergiss nicht, der Präsident und der Vizepräsident kommen hierher, um sich untersuchen zu lassen.«

»Glaubst du, das ist der Ort, den Max gemeint hat?«, fragte Kit. »Dieses ›Hospital‹? Der Unheiligste aller unheiligen Orte?«

»Aus irgendeinem vollkommen unerklärlichen Grund glaube ich genau das, ja«, entgegnete ich. »Es ist nur ein Gefühl, Kit.«

»Jetzt kriege *ich* Angst«, sagte er.

Morgendliches Sonnenlicht fiel strahlend durch die blitzblanken Scheiben und spiegelte sich auf dem Terrazzoboden. Die Strahlen schienen zu einem runden Empfangsschalter zu deuten, der ganz aus Granit bestand. Dort zeigte uns ein älterer, sehr hilfsbereiter und freundlicher Mann eine Reihe von Aufzügen mit einer Tafel daneben, auf der HAUER INSTITUTE zu lesen stand. Dort wurden wir erwartet. Er hatte unsere Namen bereits auf seiner Liste und schien sehr beeindruckt, dass wir einen Termin bei Dr. Ethan Kane persönlich erhalten hatten.

Der Aufzug brachte uns in ein Tiefgeschoss und öffnete sich zu einer kleinen, sehr geschmackvoll eingerichteten Halle. Sie war mit dickem dunkelgrauem Teppichboden ausgelegt und mit dazu passenden Polstersesseln ausstaffiert.

Es gab einen kleinen Clubtisch mit aktuellen Tageszeitungen und Illustrierten, sowohl nationalen als auch internationalen. Auf einem Sideboard an der Wand stand eine Kaffeemaschine. Aus versteckten Lautsprechern drang *Die vier Jahreszeiten* von Vivaldi. Perfekt, allzu perfekt.

Doch der metallische Geruch von Desinfektionsmittel brach den Bann, in den ich geraten war. Wir befanden uns immer noch in einem Krankenhaus, daran bestand nicht der geringste Zweifel.

»Hast du eigentlich *Coma* von Robin Cook gelesen?«, fragte mich Kit. »Gruselig, wirklich gruselig.«

»Hör auf damit!«, protestierte ich, doch wenigstens hatte er mich zum Lächeln gebracht.

»Hör zu, Kit, ich weiß, dass deine Kollegen vom FBI dieses Treffen arrangiert haben, aber was führt dich zu der Annahme, die Leute hier wären bereit, mit uns zu reden?«

Kit lächelte schwach. »Wenn sie sich geweigert hätten, würden wir erst recht Verdacht schöpfen.«

»Zu spät. Den habe ich längst.«

Kit zeigte dem Mann hinter dem Mahagoni-Empfang seinen Ausweis und ein Empfehlungsschreiben. Der junge Mann in seinem blauen Geschäftsanzug tätigte einen kurzen Anruf und sprach mit einer gewissen Miss Analise Miller.

»Miss Miller wird Sie sofort abholen«, sagte er, als er den Hörer wieder auf die Gabel gelegt hatte.

Miss Miller war eine dünne, spröde Person Ende zwanzig. Sie hatte die dunklen Haare zu einem langen Pferdeschwanz nach hinten gebunden, und sie trug einen graubraunen Hosenanzug, der zugleich sehr schick und sehr geschäftsmäßig aussah. Ihr Lächeln wirkte offen, auch wenn es meiner Meinung nach aufgesetzt war, denn ihre hellgrünen Augen vermittelten eine andere Botschaft.

Enthusiastisch streckte sie Kit die Hand entgegen. »Ich habe noch nie einen richtigen Agenten vom FBI kennen gelernt!«, sagte sie. Ich warf einen Seitenblick zu Kit. Ja, sicher. Als wäre es ein ganz besonderes Vergnügen für sie.

Wir wurden zu einer zweiten Reihe von Aufzügen geführt. Ein Lift hielt mit leisem *Ping*, und wir betraten eine geräumige Kabine mit Türen zu beiden Seiten. Der Boden war mit weichem Gummi ausgekleidet, die Wände bestanden aus gebürstetem Metall.

Der Lift fiel wie ein Stein nach unten, und ich vermutete, dass wir in ein Geschoss fuhren, das wenigstens zehn oder fünfzehn Meter tiefer lag.

»Vierzehn Meter«, sagte Miss Analise, als hätte sie meine Gedanken gelesen.

Die Lifttüren glitten zur Seite, und wir traten hinaus auf einen blau-grau gestrichenen Korridor mit dem gleichen Gummiboden, wo medizinisches Personal in blauen OP-Kitteln und weißen Schwesternuniformen hin und her lief.

»Das ist der Forschungsbereich des Liberty. Das Hauer Institute führt die Arbeiten des berühmten Teams um Clara und Harold Hauer fort«, erklärte Miss Analise. »Die beiden wurden bei einem tragischen Autounfall in der Nähe von Boston getötet, wie Sie wahrscheinlich wissen werden.«

Ich hatte von den Hauers gehört. »Eine traurige Geschichte«, sagte ich.

Vor einem Raum mit einer Glaswand blieben wir stehen. Die restlichen Wände waren mit Metallregalen voll gestellt, die vom Boden bis zur Decke reichten und Hunderte von schuhkartongroßen Plastikkäfigen enthielten.

In den Käfigen huschten dunkle Schemen hin und her. Labormäuse.

Meine Haare richteten sich erneut auf.

»Unsere sogenannten Fuzzy-Test-Röhren«, sagte die Public-Relations-Lady leichthin. »Wie Sie sich sicherlich denken können, führen wir hier zahlreiche Tests an Tieren durch.«

Ihre Worte lösten eine Flut von schlechten Erinnerungen in mir aus. Wirklich schlechten Erinnerungen.

In der »Schule«, jenem grauenvollen illegalen Forschungslabor, wo Max und die übrigen Kinder den größten Teil ihrer jungen Jahre verbracht hatten, hatte es einen ähnlichen Raum gegeben. Es war ein »Mäuseraum« wie der, der nun vor mir lag, und es hatte ein »Pflegezimmer« für schrecklich deformierte Kinder gegeben, die man dort hatte sterben lassen. Ich würde niemals meine erste Begegnung mit Peter, Ozymandias, Icarus und Wendy vergessen – die Kinder hatten in Käfigen in ihren eigenen Exkrementen gehockt.

Ich schüttelte den Kopf, um die bestürzenden Gedanken zu verbannen. Das hier war nicht die »Schule«, rief ich mir ins Gedächtnis. Der Präsident persönlich kam hierher, um sich untersuchen zu lassen.

Unsere Begleiterin sah die Bilder in meinem Kopf nicht. Vielleicht hatte Miss Analise ihre eigenen. Sie führte uns jedenfalls rasch weiter und durch eine Reihe von Korridoren. Wir sahen Räume voller Techniker vor Computermonitoren. Wahrscheinlich fütterten sie DNA-Informationen in die Datenbank des Zentralrechners oder etwas in der Art.

Wir fuhren mit dem Aufzug eine weitere Ebene in die Tiefe und traten nach draußen. Hier reihte sich ein Labor an das nächste, und alles war gefüllt mit ultramodernen, glänzenden Apparaten. Schilder wiesen den Weg zu den OP-Sälen eins bis sechs.

»Die Hauers waren Pioniere auf dem Gebiet der Stammzellenforschung«, erklärte Miss Analise Miller. »Wie Sie ohne Zweifel wissen werden, Dr. O'Neill, sind Stammzellen sehr einfache Zellen ohne bereits festgeschriebene Spezialisierung, die aus dem Knochenmark oder von Föten gewonnen werden. Injiziert man diese Stammzellen in den menschlichen Körper, so besitzen sie die Fähigkeit, sich in spezialisierte Organzellen zu verwandeln, ganz gleich, welche der Körper benötigt. Die

Zelle scheint zu wissen, wo eine Verletzung oder eine Beschädigung stattgefunden hat. Sie wandert zu der entsprechenden Stelle und repariert sie.«

»Das ist unglaublich beeindruckend, wirklich«, sagte Kit ohne eine Spur von Zynismus; tatsächlich trug er sein gewinnendstes Lächeln zur Schau. »Aber wenn Sie uns jetzt bitte zu Ihrem Boss bringen würden?«

»Dr. Ethan Kane erwartet Sie gleich hinter der nächsten Biegung«, antwortete Miss Analise. »Er operiert heute, wie üblich. Der Mann gönnt sich keine Pause. Er scheint niemals auszuruhen.«

Der Killer namens Marco Vincenti war nicht sonderlich überrascht, als er einen Anruf aus Maryland erhielt mit dem Befehl, unverzüglich dorthin zu kommen. Er hatte schon vorher das Gefühl gehabt, dass diese Auftraggeber zögerten, zu viele Außenseiter zu beschäftigen, selbst wenn sie verzweifelt einen Spezialisten seines Kalibers benötigten.

Sie hatten vorher alles andere versucht, um die Kinder zu fangen. Doch sie waren erfolglos gewesen.

Also war es nun an der Zeit für andere Optionen. Genau, wie Marco es auf dem Dach der Baustelle in Denver prophezeit hatte. *Beim nächsten Mal bist du dran, Kleine*.

Marco Vincentis Spezialität war ein Scharfschützengewehr. Bevor er sich in diesem Geschäft selbstständig gemacht hatte, war er bei der U. S. Army gewesen. Heutzutage gab es nicht so viele Aufträge, doch die Bezahlung war dafür umso besser.

Marco Vincenti beschloss, mit dem Wagen von seinem Haus in Hempstead, Long Island, nach Maryland zu fahren, wo diese sechs Missgeburten von Kindern vermutlich herumlungerten. Sein Auftrag lautete, eines der Kinder zu töten. Nur eines – das ältere Mädchen, diese Max. Die anderen kamen möglicherweise als Bonus dazu – und Marco plante, mit so viel Bonuszahlungen wie nur irgend möglich nach Hause zurückzukehren.

Den ganzen Weg von New York nach Maryland spielte ein Band *Best of Mozart*, ohne dass die Musik seine Nerven hätte beruhigen müssen. Das hatte er nicht nötig – doch Marco mochte die Musik und die Präzision der Kompositionen.

Sein Auftrag hatte einen Kodenamen, den nur Marco und sein heimlicher Auftraggeber kannten:

Skeet.

Tontaubenschießen.

Die Wahl gefiel Marco ausnehmend gut.

Genau wie die Aussicht, auf Ziele zu feuern, die nicht zurückschossen.

Endlich trafen Kit und ich mit Dr. Ethan Kane zusammen. Analise Miller führte uns zu einem Mann, der sich an einem Waschbecken vor einem der OP-Säle gründlich die Hände wusch. Wir warteten schweigend, während er sich von einer Krankenschwester ein Handtuch reichen und anschließend aus dem OP-Kittel helfen ließ. Dann trat Analise zu ihm und erinnerte ihn an den Termin, den das FBI mit ihm vereinbart hatte. Er lächelte die Public-Relations-Lady an und entließ sie mit einem Nicken. Schließlich wandte er sich uns zu und stellte sich mit einem kräftigen Druck seiner nach Seife riechenden Hände und festem Blick in die Augen vor, nachdem Kit ihm unsere Namen genannt hatte.

Dr. Ethan Kane war ein unglaublich attraktiver Mann, so viel musste ich einräumen. Er hatte ein breites, faltenloses Gesicht, dichtes blondes, sonnengebleichtes Haar, breite Schultern und eine schmale Taille. Seine Augen waren leuchtend blau, und sein Lächeln war so warm wie das eines Alete-Babys.

»Nennen Sie mich doch Ethan«, erklärte er. »Das ist mir lieber. Ich bin sehr erfreut, Sie kennen zu lernen. Worum geht es noch genau? Das FBI ist möglicherweise daran interessiert, unser Hospital von Zeit zu Zeit zu benutzen, wenn ich richtig informiert wurde? Sie wissen ja gar nicht, wie sehr mich das freut. Das hier ist eine großartige Forschungseinrichtung, vielleicht die beste in den Vereinigten Staaten. Haben Sie Zeit zum Reden? Ich könnte ein paar Minuten erübrigen.«

»Das ist sehr freundlich von Ihnen, Doktor«, sagte Kit in freundlich-unverbindlichem Ton. Ich hatte diese aalglatte, diplomatische Seite von ihm noch nie zuvor gesehen. Während wir Dr. Kane folgten, wandte sich Kit zu mir um und flüsterte: »Verdirb mir ja nicht meinen Auftritt! Und untersteh dich zu lachen!«

Wir wussten aus dem Werbeprospekt, den Analise Miller uns überreicht hatte, dass Ethan Kane Preisträger des American Society of Transplant Surgeon's Pioneer Award war und darüber hinaus bahnbrechende Arbeiten auf dem Gebiet der Stammzellenforschung betrieb. Wir folgten dem Arzt durch ein Labyrinth von Korridoren zu seinem Büro, einem wenig imposanten, gemütlichen Zimmer, in dem sich überall Bücher vom Boden bis fast auf Schreibtischhöhe stapelten. An den Wänden hingen Bilder, die Dr. Kane zusammen mit einigen auserwählten politischen Führern und dem einen oder anderen Finanzmagnaten zeigten.

»Bitte entschuldigen Sie diese Posierbilder«, sagte er mit einer wegwerfenden Geste in Richtung der Fotos. »Aber es hilft uns dabei, Forschungsmittel aufzutreiben. Sie können sich gar nicht vorstellen, wie sehr. Wir leben im Zeitalter der Prominenz, nicht wahr?«

Auf einem Sideboard stand ein weiteres Foto, das Dr. Kane vor den Stufen eines imposanten, im neugriechischen Stil errichteten Landhauses zeigte. Er hatte die Arme um eine dunkelhaarige Frau geschlungen, die an Jackie Kennedy erinnerte, und um zwei hübsche Kinder, einen Knaben und ein Mädchen, beide um die zehn Jahre alt. Ein drittes Kind, ein Mädchen von vielleicht vier Jahren, machte zu ihren Füßen Kapriolen.

»Sissy hat unser Leben völlig durcheinander gebracht«, verriet uns Dr. Kane und deutete auf das kleine Mädchen. »Sie ist ein richtiger Wirbelwind, glauben Sie mir.« Er lächelte versonnen und stellte uns eine Schale mit M&Ms hin. »Ich bin süchtig danach«, gestand er zwinkernd. »Aber ich vermute, es gibt schlimmere Dinge.«

Er räumte Papiere von zwei Stühlen und bat uns Platz zu nehmen. Er selbst lehnte sich auf seinem Sessel zurück, zerknitterte einen Notizzettel und warf ihn durch einen Miniatur-Basketballring, der über einem Papierkorb befestigt war. »Zwei

Punkte«, sagte er und schaukelte selbstzufrieden in seinem Sessel vor und zurück wie ein Fan der L.A. Lakers.

»Um ehrlich zu sein, ich bin höchst erfreut, dass sich Washington für uns interessiert«, sagte Kane. »Je mehr Augen auf uns fallen, desto besser. Wir benötigen dringend Forschungsmittel. Ich möchte Ihnen etwas über unser jüngstes, absolut unglaubliches Projekt erzählen.

Unsere Mission besteht darin, das menschliche Leben zu verlängern, und um dies zu bewerkstelligen, arbeiten wir auf zwei Schienen gleichzeitig«, begann er, dann beugte er sich unvermittelt vor. Sein Sessel gab ein protestierendes Quietschen von sich, als Dr. Kane die Arme ausbreitete und in verschiedene Richtungen zeigte. Er sprach von divergierenden Wegen.

»Auf der einen Schiene arbeiten wir mit Stammzellen, während die andere sich mit Organtransplantation befasst. Wie Sie wissen – und das ist auch meine Meinung –, ist es ungesetzlich, menschliches Stammzellenmaterial aus Föten zu benutzen, daher müssen wir uns auf geklonte Fötenstammzellen beschränken, die wir vor Inkrafttreten des Gesetzes gewonnen haben. Außerdem benutzen wir Stammzellen aus dem Rückenmark. Die Arbeit geht nur langsam voran, wie Sie sich denken können, aber sie ist wichtig, und es ist der richtige Weg, so zu arbeiten.«

Er nahm eine Hand voll M&Ms aus der Schale und stopfte sie sich in den Mund. Er kaute knirschend auf den Dragees, während wir darauf warteten, dass er seinen Vortrag fortsetzte. Ich merkte ihm an, dass er nicht an unserer Meinung oder an Zwischenfragen interessiert war.

»Was die Transplantationsforschung angeht«, fuhr er schließlich fort, »so ist die Verwendung tierischer Organe aus guten Gründen verboten worden, daher versuchen wir unser Bestes mit menschlichen Organen. Die Nachfrage nach menschlichen Organen ist sehr groß, allerdings gab es in der Vergangenheit nach der Transplantation auch eine Menge Probleme mit Abstoßungsreaktionen.

Wir hatten in den vergangenen beiden Jahren jedoch eine

Reihe entscheidender Durchbrüche.« Ein Lächeln schlich sich auf sein attraktives Gesicht. »Wir haben herausgefunden, dass es erfolgversprechender ist, ein ganzes System von Organen zu transplantieren statt eines einzelnen. Wenn wir also einen passenden Spender haben, dann benutzen wir sein gesamtes Organsystem.

Ich möchte, dass Sie sich das ansehen«, fuhr er fort, griff hinter sich und öffnete die Türen des Sideboards. Er nahm ein Diagramm hervor und breitete es auf dem Schreibtisch vor uns aus. Wir starrten auf die bunten Linien, die die Anzahl an erfolgten Multiorgantransplantationen sowie die zugehörige Erfolgsrate zeigten.

»Wir sind im Verlauf der letzten sechs Monate bei einer Quote von nahezu achtzig Prozent angekommen. Können Sie sich das vorstellen? Vor fünf Jahren hätte ich es für unmöglich gehalten. Sogar noch vor drei Jahren!«

Dr. Kane schien vollkommen aufzugehen in der persönlichen Seite seiner Arbeit: Er berichtete uns von einem halben Dutzend Fällen von jungen Leuten, die ohne eine Organtransplantation gestorben wären, und von älteren Menschen, die ein paar zusätzliche Lebensjahre gewonnen hatten.

Ich musste einräumen, seine Zuversicht war erfrischend und seine Begeisterung ansteckend.

»Ich kann nachts kaum noch schlafen, wissen Sie? Ich bin so unglaublich aufgeregt wegen dieser Ergebnisse«, fuhr er fort. »Wir stehen dichter davor als jemals in der Geschichte der modernen Medizin, die Menschen für eine lange, lange Zeit am Leben zu halten. Ich habe Hoffnung, dass die beiden verschiedenen Forschungsstränge sich bald auf ein gemeinsames Ziel zubewegen. Wenn dies geschieht, haben wir eine Menge Möglichkeiten zur Auswahl. Wir können Organe entweder ersetzen oder sie mit Hilfe von Stammzellentechnologie reparieren. Oder wir setzen beide Methoden simultan ein, je nach Bedarf. Ich denke, wir können fest darauf zählen, dass es so weit kommen wird. Wir alle werden von diesen unglaublichen Fortschritten profitieren. Ist das nicht fantastisch? Stellen Sie sich das vor! Noch während unserer Lebzeiten!

Aber lassen Sie mich nun über den Rest unseres Krankenhauses sprechen. Ich verspreche Ihnen, ich mache es kurz. Wussten Sie eigentlich, dass sogar der Präsident und der Vizepräsident hierher kommen, um sich untersuchen zu lassen …?«

Kit und ich waren wie benommen, als wir das Liberty Hospital endlich verließen. Es war das genaue Gegenteil von dem, was wir in der grauenhaften »Schule« in Colorado gesehen und empfunden hatten. Die Beweise, dass es sich hier um eine außergewöhnliche medizinische Forschungseinrichtung handelte, waren schlichtweg überwältigend. Das Hauer Institute war berühmt, es wurde straff geleitet und gehörte sicherlich zu den besten Forschungseinrichtungen der Vereinigten Staaten. Dr. Ethan Kane war eindeutig brillant, und er besaß einen unglaublichen Ruf.

»Ich begreife das nicht«, sagte Kit.

Ich schon.

Meine Nackenhaare hatten sich immer noch nicht wieder gelegt.

Dr. Ethan Kane lächelte, als der FBI-Agent Brennan und Dr. O'Neill endlich sein Büro verlassen hatten. Welche unglaublichen Narren die beiden doch waren! Er wusste ganz genau, weswegen sie hergekommen waren, auch wenn er enttäuscht war, dass das Hospital verdächtigt wurde – doch daran konnte er nicht viel ändern, oder? Darüber hinaus war er nahezu sicher, dass diese beiden Volltrottel seine Märchengeschichte geschluckt hatten. Er war ja so geduldig und schmeichlerisch gewesen. Allein der Gedanke an die ölige Unterhaltung ließ Übelkeit in ihm aufsteigen.

Ethan Kane verließ sein Büro und betrat den privaten Aufzug nach unten ins Tiefgeschoss. Auf ihn wartete eine wichtige Besprechung.

Er stieg in B-3 aus und eilte durch einen langen Korridor zu einem Besprechungszimmer.

Wie gerne hätte er Agent Brennan und Dr. O'Neill das hier gezeigt auf seiner Führung durch das Hospital. Es hätte ihnen die Sprache verschlagen.

Ethan Kane benutzte einen speziellen Schlüssel, um die Tür zum Konferenzraum zu öffnen. Drei Männer saßen um den Tisch aus Metall und Glas herum.

Selbst Dr. Kane musste einräumen, dass diese drei ganz außergewöhnliche Exemplare waren – wahre Wunder, wenn man sich die Mühe machte, darüber nachzudenken.

Jeder der drei Männer sah ganz genauso aus wie Dr. Ethan Kane.

Sie waren so gut wie *identisch* mit ihm. Doch in Wirklichkeit war es wohl eher so, dass sie die handelnden Arme und Beine darstellten, während Dr. Ethan Kane der denkende Kopf war. Und der Kopf bestimmte selbstverständlich, was geschah.

»Meine Herren Kane«, begrüßte er die drei Doppelgänger, die ihn erwartungsvoll ansahen. »Auf uns wartet eine Menge Arbeit, und wir haben nicht viel Zeit, um sie zu erledigen. Projekt Resurrection steht kurz vor der Vollendung, doch im Augenblick beschäftigt mich etwas anderes. Ich will diese Kinder! Ganz besonders will ich dieses Mädchen mit Namen Maximum! Ich habe die Zukunft gesehen, meine Herren, und Resurrection ist nur der Anfang!«

Ozymandias ging der Gedanke nicht aus dem Kopf, dass er glücklicher war als jemals zuvor in seinem Leben.

Sehr viel glücklicher! Meilenweit glücklicher! Lichtjahre!

Selbstverständlich war sein Leben vorher fast nur elend gewesen.

Es war ein Wochentag, und die Wälder lagen verlassen von menschlichem Leben, doch dafür waren sie erfüllt von anderen vertrauten, beruhigenden Geräuschen. Bäche plätscherten munter in ihren felsigen Betten, und die Luft war erfüllt von Vogelgezwitscher und dem Keckern von Eichhörnchen.

Und am besten von allem – er und Max waren allein.

Die süße, unerträglich schöne, goldenhaarige Max war direkt neben ihm, während sie über das Waldland schwebten und mit ihren Flügelspitzen buchstäblich die Baumwipfel streiften.

Wie er so auf der warmen, frisch riechenden Luft dahinschwebte, kam Oz ein weiterer profunder Gedanke: Wie wütend er doch in seinem ganzen bisherigen Leben gewesen war.

Traurig, aber wahr. Und unbestritten.

Er hatte gegen die Gefängniswärter in der Schule in Colorado rebelliert und sie bekämpft, wo er nur konnte, und seit man ihn zu seiner biologischen Mutter zurückgebracht hatte, war er voller Wut auf die ganze Welt gewesen. Doch in den vergangenen paar Tagen war diese rot glühende Flamme in ihm fast völlig erloschen.

Und der Grund dafür war allein Max. Er wollte, dass sie sich genauso großartig fühlte wie er, und er meinte sterben zu müssen, falls sie es nicht tat. Er warf ihr einen verschwörerischen Seitenblick zu, dann jagte er senkrecht hinauf in den Himmel wie ein Jet, der einer Hitze suchenden Rakete zu entkommen trachtet.

Dann schoss er wieder nach unten auf Max hinab und umfasste sie von hinten. Während sie beide der Erde entgegenfielen, küsste er sie auf den Hals.

Es war fantastisch. *Jeder sollte es wenigstens einmal probieren*, dachte Oz. Als es schon fast zu spät war, um den Sturz noch abzufangen, rief Max: »Oz, lass los! Jetzt!«

Er ließ sie los, und sie breiteten ihre wundervollen Schwingen aus, schlugen die Luft, schlugen mit aller Kraft und stoppten ihren Sturz in einer Bewegung, die jeden Zuschauer im Cirque de Soleil auf die Füße hätte springen lassen.

»Hey!«, schimpfte Max lachend. »Das hätte gefährlich werden können!«

»Aber es hat dir gefallen, oder? Du bist meiner doch noch nicht schrecklich überdrüssig?«

»Nein, Oz. Ich liebe dich von ganzem Herzen. Ich habe noch nie zuvor so etwas empfunden, und ich will, dass es niemals endet. Wir sind wie … na ja, wie Romeo und Julia!«

»Aber lass uns die Sache mit dem Selbstmord übergehen, falls du nichts dagegen hast.«

»Ich bin nicht der Typ für Selbstmord«, antwortete Max lächelnd.

Mit mächtigen Flügelschlägen stieg sie beinahe senkrecht

in die Höhe, immer höher hinauf, und als sie ihrer Meinung nach hoch genug war, legte sie die Flügel an und stürzte sich auf Oz herab. Sie liebkoste seine Wange mit ihren Fingern, während sie an ihm vorbeischoss. Gott, wie sehr sie ihn liebte!

»Fang mich, wenn du kannst!«, rief sie.

»Kein Problem! Betrachte dich so gut wie gefangen«, antwortete er.

»Was für ein Macho du bist!«

Die Jagd war eröffnet.

Max raste über einen prachtvollen Hain aus Eschen hinweg, ließ sich hinter ihnen durchsacken und schlängelte sich zwischen den Baumstämmen hindurch. Definitiv zehn von zehn möglichen Punkten auf den Wertungskarten der Preisrichter.

Oz jagte hinter ihr her und bewegte die Flügel so schnell, dass sie mit bloßem Auge nur noch verschwommen zu erkennen waren. Baumstamm um Baumstamm wurde umkurvt, eine unglaubliche Zurschaustellung von Mut und Geschicklichkeit.

Dann landete Max.

Und daneben Oz.

Sie lagen sich in den Armen, noch bevor ihre Füße den Boden berührten. Ihre bebenden Lippen berührten sich. Ihr aufgeregter Atem schien das lauteste Geräusch im gesamten Wald.

Oz strich Max die blonden Haare aus dem Gesicht und hielt ihren Kopf sanft an dem Knoten, den er in ihrem Nacken flocht. Er küsste sie, und sie seufzte unter ihm. Plötzlich wurde er sehr hart, und sie lachte auf. »Was für ein *Mann*!«, hauchte sie.

»Und was für ein Mädchen! Was für eine *Frau* du bist, Max!«

»Meinst du das ehrlich?«, hauchte sie atemlos.

»Ich weiß es.«

Ihre Leiber hoben und senkten sich, hoben und senkten sich im milden Lichtschein unter den Eschen. Sie waren vollkommen ineinander verloren. Sie waren eins mit allem in den Wäldern. Irgendetwas an ihrem komplizierten genetischen Kode machte dies zu einem unvergleichlichen Ereignis. Nach langer, langer Zeit lösten sie sich endlich voneinander, und ihre perfekten Leiber glänzten vor Schweiß.

Max dachte bereits voraus an die nächsten Augenblicke – wenn sie alles noch einmal tun würden. Sie spürte nicht einen Tick von Schuldgefühl. Sie fühlte sich ganz im Gegenteil wunderbar und rein. *Dafür wurden wir geschaffen. Es ist so richtig.*

Still lagen sie und Oz für mehrere atemlose Augenblicke nebeneinander, während sie ihre Kräfte sammelten. Dann spürte Oz, wie Max' Finger einen langsamen Tanz begannen, wie sie über den stolzen Adler auf seiner Brust glitten, seinen flachen Bauch streichelten und dort verweilten.

Oz nahm ihre Hände, rollte sich auf den Bauch und drückte ihre Flügel hinter ihr flach auf den Boden. Er sah ihr ganz tief in die Augen und senkte sein Gesicht dem ihren entgegen, bis er ihren süßen Atem auf den Wangen spüren konnte.

»Du bedeutest mir alles im Universum, Max«, sagte er leise. »Und so wird es immer sein.«

»Selbst wenn wir eines Tages von Nüssen und Wurzeln leben müssen?«

»Selbst wenn wir so weit vor die Hunde kommen, dass wir nichts als *Schnecken* zu essen haben!«

»Ich liebe dich«, hauchte sie. »Was wir haben, ist viel besser als menschliche Liebe. Ich glaube nicht, dass je ein Mensch vor uns so etwas gefühlt hat. Ist Wissenschaft nicht etwas Wundervolles? Manchmal jedenfalls?«

»Vergiss nicht, in ihren Augen sind wir nur ein *Versehen.*«

Max fühlte sich immer noch schwindlig, und deswegen wurde sie völlig überrascht vom Geräusch knackenden Unterholzes ganz in ihrer Nähe. Sie stieß Oz von sich weg. Ihr ganzer Körper spannte sich.

Wir sind nicht allein!

Oz sprang auf, ihr Beschützer und Krieger. Er breitete die Flügel zur vollen Spannweite von gut drei Metern aus und kauerte sich hin wie ein Adler, um sie zu decken.

Er stieß einen Schrei aus, der durch den gesamten Wald hallte, einen Schrei voller ungezügelter Wut.

Jetzt sahen beide, wer dort kam – und es hätte schlimmer nicht sein können.

Es war Matthew!

Er war vollkommen außer sich vor Entsetzen über das, was er soeben im Unterholz gesehen hatte! Max … und Ozymandias? Sie hatten das Schmutzige getan. Seine Schwester hatte mit Oz gevögelt! Abscheulich! Matthew schüttelte sich vor Abscheu.

»Was zur Hölle treibt ihr da?«, brüllte er die beiden an. »Was macht ihr denn da! Hört sofort damit auf! Geh weg von ihr, Oz! Ich warne dich, lass sie sofort los! Meine Güte, Max! O Mann! O Mannomann!«

Für eine Sekunde herrschte Totenstille, dann breitete Oz seine Schwingen aus und kreischte. Matthew erschauerte und fing an zu weinen. Max zog sich hastig an. Matthew sah seine Schwester nicht an, nicht einmal dann, als Max ihm sagte, dass alles in Ordnung sei.

»Ich weiß genau, was ihr getan habt!«, schluchzte er. »Ich sage es Frannie und Kit! Ich sage es den anderen!«

»Matty, komm, lass uns reden. Rede mit mir. Komm her.«

»Ich habe deiner Schwester nicht wehgetan, Matty«, sagte Oz schließlich. Er sah nicht mehr wütend aus. Vielleicht ein wenig verlegen und rücksichtsvoll für die Gefühle des kleineren Jungen. »So ist das bei uns. Du wirst es selbst sehen, wenn du älter geworden bist, mein Freund.«

Er ging zu Matthew und nahm den Jungen bei den Schultern, um ihn zu sich zu drehen und ihm ins Gesicht zu sehen. »Ich liebe Max. Ich liebe dich ebenfalls, Matty.«

Doch Matthew stieß Oz aufgebracht von sich. »Lass mich in Ruhe! Fick dich selbst, *mein Freund*! Und du auch, Max! Ach nein, dafür ist es ja schon zu spät. Ihr treibt es ja schon miteinander!«

Matthew rannte blind in das Unterholz davon, und als er spürte, wie die Luft an seinen Flügeln zerrte, breitete er die Schwingen aus, sprang nach oben und flog höher hinauf, als er jemals zuvor gewesen war. Dann stieß er einen markerschütternden Schrei aus.

Marco Vincenti hatte die kleine Missgeburt voll im Visier, mitten im Fadenkreuz.

Er musste nichts weiter tun, als den Abzug durchzuziehen. Und ihn aus dem Himmel zu holen.

Kit und ich waren eben auf dem Parkplatz des hübschen kleinen Alma's Valley Rest Motel angekommen, als ich eines der Kinder weinen hörte.

Wer war es? Was hatte das nun wieder zu bedeuten?

Ich rannte hinter unseren Bungalow und auf die kleine Lichtung, die in die Wälder führte. Matthew kam mir entgegen und warf sich weinend in meine Arme. Matthew? Er weinte nie!

»Frannie!«, heulte er. »Frannie!«

»Was ist denn, Matty? Was ist passiert, mein Süßer? Was ist denn los mit dir?«, fragte ich, während ich ihn fest in den Armen hielt.

»Sie waren nackt im Gebüsch! Ich schwöre es, Frannie! Ich erfinde das nicht! Ich habe sie gesehen!«

»Wen denn, Matthew? Wovon redest du?«

Er drehte sich um und deutete in den Wald, wo in diesem Augenblick Max und Oz unter den Bäumen hervorkamen und sich dem Motel näherten. Ich schluckte mühsam. Vielleicht stöhnte ich auch auf. Ich bin nicht ganz sicher, was ich tat, doch ich weiß, dass ich spürte, was jede andere Mutter auch gespürt hätte. Angst, Enttäuschung, Ärger und noch mehr Angst.

Ich küsste Matthew auf die Stirn und auf den Kopf. »Matthew, bitte geh zum Wagen und hilf Kit mit den Geschenken, die wir euch mitgebracht haben. Ja, geh nur«, sagte ich. »Hörst du? Du sollst gehen und Kit helfen!«

Er stolperte in Richtung Wagen davon, und ich wandte mich zu Max und Oz um, deren Kleidung und Haare noch voller Blätter und Zweige waren.

»Was hat das zu bedeuten?«, fragte ich. »Was ist im Wald passiert? Wovon redet Matthew da?«

»Matthew hat sich an uns angeschlichen, und ich wusste nicht, dass er es war. Ich schätze, ich habe ihm eine Heidenangst eingejagt«, bemühte sich Oz, Matthews Verhalten zu erklären.

»Das meinte ich nicht«, erwiderte ich und hatte Mühe, meine eigenen Empfindungen unter Kontrolle zu behalten. »Ich meine etwas anderes. Ich meine das, was ihr zusammen im Wald getan habt.«

Ich verstummte, während ich versuchte, mir über meine Rolle in dieser Hinsicht klar zu werden. In meinem Kopf war eine Stimme, die einer hochnäsigen Anwältin gehörte. Einer Anwältin, die mir herablassend vorwarf: »Sie waren nie selbst Mutter, Dr. O'Neill, nicht wahr?«

Das unbehagliche Schweigen dehnte sich aus. Max und Oz halfen mir auch nicht, die Situation zu entschärfen. Ihre Gesichter leuchteten, doch sie wirkten eigenartig gelassen. Ohne jedes Schuldgefühl.

»Hör zu«, sagte Max schließlich. »Mach dir bitte keine Gedanken wegen uns, Frannie. Wir wissen genau, was wir getan haben. Es ist vollkommen natürlich, weißt du? Es ist gut. Es ist richtig.«

»O Max! Hör auf deine innere Stimme! Was sagst du denn da? Wie kannst du dir so sicher sein?«

»Weil es unsere Natur ist«, antwortete Oz anstelle von Max, als hätte er meine Gedanken gelesen. »Es ist einfach so. Außerdem benötigen wir deine Erlaubnis nicht, Frannie.«

»Max, du bist noch sehr jung!«, entgegnete ich. »Und du ebenfalls, Oz!«

»In Menschenjahren vielleicht, Frannie. Aber wir sind mehr als Menschen«, antwortete Max. »Wir sind anders, oder hast du das vergessen? Und wir lieben uns. Tief, leidenschaftlich und aus ganzem Herzen.«

Sie strich sich mit den Fingern durch das Haar und band es zu einem lockeren Knoten zusammen. »Unsere Vogelgene machen uns erwachsen, trotz unserer jungen Jahre. Ich denke, wir sind ungefähr genauso reif wie du«, fügte sie hinzu, und ihre Augen blitzten unwiderstehlich. »Du bist doch auch alt genug, um dich zu paaren, oder?«

Ich wusste nicht, was ich sagen sollte.

Max saß in einem großen, gemütlichen blauen Lehnsessel am Vorderfenster unseres Bungalows und gurrte leise.

Sie hielt Matthew in ihrem Schoß und streichelte ihm sanft durch das seidige blonde Haar. Sie hatten sich ausgesöhnt. Größtenteils jedenfalls. Soweit es in diesem Augenblick eben ging.

»Es tut mir Leid, Matty. Ich möchte nicht, dass du mich für alle Zeit hasst«, gurrte sie liebevoll. »Einverstanden? *Gurr, gurr.* Bitte, Matty. Matty Puuh? *Gurr, gurr, gurr.*«

»Hör auf mit dem Streicheln!«, war alles, was er antwortete. »Und hör auf mit dem blöden Gurren!«

Kit und Frannie waren weggefahren, um den Wagen aufzutanken und das Abendessen einzukaufen. Hoffentlich fuhren sie bald wieder zurück nach D.C. Max konnte es kaum abwarten, dieses elende Hotel und die ganze Gegend so weit wie möglich hinter sich zu lassen. Wie es aussah, wurden die grauenvollen Experimente nicht im Liberty General Hospital durchgeführt. Doch irgendwo hier in der Nähe passierte es. Max war ganz sicher.

Die Jäger waren ebenfalls wieder in der Nähe. Sie *spürte* ihre Anwesenheit. Sie *wusste* es einfach.

»Und ich werde dich trotzdem mein ganzes Leben lang hassen«, sagte Matthew. »Du hast mir einen Schreck fürs Leben eingejagt, weißt du das? Das werde ich niemals vergessen!«

In diesem Augenblick begann Pip zu bellen wie ein Verrückter.

Max teilte den Vorhang und sah ein SUV, einen Dodge Durango, der zum Bungalow gerollt kam. Ihr fuhr der Schreck in die Glieder, und sie hatte das Gefühl, als würde sie in einen Abgrund stürzen.

Der Dodge hielt an, und drei Männer stiegen aus. Sie postierten sich vor dem Haus. Sie trugen gewöhnliche Kleidung: Jeans, Khakis, dunkle Hemden. Allerdings waren sie bewaffnet. Mit großen, tödlich aussehenden Waffen.

»Heilige Scheiße!«, ächzte Max. »Matthew, geh ins Schlafzimmer. Los, beeil dich!«

Matthews Augen quollen aus den Höhlen. »Willst du es jetzt mit *mir* tun?«

»Geh endlich! Los, alles ins Schlafzimmer! Sofort!«

Einer der Männer trug einen schwarzen Blouson über dem Hemd und eine Baseballmütze mit langem Schirm, den er tief in die Stirn gezogen hatte. Er sah Max direkt an und sprach mit dunkler, angenehmer Stimme.

»Hallo Maximum, ich kann dich sehen. Mein Name ist Dr. Ethan Kane, und ich bitte dich, mit deinen Freunden nach draußen zu kommen. Niemandem geschieht etwas, wenn ihr tut, was ich sage. Ich weiß sehr wohl, wie wertvoll ihr seid. Glaub mir, Max, ich weiß es. Ich bewundere euch Kinder. Ich bin ein richtiger Fan von euch.«

Max' Federn sträubten sich beim Klang dieser Stimme. Sie wusste nicht warum, doch in ihrem Kopf wiederholte sich ein einziger Gedanke. *Er ist ein Doktor. Er ist ein schlechter Mensch.* Der schlimmste, den sie jemals kennen gelernt hatte. Ein Frösteln durchlief ihren Körper.

Sie schwebten in schrecklicher Gefahr, und es gab nur einen einzigen Ausweg – die Vordertür. Und genau davor standen die Männer mit den Waffen.

Das Badezimmerfenster war so winzig, dass nicht einmal Wendy imstande wäre, sich hindurchzuzwängen. Max sprang auf und verriegelte die Eingangstür.

»Unsere Eltern sind jeden Augenblick zurück«, rief sie laut.

»Das glaube ich nicht«, erwiderte Dr. Ethan Kane. »Wir haben beobachtet, wie sie zum Supermarkt gefahren sind, um einzukaufen. So haben wir euch diesmal entdeckt, weißt du? Sie sind noch immer in diesem Supermarkt, Max. Heute Morgen waren sie sogar bei mir im Hospital zu Besuch. Fragst du dich nicht, Max, wie das möglich ist?«

Er richtete seine Waffe auf das Fenster.

Und dann feuerte der Mistkerl doch tatsächlich einen Schuss auf sie ab!

Einen Warnschuss.

Das Fensterglas sprang mit einem leisen Klirren, und die Scherben fielen klirrend zu Boden. Instinktiv warfen sich die Kinder in Deckung.

Oz schrie wütend auf und streckte die Brust hervor.

Pip bellte wütend.

Doch all das war in Wirklichkeit nur Angst.

Sie steckten in der Falle.

Wie Laborratten.

Und die Rattenfänger standen direkt vor ihrer Tür.

Kommt auf der Stelle nach draußen, Kinder! Max! Ihr anderen! Das ist eure letzte Chance! Ich bin ein viel beschäftigter Mann. Ihr habt ja keine Ahnung, welche Mühen ihr mir bereitet! Kommt heraus, oder ihr werdet alle sterben!«

Langsam, einer nach dem anderen, kamen Max, Ozymandias, Peter, Wendy, Matthew und Icarus aus dem Haus auf die Holzdielen der Veranda.

Sechs Kinder.

Ganz, ganz besondere Kinder.

Unschätzbar wertvoll.

»Wir werden euch nichts tun, Max«, sagte Dr. Ethan Kane. »Ganz sicher nicht. Das wird nicht geschehen. Es sei denn, ihr versucht zu fliehen.«

Sie nickte. »Nein, Sie werden uns nichts tun. Wir sind zu wertvoll für Sie, nicht wahr? Wir bedeuten großes Geld für Sie. Sonst zählt nichts für Sie, *Arschloch*, nicht wahr?«

»Glaub nicht ein Wort von dem, was er sagt«, flüsterte Oz neben ihr. »Sieh dir seine Augen an. Er ist ein totales Stück Scheiße. Er lügt.«

»Ich weiß, dass er lügt. Bleib einfach cool, Oz. Wir müssen das Beste aus dieser verdammten Situation machen, in Ordnung?«

»Hört auf zu flüstern, und macht keine Dummheiten«, befahl Dr. Ethan Kane mit ruhiger und doch unglaublich autoritärer Stimme.

Doktor? Wissenschaftler? Ein durch und durch böser Mann. George Clooneys dunkler Zwilling, dachte Max. *Und er will uns für eine Art Sammlung, oder? Er ist ein Sammler, schätze ich. Er ist derjenige, der das illegale Labor in Maryland leitet. Er muss es sein. Er hat die Augen eines Killers.*

»Oh, wir werden keine Dummheiten machen«, sagte Oz. »Wir sind nicht blöd.«

»Nein, ihr seid alles andere als das, nicht wahr?«, entgegnete Dr. Kane. »Ihr seid alle kleine Genies. Das weiß ich sehr wohl. Ich habe eure Testakten studiert.«

»Was auch immer ich mache, tu das genaue Gegenteil!«, flüsterte Oz zu Max. »Ich liebe dich.«

Der Atem stockte Max. »Nein, Oz. Nicht.«

»Ich sagte, ihr sollt nicht flüstern, und ich meine es ernst. Los, kommt runter von der Veranda, Kinder. Jetzt, auf der Stelle. Das ist ein Befehl. Habt ihr verstanden?«

»Schon gut, schon gut«, sagte Max. »Wir tun genau das, was Sie sagen.« *Dr. Jekyll und Mr Hyde.*

»Wir tun ganz bestimmt nichts Dummes!«, wiederholte Oz. »Beispielsweise, Ihnen auch nur eine Sekunde lang über den Weg zu trauen. Jetzt, Max!«, brüllte er.

Oz rannte schnell wie der Blitz nach links. Max und die anderen schwenkten nach rechts.

Das Unterholz zur Rechten war näher. Oz war derjenige, der am längsten ungedeckt sein würde, doch er war zugleich der Schnellste, der Stärkste, das Alpha-Männchen.

Dr. Ethan Kane schüttelte den Kopf, stieß einen leisen Fluch aus und rief dann: »Feuer!«

Plötzlich erklangen Schüsse aus wenigstens zwei verschiedenen Waffen, vielleicht auch mehr. Max und die anderen waren noch nicht im Gebüsch angekommen. Sie waren den Schüssen ohne Deckung ausgeliefert.

Also traf Oz eine Entscheidung. Er wirbelte herum und sprang direkt über die Köpfe der verdammten Killer. Er meinte, den Doktor grinsen zu sehen, dann deutete er nach Süden. *Was bedeutet das?* Oz blickte nach Süden. *Ach du Scheiße!*

Ein Gewehrschütze in Tarnkleidung hockte auf einem Hügel. Er verhielt sich absolut still. Auf seinem Gewehr saß ein langes schwarzes Zielfernrohr. Oz starrte direkt in die schwarze Mündung des Laufs.

Feuer!

Er konnte gar nicht vorbeischießen. Er musste lediglich entscheiden, welches der Kinder er ausschalten wollte. Die kleinen Freaks waren schließlich wertvoll. Der Auftraggeber wollte sie lebend, falls möglich, auch wenn sich niemand die Mühe gemacht hatte, Marco Vincenti einen Grund dafür zu nennen. Marco kannte das Prozedere. Falls sie sich nicht einfangen ließen, hatte er ein Kind zu erschießen. Dann das nächste. Und falls nötig – alle.

Wie Tontaubenschießen.

Marco Vincenti spielte ein kleines Gedankenspiel, das ihm das Töten erleichtern sollte. Er betrachtete die Kinder als Abscheulichkeiten. Widernatürliche Missgeburten. Freaks eben.

Ja, das hilft eine Menge. Und es stimmt schließlich auch, oder nicht?

Obwohl sie in Wirklichkeit atemberaubend schön waren, so bezaubernd wie Skulpturen von Michelangelo. Und die kleinsten dieser Kinder waren einfach zu reizend … *Nein!*

Freaks!

Mutanten!

Monstrositäten!

Missgeburten!

Knall sie einfach ab. Tu der Welt einen Gefallen.

Er zielte auf das älteste Mädchen – Max. Für Maximum. Er hatte gehört, dass sie Dutzende von Millionen Dollar wert wäre, und fragte sich, wer wohl so viel Geld für sie bezahlen würde. Die Europäer? Die Japaner? Irgendein Perverser? Was, zur Hölle, wollten sie mit ihr anfangen? Sie auseinander nehmen und wieder zusammensetzen? Warum wollte Kane sie *wirklich* haben? Es war mehr als nur das Geld, ganz bestimmt, oder?

Er bewegte das Zielfernrohr weiter zu den Kleinen, den kleinsten Zielen – Wendy und Peter.

Nach wem waren sie benannt? Gestalten aus Peter Pan?

Er traute sich zu, mit Leichtigkeit zwei auf einmal zu erwischen … Max und ihren Bruder Matthew?

Oder Max und diesen Ozymandias? Sie waren eindeutig die Anführer dieser Schar.

Das würde wahrscheinlich das größte Chaos und die meiste Unsicherheit verursachen und die anderen zum Aufgeben bewegen.

Er beobachtete, wie sie auf der Veranda standen und mit Dr. Kane redeten … und dann plötzlich *explodierten* die sechs förmlich in die Luft! Ziemlich gerissen. Also schön, wenn sie es unbedingt auf diese Weise haben wollten …

Sie teilten sich. Fantastisches Timing. Einfach perfekt. Marco bewunderte sie dafür. Und dann …

Bingo! Das Ziel war so offensichtlich, dass Marco gar nicht mehr nachdenken musste.

Der kraftvolle große Junge, dieser Ozymandias, kam direkt auf ihn zu. Hatte er Marco und sein Gewehr bereits entdeckt? Wahrscheinlich. Die Augen dieser Kinder waren angeblich unglaublich scharf. Noch etwas Unnatürliches.

Missgeburten, Freaks, Launen der Natur, genau. Komm und hol es dir ab, Vogeljunge!

Der Junge flog direkt auf ihn zu und war mit einem Mal unglaublich *riesig* im kleinen Kreis von Marcos Zielfernrohr. Er kam auf ihn zugeschossen wie eine Lenkrakete!

So genau auf ihn zu, dass es nicht einmal Spaß machte.

Tod im Flug!

Das Fadenkreuz befand sich genau über der Nasenwurzel des Jungen.

Nein, nimm das rechte Auge … mitten in die Pupille.

Er zog den Finger langsam durch.

Der Schuss löste sich krachend, und das Geräusch schien dem Flug der Kugel zu folgen. Aus der Mündung stieg ein kleines, sich kräuselndes Rauchwölkchen.

Und dann ging etwas schief. Furchtbar schief.

Irgendetwas in Marcos Augenwinkel näherte sich mit irrsinniger Geschwindigkeit. Von links! Wie war das nur möglich?

O Gott, Scheiße, nein! Verdammte Scheiße! Er hatte einen Fehler gemacht. Einen fatalen Fehler.

Eine der kleinen Missgeburten, der Junge namens Peter, schoss auf ihn zu.

Er kam von der Seite, so schnell wie eine Kugel, wie eine zweite Lenkrakete.

Keine Zeit mehr für Marco, auszuweichen.

Oder auch nur zu blinzeln.

Der Junge traf Marco mit ausgestreckten Armen und voller Geschwindigkeit. Er hatte es auf den Heckenschützen abgesehen.

Und er hielt etwas in den Händen.

Einen Stein!

Der Aufprall war so heftig, dass Marcos Genick brach. Einfach so.

Er war tot, lange bevor er auf dem Boden aufschlug.

Abgestürzt.

Neeeeeiiiiiiiiiiiin!«, schrie Max in höchster Verzweiflung. »Neeeeeiiiiiiiiiiiin! Neeeeeiiiiiiiiiiiin!« Voller Entsetzen beobachtete sie, wie Oz durch die Bäume krachte und wie ein schwerer Felsbrocken im freien Fall dem Boden entgegenstürzte.

Jetzt gab es für sie nur noch eines zu tun. Sie hatte überhaupt keine andere Wahl.

Sie musste zu ihm. Jetzt! Ganz gleich, wie groß das Risiko für sie selbst sein mochte. Jetzt! *Ozymandias!*

Ihre Welt zog sich zu einem kleinen Kreis zusammen, in dem für nichts mehr Platz war außer für Oz. Sie sah seine dunkle Gestalt reglos am Boden unter sich liegen, die Gliedmaßen in grotesken Winkeln abgespreizt, die Flügel obszön verdreht und unter ihm eingeklemmt von seinem schweren Sturz.

Und doch schien sein Gesicht unberührt, unverletzt. War es möglich, dass er überlebt hatte? Es musste so sein!

O Ozymandias, ich liebe dich!

Das Herz hämmerte ihr in der Brust, als wollte es zerspringen, als sie auf dem Waldboden neben Oz landete. Sie sprang vor und warf sich neben ihn. Sie wedelte mit den Händen vor seinen blicklosen Augen. Immer und immer wieder murmelte sie seinen Namen.

Sie schob einen Zweig von seiner Brust und legte das Ohr darauf, um zu lauschen.

Kein Herzschlag. Keine Bewegung in der Brust vom Atmen. Nichts. *O Ozy, warum nur! Warum?*

»Ich bin es, Max! Rede mit mir, Ozy! Verdammt noch mal, rede!«

Sie kniff seine Nasenlöcher zusammen und bog seinen Hals nach hinten, um die Luftröhre frei zu machen. Dann legte sie den Mund auf den seinen, beatmete ihn, wieder und wieder, und ihr langes Haar fiel sanft um sein Gesicht herum. Sie versuchte seinen Brustkorb zu massieren. Sie beatmete ihn. Abwechselnd. Lauschte auf einen Herzschlag.

Nichts. Kein Geräusch. So grauenhaft, so unheimlich. So unmöglich! Das war nicht geschehen! Das war nur ein schlimmer Traum!

»Oz, bitte *atme*!«, flüsterte sie und unterdrückte mit aller Kraft ihre Tränen. »Erinnerst du dich, was du gesagt hast? Erinnerst du dich an dein Versprechen? Wir werden für immer zusammenbleiben!«

Max riss sein Hemd auf, und die Knöpfe sprangen ab und flogen in alle Richtungen davon. Dann sah sie zum ersten Mal die grauenvolle, ausgefranste, absolut obszöne Wunde. Ein triefendes Loch, zwei Finger breit.

»Neeeeeiiiiiiiiiiin!«

Die Wunde ging mitten durch das Herz des Adlers, den Oz sich auf die Brust hatte tätowieren lassen, genau durch die Stelle, wo er sich selbst ihren Namen eintätowiert hatte.

Oz kann nicht tot sein! Das ist nicht wahr!

Noch Sekunden zuvor war er so lebendig gewesen. So stark, so wunderschön. Sie sah ihn fliegen, und seine Flügel schlugen mit einer Kraft wie von einer Maschine angetrieben. Sie hörte ihn ihren Namen rufen.

»Nein! Nein! Nein! Ich ertrage das nicht!«, schrie sie und warf sich auf ihn, bedeckte ihn mit ihrem Körper und ihren Flügeln. Peter und Matthew waren hinzugekommen, und ihre erbarmungswürdigen Schreie mischten sich in das Gekreisch der Kinder. Das ganze Universum schien zu einem einzigen Protestschrei zusammenzuwachsen.

»Rede mit mir, Oz! Rede mit mir! Rede, bitte! Ich weiß, dass du mich hören kannst … Ozy …«, flüsterte sie. »Sag mir wenigstens Lebwohl … wenigstens das. O Oz, warum nur? Warum?«

Sie sah die Schatten der Männer nicht, doch sie spürte, wie die schweren Vogelnetze über sie fielen. Genau wie sie gedacht hatte – man wollte sie lebendig, falls möglich. Was für ein Witz! Erkannten sie denn nicht, dass sie tot war? Innerlich gestorben war, im gleichen Augenblick wie Oz?

Ihr Verstand schien sich von ihrem Körper zu lösen. Wie aus großer Entfernung spürte sie, wie sie grob angepackt und vom Boden gehoben wurde und wie jemand sie nahm und sich über die Schulter warf. Sie wand sich und zappelte wild und schrie, so laut sie konnte. »Lass mich runter! Ich töte dich, wenn du mich nicht loslässt! Ich schwöre, ich töte dich!«

»Ich habe euch gewarnt«, sagte die gelassene Stimme von Dr. Ethan Kane. »Nun seht euch an, was ihr selbst angerichtet habt. Er war Millionen wert.«

Ein altes Bild ging Max durch den Kopf. Ein merkwürdiges Bild. Sie hatte gesehen, wie die Katze eines Nachbarn einen Sperling aus einem Futterhaus geholt hatte. Die Katze war mit dem Vogel im Maul über den Hof getrottet, und der Vogel hatte sich nicht mehr gerührt. Obwohl er noch gelebt hatte!

Max fühlte sich ganz genauso. Sie hielt still, doch innerlich bekämpfte sie die Jäger noch immer aus ganzem Herzen. Sie begann zu wehklagen.

Sie und Ozymandias waren füreinander geschaffen gewesen. Sie wollten für immer zusammenbleiben.

Wir wurden füreinander gemacht.

Das kann nicht sein.

Das konnte einfach nicht sein.

Oder doch?

Oder doch?

Sechstes Buch

Ein neuer Tag

Schwere Wolken hingen über dem kleinen privaten Flugplatz südlich des Hospitals. Der Asphalt war leer bis auf einen kleinen Schwarm von Tauben, die auf der hitzegeladenen Landebahn nach Käfern pickten.

Dr. Ethan Kane schob den rechten Ärmel seines schwarzen Burberry-Blousons zurück und sah ungeduldig auf seine Breitling.

Es war sieben Minuten nach drei.

Das Flugzeug war bereits siebenunddreißig Minuten zu spät. Alles war bereit. Verdammt! Wo blieben sie nur?

Dr. Kane hasste Ineffizienz. Seine kostbare Zeit und Energie wurde verschwendet. Das war inakzeptabel.

Er war außerdem nicht allein auf dem Rollfeld. Sechs Mitglieder seines medizinischen Teams waren von ihrer wichtigen Arbeit abgezogen worden. Sie trugen noch immer ihre OP-Kittel und warteten ebenfalls voller Ungeduld darauf, dass das Flugzeug ankam. Kane hatte alle Mühe, wegen dieser schon beinahe *kriminellen* Zeitverschwendung nicht die Beherrschung zu verlieren. Das war unentschuldbar! Irgendjemand würde dafür bezahlen!

Im Hospital warteten dringende Geschäfte auf ihn, doch es war gleichermaßen von kritischer Bedeutung, dieses Empfangskomitee anzuführen. Innerhalb weniger Stunden würden die Ressourcen des Hauer Institute höher sein als jemals zuvor.

Es würde eine Herausforderung werden, die hereinkommende Fracht zu verarbeiten. In Gedanken ging Dr. Kane noch einmal den Plan durch, wie die »Überschüsse« eingelagert werden sollten, als er vom tiefen Brummen eines sich nähernden Flugzeugs abgelenkt wurde.

»Das wurde aber auch gottverdammt noch mal Zeit!«, schnappte er. »Wisst ihr eigentlich, wen ihr da habt warten lassen, ihr Dummköpfe?«

Das Geräusch wurde lauter, und dann sank eine Embraer ERJ 135 unter die Wolkendecke. Die schlanke, stromlinienförmige Maschine materialisierte auf magische Weise über der lang gestreckten, freien Landebahn.

Die Landung selbst verlief so glatt, wie man sich nur denken konnte. Die Bremsen quietschten diskret, die Bremsklappen fuhren ganz heraus, und dann kam das glänzend weiße Flugzeug keine dreißig Meter vom Hangar entfernt zum Stehen.

Männer in blauen Overalls sprangen aus der Wartungshalle und rannten der Maschine entgegen. Eine Gangway wurde nach vorn gerollt, und Dr. Kanes Stimmung besserte sich.

Live aus New York. Seine wunderbare neue Fracht war endlich eingetroffen.

Angespannt beobachtete er, wie die Passagiere einer nach dem anderen aus der Maschine stiegen.

Dreißig junge Männer im Alter zwischen siebzehn und dreiundzwanzig Jahren. Jeder optimistisch und tapfer, frei von jeglicher Krankheit. Sie kamen die Gangway herab und auf das Rollfeld, und sie sahen aus wie ein Team von Profisportlern.

Dr. Kane lächelte, während er die jungen Gesichter betrachtete. Sie sahen perfekt aus, und nur Perfektion würde den Ansprüchen genügen.

Er kannte die Spezimen besser als sie sich selbst. Er kannte ihre Blutgruppen und Hämatokritwerte. Er kannte ihre Größen und Gewichte und die Länge der Knochen. Er kannte ihre ethnischen und rassischen Ursprünge, ihre Allergien und genetischen Prädispositionen. Er kannte sogar ihre Namen – nicht jedoch ihre Gesichter, und er versuchte zu erraten, wer von ihnen Charles war, wer Tyrell, wer Bandy und wer Sean. Wer war dieser Prinz dort in dem engen schwarzen T-Shirt? Der massive junge Schwarze dort in Kordhosen und grünem Sweatshirt – war das Tyrell?

Doch im Grunde genommen spielte es keine Rolle, wer wer war.

Lediglich die Teile zählten. Nicht das Ganze. Sie alle würden schon sehr bald ausgenommen werden.

Und dann würde Dr. Kanes eigentliche Arbeit beginnen.

Resurrection.

Wiederauferstehung.

Die Zeit war gekommen. Endlich.

Einer der bedeutsamsten Augenblicke in der Geschichte der Menschheit. Und keinen Augenblick zu früh für das Überdauern dieser erbärmlichen Zivilisation.

Die dreißig Spezimen waren der Schlüssel für den besonderen Tag, der nun so nahe gerückt war.

Diese dreißig – und mehr noch, die dreißig Empfänger.

Munter und mit herzlich ausgestreckten Armen näherte sich Dr. Kane der wartenden Gruppe. »Willkommen!«, sagte er und lenkte damit ihre Aufmerksamkeit auf sich. »Welch eine große Freude, Sie zu sehen … persönlich. Ich kann Ihnen gar nicht sagen, wie glücklich mich das macht.

Ich bin Dr. Ethan Kane, der Leiter des Hauer Institute. Mein Ärztestab hat mich begleitet, um Sie alle in Maryland und im Liberty General Hospital willkommen zu heißen.

Stellen Sie sich nur vor! Sie wurden auserwählt, um zusammen mit uns auf eine außergewöhnliche Reise zu gehen. Sie werden Medizingeschichte schreiben, und Sie werden nebenbei sehr gutes Geld verdienen. Es wird die beste Erfahrung werden, die Sie jemals hatten, das garantiere ich Ihnen.

Meine Herren, heute ist Ihr Glückstag! Sie sind von essenzieller Bedeutung für die Zukunft Amerikas! Und für den Rest der Welt, glauben Sie mir!«

Resurrection war genau im Plan.

Die Spender wurden nach drinnen geführt.

Die Empfänger würden am Abend eintreffen.

Ich wollte stark sein, doch ich stand kurz vor dem völligen Zusammenbruch. Das war mir früher nie passiert, nicht vor jener Nacht, als ich in den Wäldern Colorados zum ersten Mal Max begegnet war.

O Gott, der arme süße Oz ist bereits tot! In was sind wir da hineingeraten? Wer wird noch alles sterben, bevor das vorbei ist? Wie können wir diesem Irrsinn Einhalt gebieten? Wie können wir dieser Sache ein Ende bereiten?

Ich saß auf dem Beifahrersitz von Kits Wagen, und wir rasten über die Route 194 in Richtung Hospital. Von Norden her wehte ein ständig stärker werdender Sturm. Ich erschauerte, während ambossförmige Eiswolken immer dichter wurden und die Nachmittagssonne verdunkelten.

Die Kinder, soweit sie noch am Leben waren, wurden im Hospital oder irgendwo in der Nähe des Hospitals gefangen gehalten, so viel wussten Kit und ich. Es reichte aus, um uns vor Sorge halb verrückt werden zu lassen. Und rasend vor Zorn.

»Vielleicht hätte ich die Kinder doch zum Lake House bringen sollen, als wir geflohen sind«, sagte ich.

»Mach dir keine Vorwürfe, Frannie. Sie hätten die Kinder überall gefunden, ganz gleich, wo du mit ihnen hingegangen wärst. Jetzt werden wir zu diesen Mistkerlen fahren und sie in ihrem Nest bekämpfen. Ich sehe keine andere Möglichkeit. Ich wünschte, ich hätte eine bessere Idee, aber die habe ich nicht.«

Wir hatten eine Nachricht erhalten, vor einer Stunde.

Kommen Sie vorbei, wir müssen reden. Sprechen Sie mit niemandem, oder die Kinder werden sterben. Beeilen Sie sich!

Wir haben unsere Augen und Ohren überall. Bei der Staatspolizei und beim FBI. Wir wollen den Kindern nichts tun – aber das werden wir, falls Sie sich nicht an unsere Anordnungen halten.

Pip lag zusammengerollt zu meinen Füßen, während Kit den Wagen so schnell über die schmale, gewundene Landstraße jagte, wie er nur konnte. Ich dachte immer und immer wieder an den armen Oz. Ich konnte immer noch hören, wie er mir anvertraute, dass er Max liebte, ich sah die unglaubliche Glückseligkeit auf seinem Gesicht, ganz besonders in seinen Augen. Und in ihren. Es war unvorstellbar grausam, dass er so jung hatte sterben müssen. Niemand anderes als Emily Dickinson hat geschrieben: Der Tod ist eine wilde Nacht und eine neue Straße. Ich dachte anders darüber. Sorry, Miss Emily. Der Tod ist endgültig, und er ist verdammt beschissen. Das hättest du schreiben sollen. Was du geschrieben hast, mag cool klingen, aber es ist Blödsinn.

Bis zum Hospital war es weniger als eine Stunde Fahrt, doch ich hatte jedes Zeitgefühl und jede Orientierung verloren. Wann immer ich zu Kit sah, bemerkte ich die furchtbare Anspannung in seinem Gesicht. *Kommen Sie vorbei, wir müssen reden ... Wir wollen den Kindern nichts tun.*

Ich murmelte leise Kits Namen, und er streckte die Hand nach mir aus, nahm die meine und drückte sie fest – beinahe zu fest.

Einen halben Kilometer weiter deutete ich auf das diskrete Bronzeschild, und Kit bog von der Hauptstraße ab auf einen noch schmaleren, dunkel liegenden Weg. Der bloße Anblick des Schriftzugs auf der Bronzetafel, LIBERTY GENERAL HOSPITAL, drohte mir den Magen umzudrehen.

Bald darauf tauchte der Kiesweg auf, und Kit fuhr langsam bis zum Gebäude. Die Steine knirschten unter den Rädern.

Wir waren im Begriff, das Gebäude zu umrunden, als ein paar kräftige Männer in gelben Regenjacken uns den Weg versperrten.

»Wie rücksichtsvoll!«, sagte Kit. »Ein Empfangskomitee. Sollten wir uns jetzt geehrt fühlen?«

»Sicher. Jede Wette, dass diese Gorillas nur wegen uns hier sind … Du hast mit niemandem gesprochen, Kit? Auch nicht mit irgendeinem Freund beim FBI?«

Er beantwortete meine Frage nicht. Hatte er jemanden beim FBI eingeweiht? Was hatte er für einen Plan?

Einer der Männer in Gelb deutete zur einer Rampe, und wir fuhren in die angegebene Richtung. Die Rampe endete am Fuß eines Ladetors. Mein Gott, war das unheimlich. Ich schwitzte vor Aufregung.

Kit bremste und hielt an, doch er ließ den Motor des Wagens laufen.

»Das ist es«, bemerkte einer der gelben Typen. »Das Ende der Fahnenstange.« Wie humorvoll von ihm. Er stieß uns mit der Nase darauf.

Er öffnete Kits Tür, und der zweite Bastard öffnete meine. »Madame«, intonierte er mit tiefer Stimme, »hier entlang bitte. Sie werden bereits erwartet.«

Von diesem Augenblick an waren die Dinge ein wenig verschwommen. Ziemlich verschwommen, um es genau zu sagen.

Ich erinnere mich, wie Pip das Bein hob, um die Wand zu markieren. »Braver Hund«, flüsterte ich.

Ich erinnere mich, wie mir gesagt wurde, die Hände auf die Plattform der Laderampe zu legen, während kalter Regen mich durch die Kleidung hindurch bis auf die Haut durchnässte.

Ich erinnere mich, wie ich abgetastet wurde. Gründlich. Von oben bis unten. Und dass ich jemandem ins Gesicht schlagen wollte, doch ich hielt mich zurück. Und ich erinnere mich des kleinen Stichs, als man mir eine Nadel in den rechten Oberarm jagte.

Danach sah ich nur noch verschwommene Gesichter, als ich den Kopf wandte, und das Grinsen unserer gelben Häscher.

Sonst erinnere ich mich an nichts mehr.

Bis ich wieder erwachte.

In einem Käfig.

Oz kam ganz nah heran – so wunderbar nah – und küsste Max auf den Mund. Er schmeckte immer so unglaublich sauber und süß und gut. Und dann flüsterte er: »Leb wohl, meine Liebste.«

»Nein!«, rief Max. »Bitte geh nicht, Oz! Komm zurück! Verlass mich nicht schon wieder!«

Sie schrak aus den Tiefen ihres medikamentösen Schlafs auf wie aus einem tiefen Ozean. Sie weigerte sich wach zu werden und klammerte sich an ihren Traum von Oz. Bilder schwebten vor ihren Augen, und sie hörte sein Lachen. Sie stellte sich vor, mit ihm zu fliegen, über den Wolken, ganz hoch, und ihn zu liebkosen.

Aber das ist alles falsch und gelogen! Oz ist tot! Das ist kein Märchen mit einem Happy End.

Das ist die Wirklichkeit – die Welt, wie Menschen sie sehen, wie sie die Welt haben wollen. So traurig, so eine Verschwendung von Potenzial, so eine unglaubliche Schande.

Max riss die Augen auf und nahm ihre widerliche, verhasste, grauenhafte Umgebung in Augenschein.

Sie befand sich in einem dunklen, übel riechenden, fensterlosen Raum irgendwo im Hospital. In einem Gefängnis. Nein, das Hospital war schlimmer als jedes Gefängnis. Es war die

Hölle. Schlimmer als die Hölle. Schlimmer als alle Fantasien, die Menschen sich von der Hölle zusammenträumten.

Auf der anderen Seite des Raums an der Wand standen ein paar Schränke, daneben hing ein Waschbecken aus Edelstahl. Darüber eine große Uhr mit weißen Ziffern. 4:36 stand darauf, doch sie wusste nicht, ob morgens oder abends. Sie wusste nicht einmal, welcher Tag war.

Sie befand sich in einem Käfig, eingesperrt in einem grässlichen Käfig. Sie schätzte die Abmessungen, so gut sie konnte: ein Meter fünfzig lang, ein Meter zwanzig hoch, sechzig Zentimeter tief. Gerade groß genug für einen großen Hund.

Rechts und links von ihr an den Wänden standen weitere Käfige. Max konnte zwei mutlose Schimpansen erkennen, drei Beagles und ein Regal mit Kaninchen und weißen Ratten in kleinen Käfigen.

Sie war wieder einmal ein Versuchstier.

Max' Augen suchten weiter, bis sie Peter und Wendy entdeckte. Mein Gott! Auch die beiden Zwillinge waren in Käfige eingesperrt. Wie unglaublich niederschmetternd das war! Wie unendlich traurig! Die Zwillinge waren bewusstlos, doch sie schienen noch zu atmen.

Oder nicht?

Und wo steckte Matthew?

Und Icarus?

Wo waren Frannie und Kit?

Max' Blick fiel auf die Käfigunterlage aus Presspapiergranulat. Man hatte ihr zwei Schoko-Erdnussriegel hingelegt und eine Flasche Wasser. Wie aufmerksam! Sie war weder hungrig noch durstig. Sie wollte sterben. Sie konnte die Gefangenschaft nicht mehr ertragen – nicht, nachdem sie die Freiheit gekostet hatte.

Das Papiergranulat raschelte, als sie sich bewegte in dem Versuch, eine Haltung einzunehmen, die nicht schmerzte. Doch das war unmöglich.

Ihr ganzer Körper schmerzte.

Die Tür zum Raum wurde geöffnet, und sie schrak zusammen. Jemand betrat den Raum und schloss die Tür hinter sich wieder. Durch das Halbdunkel erkannte sie den Mistkerl Kane, den Mann, den sie mehr verachtete als alles andere auf der Welt. Den Anführer der Unmenschen. Sie hatte schon damals in der Schule von ihm gehört – und jetzt stand er vor ihr, das Monster unter den Monstern.

»Hallo Max«, sagte er und trat zu ihrem Käfig. »Ich habe deine jüngsten Testergebnisse. Dein Intelligenzquotient schlägt alles. Das ist fantastisch, Max. Wir können nicht einmal genau messen, wie klug du bist! Ihr seid voller Überraschungen, wirklich voller Überraschungen.«

»Ich dachte, wir wären voller Scheiße?«, bellte Max ihn an.

»Aber, aber, Max. Noch eine Überraschung: Du hast ja sogar Humor!«

»Sicher. Sie sind auch der Brüller. Man sollte Sie bei *Saturday Night Live* einladen. Sind Sie gekommen, um uns gehen zu lassen? Nein, natürlich nicht.«

»Natürlich nicht, Max, nein. Ich bin eigentlich nur vorbeigekommen, um dir zu sagen, was für ein schlaues Kind du bist. Zu schade, dass deine inneren Organe so – wie soll ich mich ausdrücken? Dass sie so *ungewöhnlich* sind. Doch ich habe eine Überraschung für dich.«

Max hasste Überraschungen wie die Pest. Sie kannte ausschließlich böse Überraschungen. Sie schloss die Augen und wandte den Kopf zur Seite.

»Komm schon, Max, sieh mich an. Es wird dir bestimmt gefallen.«

Endlich öffnete sie die Augen wieder und richtete den Blick auf ihren Todfeind. »Was ist es?«

»Sieh nur«, sagte Dr. Ethan Kane. Er drehte das Licht heller, und der hintere Teil des Raums wurde sichtbar. »Deine Freunde sind auch da. Frannie und Kit, alle bis auf Ozymandias natürlich.« Kane lächelte erneut. Was für ein Witzbold er doch war, was für ein lustiger Bursche!

Wenn sie gekonnt hätte – wenn sie jemals die Chance bekam –, sie würde ihm den Hals umdrehen.

Ohne zu zögern.

Den Hals.

UMDREHEN.

Resurrection näherte sich der Vollendung, und nichts würde jemals wieder sein wie vorher. Hauptsächlich deswegen, weil die Narren dieser Welt es einfach nicht kommen sahen. Die Wissenschaft stand im Begriff, die Ethik zu verändern, die Leben und Tod bestimmte. Sie würde die Art und Weise verändern, wie die menschliche Rasse in nahezu jedem Land der Welt das Leben wahrnahm. Die medizinischen Durchbrüche würden einschlagen wie ein Meteoritenschwarm, und sie würden die gleichen explosiven Auswirkungen nach sich ziehen.

Patricia Stevenson hielt die Hand ihres Mannes fest, während ihr Learjet dem kleinen, unauffälligen Landeplatz in der Hügellandschaft Marylands entgegensank.

Patricias klare graue Augen waren voller Mitgefühl für ihren Mann Roger, der ständig einnickte und wieder erwachte. Sein Krebs war so weit fortgeschritten, dass niemand in der Lage oder bereit war, weitere chirurgische Eingriffe zu unternehmen. Metastasen hatten seinen Körper überschwemmt, waren aus dem Dickdarm in die Lungen und die Leber vorgedrungen.

Roger Stevenson, Patricias wunderbarer, talentierter und großzügiger Ehemann, hatte nur noch Tage zu leben. Wenn es überhaupt so lange war. Er musste weiterleben … weil die Welt sich nicht leisten konnte, ihn zu verlieren. Patricia war fest davon überzeugt. Genau wie die Leute im Hospital; jedenfalls sagten sie das.

Als der Pilot verkündete, dass sie jeden Augenblick landen würden, streckte die achtzigjährige Patricia die Hand aus und straffte die Sicherheitsgurte, die ihren Mann im Sitz hielten. Sie küsste ihn auf die Wange und klappte die Rückenlehne des jadegrünen Ledersitzes in eine senkrechte Position.

Sie glättete die hellblaue Schoßdecke aus Kaschmir, und bei dieser Berührung wurde Roger wach. Er schlug die Augen auf und blickte sich desorientiert um.

»Patty?«, fragte er mit schwacher Stimme. »Bist du das?«

»Ja, Liebster. Ich bin da. Ich werde immer bei dir sein. Wir haben es geschafft, Roger. Wir haben es geschafft.«

Sie und Roger trugen die teuerste Kleidung, die man mit Geld kaufen konnte: Kaschmir und Harris-Tweed und handgearbeitete Schuhe, die dreitausend Dollar das Paar kosteten. Der Jet hatte sieben Millionen gekostet und gehörte ihnen, genau wie Häuser in Dallas, Palm Beach und auf den Bermudas. Man sagte zwar immer wieder, dass Geld nicht glücklich machen könne, doch wer auch immer es sagte, er irrte sich. Geld mochte vielleicht nicht *immer* Glück bringen, doch es half ungemein.

Patricia streichelte die welke Haut auf Rogers Händen und betrachtete liebevoll das faltige Gesicht. Sie kannte jede Linie und jede Falte, die Wirbel in seinen Haaren, die Art und Weise, wie seine Finger bebten, seine Vorlieben und Abneigungen und die alten Geschichten, die so oft erzählt wurden. Patty kannte Roger fast ein Leben lang. Sie hatten sich geliebt, seit sie Anfang zwanzig gewesen waren, und sie waren seit siebenundfünfzig Jahren verheiratet. Patty Jo Clark Stevenson, geboren in Lake Forest, Illinois, Erbin eines Zuckerimperiums, Absolventin des Vassar College, Direktorin der Dallas Symphony Foundation, Philanthropin, Mutter von fünf Kindern und Großmutter von vierzehn Enkeln, spürte das Ziehen im Magen, als die Maschine mit dem Landeanflug begann.

Sie warf einen kurzen Blick auf die Landebahn unter ihnen, bevor sie die Augen schloss. Sie betete zu Gott, dass sie das Richtige taten – dass es sein Wille war. Aber natürlich war es das! Roger war so bedeutend, nicht nur für sie, sondern für die ganze Welt! Ein brillanter Ingenieur von Beruf, und er hatte nicht nur eine, sondern zwei Firmen gegründet, die auf der Liste der Fortune 500, der fünfhundert größten Gesellschaften der USA, standen. Er war eine Amtszeit Vizepräsident gewesen und Berater zweier weiterer Präsidenten. Selbstverständlich musste er am Leben bleiben! Er war der wichtigste Mensch auf der Welt!

Die Landung war sanft. Der Lear Jet setzte auf der Piste auf und rollte aus. Der überaus höfliche junge Pilot kam nach hinten in das Passagierabteil und überzeugte sich, dass es den Stevensons gut ging, bevor er sie persönlich aus dem Flugzeug eskortierte.

Als sie sich sehr, sehr langsam die Treppe hinuntermühten, erblickte Patty den Mann, dem sie vertraute. Dr. Ethan Kane stand am Fuß der Gangway. Er hielt einen Rollstuhl für Roger bereit. Er lächelte strahlend, und sie hob die Hand zum Gruß.

»Sieh nur, Roger, da ist Ethan! Gott sei Dank, jetzt wird alles gut!«

Auf dem Vorfeld hinter Dr. Ethan Kane standen mehrere andere Privatjets, dreiundzwanzig insgesamt. Zwei weitere waren im Landeanflug, und ein dritter kreiste in einer Warteschleife über dem Flugplatz.

Alle hatten sich eingefunden. Alle, die sich für Resurrection beworben hatten und angenommen worden waren.

Die Auserwählten.

Sie waren in den Fünfzigern, Sechzigern, Siebzigern und einige wenige in den Achtzigern.

Allesamt Industriekapitäne, bedeutende Wissenschaftler, Börsenmagnaten und Politiker aus der ganzen Welt. Legenden schon zu Lebzeiten.

Allesamt Männer. Jeder Einzelne von ihnen.

Die Auserwählten.

Sie trugen ausnahmslos kostspielige, dunkle Anzüge, und alle bis auf einige Behinderte hielten sich stolz und aufrecht, als sie aus ihren Maschinen stiegen. Sie waren es gewohnt, das Sagen zu haben und alles und jeden um sich herum zu kontrollieren.

Dr. Ethan Kane beobachtete, wie sie zu ihm kamen, und selbst er erschauerte bei diesem Anblick. Angesichts der Ironie von alledem. Der Ironie, dass diese wenigen Männer gerettet werden würden.

Er und seine Chirurgen standen als Empfangskomitee da und begrüßten jeden Einzelnen der Mächtigen und Einflussreichen mit der gebotenen Ehrerbietigkeit und dem gebotenen Respekt. Diese Männer waren daran gewöhnt; sie erwarteten nichts weniger, nicht einmal hier, obwohl sie zu ihm kamen wie Bettler zu einem König.

Dr. Kane schüttelte die Hand des gegenwärtigen Präsidenten der Vereinigten Staaten, doch dann winkte er ihn weiter und entließ ihn praktisch aus seiner Audienz, um sich dem Nächsten zuzuwenden.

Hinter dem Präsidenten wartete jemand, der viel wichtiger war. Bedeutender, mächtiger und unendlich viel würdiger, errettet zu werden; der bedeutendste Wissenschaftler aus Deutschland. Ein Genie, das fast auf der gleichen Stufe stand wie Dr. Kane selbst.

Und hinter diesem ein Mann, der noch bedeutender war. Ein Mann vom chinesischen Festland.

Es fiel Dr. Kane leicht, mit jedem der Männer ein paar belanglose Höflichkeiten auszutauschen und sie herzlich anzulächeln. Alle dreißig. Sie waren die Auserwählten – genau wie er selbst.

Sie waren die letzte und einzige Hoffnung der Welt.

Ein lautes Stöhnen – oder Schnarchen – weckte mich aus dem tiefsten und wahrscheinlich gruseligsten Schlaf meines Lebens.

Ich benötigte einige Sekunden, bis ich erkannte, dass ich selbst diejenige war, die das Geräusch von sich gab. Die gute Nachricht – ich war noch am Leben.

Ich war desorientiert, sowohl was meine akustische als auch was meine visuelle Umgebung anbetraf. Ich wusste kaum, wohin ich blicken sollte. Wo war ich? Dann hörte ich Kit leise meinen Namen rufen. Er lebte also ebenfalls noch. Wir lebten beide, und wir waren beide … im Hospital.

Aber warum?, fragte ich mich. Sollten wir benutzt werden, um die Verhandlungsposition zu stärken? War es das? Es musste so sein. Kit und ich waren am Leben, weil man uns im Lauf der nächsten Stunden wahrscheinlich benötigen würde, um die Kinder zu beeinflussen. Welche Rolle spielten sie überhaupt im Geschehen? Was war das, was Max »Resurrection« nannte? *Warum waren die Kinder so wichtig?* Die Frage trieb mich fast in den Wahnsinn.

»Kit?«, murmelte ich. »Bist du das wirklich? Oder träume ich schon wieder?«

»Frannie«, sagte er. »Frances Jane, ich bin es. Leibhaftig, wie es aussieht. Elend ist nicht gern allein, wie?«

Ich drehte mich auf die Seite und fühlte mich, als würde ich unter Wasser rollen. *O Gott!* Ich sah Max, bevor ich Kit erblickte, und winkte ihr müde zu. Dann sah ich zu Kit, der in einem Käfig diagonal zu meinem gefangen war.

»Wo sind wir?«, fragte ich.

»Im Liberty General Hospital«, antwortete er flüsternd. »Allerdings war kein Privatzimmer mehr für uns frei.«

Richtig. Wir waren in Stahlkäfigen gefangen, wie sie für Labortiere benutzt wurden. Und warteten dort auf Resurrection, die Wiederauferstehung, was auch immer dies sein mochte.

Und ich überwand soeben einen Morphiumrausch.

»Alles okay?«, fragte Kit. »Den Umständen entsprechend, meine ich?«

»Keine Ahnung«, antwortete ich mit schwerer Zunge. »Mein Kopf fühlt sich an, als wöge er fünfzig Kilo. Wie geht es dir?«

»Keine Probleme. Nichts, das sich nicht mit einem sauberen Schuss auf diesen Dr. Kane aus der Welt räumen ließe. Irgendwas geht hier draußen vor. Das ist der Grund, weshalb sich im Moment niemand um uns kümmert.«

Max rief nach uns von der anderen Seite des Raums. Sie war sehr wütend. »Ich muss hier raus! Ich werde diesem Kane den Hals umdrehen! Das ist ein Schwur, den ich Oz gegenüber geleistet habe.«

»Beruhige dich, Max«, rief ich ihr zu. Dann rüttelte ich an meinen Gitterstäben, so fest ich nur konnte.

Wir saßen in Käfigen von KennelPal, einer Marke, die ich ebenfalls benutzte, und ich war recht vertraut mit diesen Behältern. Um sie zu öffnen, musste man zwei unter Federspannung stehende Klammern zusammendrücken, um anschließend einen Bolzen aus seiner Verriegelung zu schieben. Hinter dem Mechanismus saß eine breite Metallplatte, daher war es unmöglich, die Verriegelung von innen zu lösen. Vollkommen unmöglich. Deswegen wurden wir wohl auch nicht bewacht.

Wenn es Wächter gab, dann waren sie höchstens draußen vor der Tür. Wir saßen in den Käfigen fest.

Ich beobachtete Max, die im Geiste rasch ihre Möglichkeiten durchging. Sie war frustriert und aufgebracht, aber sie war nicht bereit aufzugeben.

»Frannie, hast du *Die Abenteuer von Kavalier und Clay* gelesen? Da gab es einen Charakter, der sich ›der Eskapist‹ nannte«, rief sie von ihrem Käfig herüber.

»Max, wovon redest du da?«, fragte ich.

»Davon, dass wir wie der Teufel von hier verschwinden. Zumindest, dass wir es *versuchen.*«

Ich traute meinen Augen nicht angesichts dessen, was ich als Nächstes sah. Max in absoluter Höchstform!

Sie bog die Gitterstäbe ihres Käfigs so weit auseinander, dass sie die Hand hindurchstecken konnte. Sie war *unglaublich* stark. *Übermenschlich.* Manchmal vergaß ich es. Sie drückte den Federmechanismus zusammen. Der Bolzen löste sich in seiner Metallhülse, sie schob ihn zurück, und die Tür war offen. Max kletterte heraus.

»Ich bin ein starkes Mädchen, und mein IQ sprengt jeden Test«, sagte sie mit einem so trotzigen Unterton in der Stimme, dass mein Herz jauchzte.

Draußen im Gang wurden Schritte laut, und es klang, als würden Männer in unsere Richtung kommen. Schnell.

»Ich kümmere mich darum«, sagte Max. »Es wird mir ein Vergnügen sein.« Sie setzte sich in Richtung der Stahltür in Bewegung.

»Max, *komm zurück*!«, rief ich. »Geh nicht da raus!«

»Mach dir keine Sorgen um mich!«, antwortete sie gelassen.

Dann riss sie die Tür auf und verschwand nach draußen.

Drei Schüsse knallten, und mir stockte das Herz. Max schrie auf. Dann nichts mehr. Kein Laut für mehrere Sekunden.

Schließlich flog die Tür auf, und mehrere Ärzte stürzten in den Raum, in dem wir gefangen gehalten wurden.

»Was ist mit Max?«, schrie ich. »Wo ist sie? Wo ist Max? Ist sie verletzt?«

Statt einer Antwort rammte mir einer der Mistkerle eine Nadel in den Arm. Ich sah, wie ein anderer Kit auf die gleiche Weise behandelte.

Und dann wurde rings um mich herum wieder alles verschwommen. »Max! Was ist mit Max?«, waren meine letzten klaren Worte.

Kit erwachte mit unerträglichen Kopfschmerzen, wie er sie noch nie zuvor im Leben verspürt oder auch nur für möglich gehalten hatte. Ein alter Song der Doors kam ihm in den Sinn, und der Refrain wiederholte sich wieder und immer wieder: *»This is the end … the end, my friend.«* Er war in einen anderen Raum gebracht worden. Frannie und die Kinder waren nirgendwo zu sehen.

Alles war so …

… unwirklich.

Langsam, ganz langsam kam er zu sich und blickte sich um. Er musste seine Orientierung wiederfinden. Er konnte fast *hören*, wie sich seine Augen in den Höhlen von einer Seite zur anderen bewegten.

Es dauerte einige Augenblicke, bis Kit festgestellt hatte, dass er in einen Rollstuhl gefesselt war. Er konnte sich nicht rühren, bis auf den Kopf, doch er war imstande, den ganzen Raum zu überblicken.

Und er sah mehr, als er sehen wollte.

Überall lagen Leichen. Jung, nackt und tot. Frisch verstorben. Ausnahmslos Männer. Sie lagen auf Rollbahren, die achtlos zusammengeschoben worden waren, als kümmere niemanden, was mit ihnen geschah – und offensichtlich war es auch so.

Das sind Mordopfer, dachte Kit. *Das hier ist ein Schlachthaus! Ich bin in einer Mördergrube gelandet!*

Die Leichen waren präzise und gründlich ausgenommen worden.

Warum? Und warum waren die Opfer ausschließlich Männer? Was in Gottes Namen war Resurrection? Wer sollte von den Toten auferstehen? Gewiss jedenfalls nicht diese armen Teufel auf den Rollbahren.

»Allmächtiger Gott im Himmel!«, flüsterte Kit von Grauen geschüttelt, als er die Sprache wiedergefunden hatte. »Gott steh uns bei!«

Das Entsetzen nahm einfach kein Ende, und er hatte das schreckliche Gefühl, dass er der Nächste war, der auf dem Hackklotz des Scharfrichters enden würde.

Unwirklich …

… wie in einem Alptraum.

Mein Gott, wie kalt es hier ist!, dachte Kit. *Wo bin ich? In einem Tiefkühlhaus? Einer Leichenhalle? Wo? Vielleicht sind die Toten ja legitime Forschungsobjekte in einer medizinischen Pathologie …*

Doch dazu waren sie ausnahmslos zu jung. Alle um die zwanzig Jahre, maximal. Fast noch Kinder.

Bin ich der Nächste? Werde ich ebenfalls ausgenommen?

Endlich gewann die Sorge um Frannie und die Kinder die Oberhand über sein eigenes Entsetzen. Ein unglaubliches Schuldgefühl überschwemmte ihn, doch er konnte sich nicht einmal den Luxus von Verzweiflung leisten. Er musste einen Weg nach draußen finden. Doch das schien vollkommen unmöglich. Wie konnte er fliehen?

Wie konnte er auch nur eine Sekunde zögern, es zu versuchen?

Er musste herausfinden, was mit Max geschehen war. War sie erschossen worden? Ermordet? Und Frannie. Und warum war er der Einzige in dem Kühlraum?

Er stemmte sich gegen seine Fesseln, und endlich kippte der Stuhl nach hinten … und fiel um!

Kit landete auf der Schulter. Es schmerzte wie die Hölle. *Schlauer Schachzug, du Held! Du bist manchmal wirklich so unglaublich schlau!*

Genau in diesem Augenblick wurde die Tür zum Kühlraum geöffnet. Dr. Ethan Kane trat ein. Er schien überall zugleich zu sein. Ein richtiger Praktiker.

»Hey, hey, hey«, sagte er zu Kit. »Sollte das etwa ein Fluchtversuch werden? Die Hoffnung stirbt zuletzt, nicht wahr? Sieht aus, als hätten Sie bei Ihren Bemühungen einen kleinen Unfall erlitten. Kein Problem, das haben wir gleich wieder.«

Mit diesen Worten versetzte er Kit einen gemeinen Tritt in die Rippen. Kit blieb die Luft weg. *Verdammt, das tut weh! Das tut richtig weh. Wer ist dieser Typ – Mengele?*

Kit würde nicht aufgeben. So gern er 's wollte. Es lag nicht in seiner Natur. Er würde niemals aufgeben.

»Dr. Kane, jetzt, nachdem ich wach bin, sollten wir vielleicht reden. Man wird die Kinder vermissen. Man wird auch Dr. O'Neill und mich vermissen.«

»Nicht so sehr, wie Sie vielleicht glauben, mein Bester. Ich habe für alles Vorsorge getroffen. Tut mir Leid, dass ich nicht bleiben und ein Schwätzchen mit Ihnen halten kann«, sagte Kane. »Ich bin sicher, Sie haben alle möglichen faszinierenden Fragen und Einsichten, aber wir sind im Augenblick ein wenig überbelegt.«

»Hören Sie zu!«, tobte Kit. Er konnte sich immer noch nicht bewegen. Nicht einen Zentimeter.

Doch Ethan Kane wandte sich ab, ohne ihn eines weiteren Blickes zu würdigen. Kit fühlte sich vollkommen hilflos, wie ein Käfer, der sich in einem Spinnennetz verfangen hatte. Kane würde ihn ganz bestimmt nicht am Leben lassen, auf keinen Fall würde er das.

Er beobachtete, wie der Arzt zu einem Schrank an der Wand über einem Waschbecken trat und eine Spritze sowie eine kleine Flasche entnahm. Was hatte das nun schon wieder zu bedeuten?

Der Todesarzt schraubte die Nadel auf die Spritze, stieß die Spritze durch die Gummikappe der Flasche und zog sie auf.

Er stellte die Flasche in den Schrank zurück und wandte sich mit der Spritze in der Hand um.

»Sagen Sie mir einfach, was Sie wollen«, sagte Kit verzweifelt. »Ich werde Ihnen die Wahrheit erzählen, alles was ich weiß.«

Ethan Kane lachte leise. »Das wird ein wenig piksen«, entgegnete er.

Alles war so unglaublich verwirrend. So chaotisch. So hoffnungslos.

Ich erwachte aus meiner neuerlichen Betäubung in Ethan Kanes Büro.

Ich war sorgfältig, nahezu kunstvoll so positioniert worden, dass ich auf einen großen transparenten Tank blickte, gefüllt mit einer klaren Flüssigkeit, in der alle möglichen dunklen Objekte schwebten.

Ich blinzelte angestrengt und versuchte etwas zu erkennen. *Was sind das für rote Dinger?* Dann erkannte ich, was es war. *Fötenherzen. Die Herzen ungeborener Kinder!*

»Mein Gott!«, flüsterte ich. »Mein Gott, warum hast du mich verlassen? *Warum jetzt?*«

Doch es wurde noch schlimmer. Ich war an einen Rollstuhl gefesselt. Dr. Kane saß an seinem Schreibtisch und arbeitete gelassen und konzentriert. »Ich möchte mit Ihnen über die Kinder sprechen«, sagte er, ohne von seiner Arbeit aufzublicken. »Sie könnten sich als Hilfe erweisen. Ich muss alles erfahren, was es über die Experimente zu erfahren gibt, die in der Schule an ihnen durchgeführt wurden. Ich weiß, dass Sie die Kinder eingehend untersucht haben.«

»Wo sind die Kinder?«, fragte ich, sobald ich meine Stimme wieder halbwegs im Griff hatte.

»Oh, es geht ihnen gut. Aber mich interessieren die Kinder im Augenblick einen Dreck, Dr. O'Neill. Ich will jetzt mit Ihnen reden. Ich habe das Gefühl, dass Sie meine Arbeit besser verstehen, als Sie sich im Augenblick vielleicht vorstellen können. Sie waren dort in der Schule. Und Sie besitzen sicherlich wertvolle Informationen über die Vogelkinder, nicht wahr? Sie sind Tierarzt. Ich bin es nicht. Sie können mir bei meiner Arbeit helfen. Falls Sie sich dazu entscheiden.«

»Ich würde Ihnen nicht einmal dann helfen, wenn Sie an einem Hühnchenknochen ersticken!«, spuckte ich aus.

Kanes Miene wurde kalt. »Gut gesagt. Für eine Idiotin wie Sie jedenfalls. Und jetzt hören Sie mir einmal genau zu, Frannie. Sagen Sie kein Wort mehr, oder ich schneide Ihnen die Zunge heraus.

Verstehen Sie, wie bedeutsam es ist, das menschliche Leben zu verbessern und zu verlängern? Das müssen Sie doch verstehen! Im letzten Monat haben wir ein mathematisches Genie aus London wieder ins Leben zurückgeholt. Die Welt braucht das Genie dieses Mannes dringend! Man kann sich kaum vorstellen, was sein Verstand in den kommenden Jahrzehnten alles hervorbringen wird! Begreifen Sie eigentlich, was ich sage? Vielleicht ein wenig? Schaffen Sie es, einen Blick über den Tellerrand ihrer veralteten ethischen Grundlagen zu werfen?«

»Absolut nicht!«, brüllte ich ihn an. »Was geht hier vor? Was ist ›Resurrection‹?«

Kane erhob sich hinter seinem Schreibtisch. »Was Resurrection ist? Wo soll ich anfangen? Okay, ich möchte Sie in ein kleines Geheimnis einweihen. Unser Geheimnis. Ich bin einer der ersten Nutznießer, wissen Sie? Neue Organe, und in meinem Fall – ein neuer Körper und ein neuer Kopf.«

Ich hatte das Gefühl, als würde die Welt stehen bleiben, während ich versuchte zu begreifen, was ich soeben gehört hatte. Ich starrte seine glatte, rosige Haut an, seine hellen blauen Augen, das dichte, volle Haar.

Er schenkte mir erneut sein strahlendstes Lächeln. Er wusste, dass er mir soeben den Schock meines Lebens versetzt hatte.

»Mein Name ist Harold Hauer. Ich bin *der* Dr. Harold Hauer. Ich bin nicht vor elf Jahren bei einem Autounfall in der Nähe von Boston gestorben. Ich wurde wieder zum Leben erweckt. Und ich sehe verdammt gut aus für meine vierundneunzig Jahre, finden Sie nicht?«

Dr. Harold Hauer war lebendig und sah aus wie Mitte vierzig. Ich starrte immer noch schockiert und fassungslos zu ihm, als er hinter mich trat und meinen Rollstuhl aus dem Büro zu schieben begann. Durch die Tür und auf einen Gang und dann sehr eilig weiter.

»Ich bin vierundneunzig Jahre alt, und meine gegenwärtige Lebenserwartung ist unbeschränkt. Ich bin außerdem noch intelligenter, als ich ohnehin schon war. Ich wünschte, ich könnte das Gleiche von Ihnen sagen, Dr. O'Neill. Sie wollen mir offensichtlich nicht helfen, also wozu sind Sie noch gut? Vielleicht um die Kinder im Zaum zu halten? Wir werden sehen. Erzählen Sie mir von den Ähnlichkeiten und Unterschieden zwischen den Vogelkindern und den Vögeln, denen sie äußerlich so ähneln. Woher nehmen die Kinder ihre Kraft? Woher stammt ihre Intelligenz?«

»Ich werde Ihnen nichts sagen«, entgegnete ich.

»Meinetwegen. Ich kann die kleinen Bastarde auch ohne Sie kontrollieren. So viel zu Kleingeistern wie Ihnen, Doktor. Selbst meine Frau ist klüger – und sie ist ein *Roboter.*«

Mein Rollstuhl wurde in eine eierschalenweiße Station voller schlafender Patienten geschoben. Es mussten ein Dutzend oder so sein, und jeder hing an einem intravenösen Tropf.

Sämtliche Patienten trugen Metallhelme, die mit Monitoren über ihren Köpfen verbunden waren. Jeder Monitor zeigte einen anderen Film. Melodramen, wie es aussah, Liebes- und Naturfilme.

»Was sind das für Filme?«, fragte ich. »Wozu sind sie gut?«

Dr. Kane alias Hauer stand am Fuß eines Krankenbetts und starrte hinauf zu einem Monitor. Er schien mich für den Augenblick vergessen zu haben.

»Also das ist wirklich wunderschön!«, sagte er. Auf dem Monitor spielte eine Unterwasserszenerie. Farbenprächtige Fische, wie ich sie noch nie gesehen hatte. Schließlich wandte er sich wieder zu mir. »Das hier ist das Traumzimmer. Was Sie dort sehen, ist simulierte Realität – eine Art Zusammenspiel zwischen Mensch und Maschine. In den Helmen befinden sich Elektroden, die bestimmte Gebiete des menschlichen Gehirns stimulieren. Nachdem wir diese Bereiche angeregt haben, erdenkt oder erinnert sich der Patient an Bilder und erzeugt eine Geschichte, die für ihn von der Realität nicht zu unterscheiden ist«, sagte er. »Was Sie auf den Monitoren sehen, sind die Träume der Patienten.«

Ich war fasziniert, obwohl ich mich innerlich dagegen sträubte. Überwältigt. Ich blickte von einem Monitor zum anderen und betrachtete die lebendigen Bilder: Segelboote, leidenschaftliche Kussszenen, Geschlechtsverkehr, Ballett, abstrakte Kunst, Geschwindigkeit, ein Bordell, ein Palast.

Dann fiel mir etwas unglaublich Obszönes ins Auge. Mein Herz pochte unvermittelt so stark, dass es in meiner Brust schmerzte.

In einem der Betten lag eine kleine Gestalt, ein Mädchen von nicht mehr als vier oder fünf Jahren. Auf dem Schirm über ihrem Bett waren ein Rehkitz und seine Mutter zu sehen, die sich sanft aneinander schmiegten. *Das ist der Traum dieses Mädchens, oder nicht?*

Ich reckte den Kopf, um das Gesicht der Kleinen besser erkennen zu können, doch ich wusste auch so, dass ich es schon einmal gesehen hatte. In Kanes-Hauers Büro. Auf Fotografien in seinem Büro.

»Das ist Sissy!«, sagte ich. »Ihre eigene Tochter! Mein Gott, was haben Sie mit ihr gemacht?«

Der Zombie stieß ein verlegenes Kichern aus. »Nun ja, es ist tatsächlich das Kind, das ich Sissy nannte. Aber es ist nicht wirklich meine Tochter. Dieses kleine Mädchen besitzt ganz besondere Organe, und ich behalte sie hier für einen Empfänger aus Deutschland.«

Das Monster bemerkte meinen Abscheu und mein Entsetzen. »Wagen Sie es nicht, mich zu verurteilen, Sie dumme Kuh! Allmählich machen Sie mich wirklich wütend!«

Das Frage-und-Antwort-Spiel war offensichtlich vorüber. Dr. Kane-Hauer schob meinen Rollstuhl zum nächsten Patienten ans Bett.

Ein weiterer Schock. Viel mehr konnte ich nicht mehr ertragen, dessen war ich sicher.

Dort lag bis zum Hals zugedeckt unter einem sauberen Laken jemand, von dem ich nicht sicher war, ob ich ihn jemals wiedersehen würde.

Kit!

Auch er hatte einen silbernen Helm auf dem Kopf. Auf seinem Gesicht stand ein weicher, verträumter Ausdruck. Ein Arzt arbeitete an ihm. Er hatte mir und der Tür den Rücken zugewandt.

Auf dem Bildschirm über Kits Bett lief ein Baseballspiel.

Es war Kits geliebter Fenway Park, und er beobachtete das Spiel von einer Stelle über der Home Plate aus. Ein Ball kam hart und schnell geschlagen genau auf ihn zu …

»Was machen Sie mit ihm!«, schrie ich Kane-Hauer an.

»Wir schenken ihm das größte Vergnügen seines Lebens«, antwortete er. »Und wir haben ein Bett für Sie reserviert, Frannie. Süße Träume. Ach so, sehen Sie nur! Sehen Sie genau hin. *Doktor?*«, rief er quer durch den Raum.

Der Arzt, der an Kits Bett gearbeitet hatte, drehte sich zu uns um. Ich wäre fast ohnmächtig geworden. Ich weiß nicht, warum ich es nicht wurde.

Der Arzt an Kits Bett war ein weiterer Dr. Ethan Kane. Ein ganz genaues Abbild des ersten.

»Erschrecken Sie nicht«, sagte der doppelte Kane zu mir. »Ich bin niemand. Ich bin nur ein Klon.«

Ich war versunken in wilden, verwirrenden Gedanken über die gegenwärtigen Geschehnisse. Das Hospital. Kane-Hauer. Sein Roboter-Klon. Max? Lebte sie noch? Und was war Resurrection? Wer wurde wieder zum Leben erweckt? Was für eine Bedeutung hatte dieses Kodewort? Warum hatten sie es ausgewählt?

Plötzlich hörte ich ein sehr lautes elektrisches Summen, gefolgt von einem kalten, vibrierenden Gleiten über meine Kopfhaut.

Etwas Weiches, Leichtes fiel auf meine Schultern, und ich stellte fest, dass es meine eigenen Haare waren.

Sie schoren mir den Kopf. Ich war kahl.

Ein Krankenpfleger mit einem Kartonmesser durchschnitt das Klebeband, das mich an den Rollstuhl fesselte, und ich wurde unsanft auf eine metallene Rollbahre gehoben. Ich schlug nach dem Pfleger, doch er lachte nur.

»Entspannen Sie sich«, sagte er. »Der lustige Teil kommt jetzt erst. Lustig für mich, heißt das.« Er rammte mir eine weitere Nadel in den Arm.

Mir wurde dunkel vor Augen, als hätte jemand das Licht ausgeknipst.

Hauer, dieses Schwein, hatte mich belogen.

Kein Trip in eine simulierte Realität für mich. Kein Helm, kein behagliches Bett im Traumzimmer. Die Nadel ging in meinen Arm, und das war es. Einfach und dreckig.

Ich schwebte aus meinem Bett hinauf, oder wenigstens mein »Geist« oder meine »Seele« oder mein »Astralkörper«, was auch immer.

Ich schwebte hinauf zur Ecke des Zimmers und hing dort mit dem Gesicht nach unten, während der Krankenpfleger das Laken über mein Gesicht zog.

Ich war tot. Einfach so. Erledigt.

Ich konnte meinen Schock nicht schnell genug verarbeiten. Sekunden zuvor war ich noch lebendig gewesen. Jetzt war ich tot. Ich hatte niemandem Lebwohl gesagt, war nicht auf diesen Moment vorbereitet gewesen, nichts. *Ich bin doch erst vierunddreißig!*, dachte ich, und Tränen stiegen mir in die Augen.

Bevor ich länger darüber nachdenken konnte, wurde ich durch die Decke nach oben gezogen. Ich fühlte mich, als hätte mich jemand hinten im Nacken gepackt und als würde ich mit unwiderstehlicher Macht immer weiter himmelwärts gezerrt.

Ich passierte den Gang darüber und die nächste Decke, genau wie ich es in den Geisterfilmen gesehen hatte.

Ich war da und gleichzeitig nicht da.

Niemand konnte mich sehen, und nichts behinderte mich, als ich in der Empfangshalle herauskam, in der ich am Tag zuvor mit Kit gewesen war. Während ich durch die Etagen des Krankenhauses schwebte, spürte ich, wie mein Zorn verschwand und einem Gefühl von Frieden wich, wie ich es noch nie zuvor verspürt hatte.

Ich bin nicht besonders religiös, doch ich glaube an Gott. Irgendjemand und irgendetwas zog mich weg von meinem irdischen Leben und meinen Sorgen und Nöten. Ich war mir bewusst, dass ich keine Kontrolle darüber hatte, und ich fühlte mich zugleich erleichtert, dass ich mich von meiner Trauer und meiner Verantwortung entfernte. Ich liebte Kit und die Kinder immer noch, doch ich war nicht länger imstande, mich um irgendjemanden zu kümmern. Das wurde mir bewusst.

Mein Astralkörper schwebte durch das Dach des Hospitals nach oben, und ich stellte überrascht fest, dass draußen heller Tag war. Das Gewitter der vergangenen Nacht hatte die Luft geklärt, und Feuchtigkeit auf den Blättern und Zweigen der Bäume ringsum glitzerte wie Diamantstaub.

Weiter und weiter schwebte ich nach oben, und plötzlich sah ich die gewundene Landstraße, über die Kit und ich vor so kurzer Zeit gefahren waren. Die Hügel sahen wunderschön aus, wie ein zerknittertes Baumwolltuch, das sich unter mir ausbreitete. Ich spürte die Sonne, die mir den Rücken wärmte, und es herrschte eine übernatürliche Ruhe.

Ein Vogelschwarm zog unter mir vorüber, und ich konnte jedes Detail ihrer Federn mit erstaunlicher Klarheit erkennen. Ich streckte die Arme aus und sah das gleiche Baumwollhemd, das ich nun schon seit Tagen anhatte, und meine eingerissenen Fingernägel – es waren meine Hände, kein Zweifel.

Ich rieb mir mit der Hand über den kahlen Schädel, und es war ein angenehmes Gefühl.

Ich versuchte meinen Kurs zu ändern, doch mein Astralkörper hatte keinen Antrieb. Ich bewegte mich nur in eine einzige Richtung, und das war nach oben. Höher und höher hinauf.

Unter mir konnte ich inzwischen das gesamte Gebiet von Liberty Reservoir erkennen, bis hin zur Stadt Baltimore, und die Flüsse, die in die Chesapeake Bay mündeten. Ich schätzte, dass ich bereits dreitausend Meter hoch war, und immer noch stieg ich weiter. Die Landschaft unter mir wurde kleiner und kleiner, die Fahrzeuge winzig, Häuser und andere Gebäude sahen aus wie Spielzeuge.

Ich wurde in feuchten Dunst getaucht, und ich empfand es wie eine Segnung.

Ich wurde gereinigt.

Erfrischt.

Erlöst.

Die Wolkendecke hielt mich lange Zeit umhüllt, und als ich sie endlich hinter mir ließ, sah ich, dass ich mich hoch über dem Atlantik befand.

Das Wasser leuchtete aquamarinfarben in der Nähe der

Küste, weiter draußen war es dunkelblau, durchsetzt mit Weiß, und alles war unglaublich schön und real. Ich konnte die gesamte Ostküste der Vereinigten Staaten sehen. *Gott segne Amerika!*

Das einzige Geräusch war das Rauschen des Windes in meinen Ohren.

Ich dachte über mein Leben nach, und die Erinnerung war vollkommen. Mein erster Kuss in Dads Scheune, der Hirsch mit dem gebrochenen Rückgrat, den ich eingeschläfert hatte, einfach alles. Ich verschränkte die Arme hinter dem Kopf und blickte in Kits liebende Augen. Ich sah Max durch die Wälder rennen an jenem Tag, als ich sie zum ersten Mal gesehen hatte. Die Bilder kamen und gingen, und jedes einzelne war von kristallener Klarheit. Ich sah alle Menschen, die ich gekannt und geliebt hatte, und ich konnte ihre Gedanken fühlen, als wären es meine eigenen. Es war, als stünde ich mitten unter ihnen, und auf diese Weise kam ich endlich dazu, mich von ihnen zu verabschieden. Doch bald war ich Frannies Retrospektive leid und sagte Lebwohl zu mir selbst, zu meinem Leben als Frau.

Die Erde unter mir nahm Gestalt an. Es war nicht wie auf den Satellitenfotos, die wir alle kennen – diese Erde füllte mein Blickfeld aus und war scharf bis in die entferntesten Ecken. Ich sah die Gebirgskämme und Flussläufe und Städte und Meere. *Gütiger Gott, die Schönheit unserer Welt lässt sich nicht in Worte fassen!*

Was mich betraf, die ehemalige Tierärztin Frances Jane O'Neill, ich war ein winziges Pünktchen, ein Fleck menschlichen Bewusstseins. Ich wusste nicht, ob ich hinaus ins Weltall fiel oder geradewegs in den Himmel aufstieg.

Es war mir egal.

Ich wusste, dass ich nach Hause kam.

Es waren die faszinierendsten, berauschendsten Tage seines Lebens, noch unglaublicher als die Zeit damals, als er bei einem Autounfall in der Nähe von Boston seinen eigenen Tod vorgetäuscht – und seine erste Frau ermordet – hatte.

Resurrection war nahezu vollendet – zumindest das erste

Stadium, und hoffentlich das erste von vielen weiteren, die folgen würden.

Dreißig »neue« Wesen waren erschaffen worden.

Seine Schöpfungen.

Und nun konnten sie gehen und die Welt ordentlich führen für die nächsten dreißig bis fünfzig Jahre, möglicherweise sogar noch länger.

Seine Welt, sozusagen.

Die Auserwählten – ausnahmslos Männer – hatten zwei Tage lang Zeit gehabt, sich zu erholen, und jeder Einzelne von ihnen war in guter Verfassung. Zum Glück war niemand während der Operationen gestorben. Sicher, er hätte ihn wiederbeleben können. Er war buchstäblich ein Wunderheiler.

Die Auserwählten waren bereit, in ihre Heimatstädte zurückzukehren und die Arbeiten fortzuführen, für die sie bestimmt waren. Die Welt brauchte Kontinuität und Stabilität, bevor die Schwachsinnigen aus der Dritten Welt die Herrschaft übernahmen oder vielleicht sogar alles in die Luft jagten. Diese Männer waren die beste und einzige Hoffnung darauf, dass die Ordnung aufrechterhalten wurde und der Fortschritt weiterging. Sie waren die letzte Hoffnung der Menschheit.

Dr. Kane-Hauer glaubte fest daran. Irgendwann würde er sich einer Reihe bestimmter praktischer Probleme widmen müssen – beispielsweise der Erklärung, wie es dazu kam, dass diese dreißig Männer so lange lebten – doch die Massen konnten darauf vorbereitet werden, genau wie auf all die anderen wissenschaftlichen Wunder einer schönen neuen Welt. Es waren kleinliche Probleme für kleinliche Denker, die sich den Kopf darüber zerbrechen mochten.

»Mein Gott, ich fühle mich so wunderbar!«, rief Dr. Kane-Hauer laut.

Doch irgendetwas fehlte. Irgendetwas, oder?

Man stelle sich das vor!

Es war sein Tag aller Tage, und trotzdem fehlte etwas! Nun ja, vermutlich lag es einfach daran, dass er ein unverbesserlicher Perfektionist war.

Er nahm eine Hand voll M&Ms und schob sie sich in den

Mund, und obwohl ihm das Kauen und der Geschmack Lust bereiteten, beruhigten sie ihn diesmal nicht.

Sein Blick fiel auf die Couch in seinem Büro. Dort saß die liebliche Juliette in einem kostspieligen blauen Nadelstreifenkostüm, mit cremefarbener Bluse und hochhackigen Schuhen. Wie stets sah seine »Frau« perfekt aus. Sie war ins Hospital gekommen, um ihm Gesellschaft zu leisten, wenn er die Auserwählten verabschiedete. Die mehr auf die Familie Orientierten unter ihnen fanden Gefallen daran, dass auch er eine liebende Frau besaß. Es beruhigte sie irgendwie.

Er ging hin und schaltete die liebliche, talentierte Juliette ein.

»Es ist ein wundervoller Tag für dich, Liebster, nicht wahr?«, plapperte sie fast im gleichen Moment los. »Du bist der erstaunlichste Mann auf der Welt. Ich bewundere dich aus ganzem Herzen. Ich bete dich an.«

»Dann *tu* es«, flüsterte er mit rauer Stimme. »Gleich hier, auf der Stelle.«

Juliette sah unglaublich aufreizend aus in ihrem Geschäftsanzug, als sie sich vor den Doktor kniete und ihre perfekten weißen Zähne benutzte, um seinen Reißverschluss nach unten zu ziehen.

»Es ist mir eine Ehre«, sagte sie und machte sich an die Arbeit, für die sie erschaffen worden war.

Ein Satz, eine Redensart, ging durch Max' Kopf: *Angst ist nicht die Antwort. Angst ist nicht die Antwort.*

Sie schrak aus dem Schlaf und erkannte, dass sie eine ganze Weile außer Gefecht gewesen war – möglicherweise einen halben Tag lang.

Doch dann fiel ihr ein, dass es noch länger gewesen sein musste. Vielleicht sogar ein paar Tage lang! Mann! Was hatte sie alles versäumt? Ihr Körper schien fast wieder geheilt zu sein von der Schusswunde, die sie bei ihrem Fluchtversuch erlitten hatte.

Ihr linkes Bein brannte wie verrückt, doch ihre Wut reduzierte den Schmerz auf ein erträgliches Maß. Die Kugel war durch ihren Oberschenkel gegangen. Sie hatte einen Streifen von ihrem Hemd um die Wunde gewickelt, um die Blutung zu stoppen.

Jetzt nahm sie den provisorischen Verband ab, um die Wunde zu untersuchen. Sie sah okay aus.

Das ist überhaupt nichts, sagte sie sich wiederholt. Verglichen mit dem, was Oz zugestoßen ist.

Setz dich in Bewegung, Max! Die Zeit drängt! Los, Beeilung!

Sie hatte einige Mühe, sich auf Händen und Knien durch die Luftschächte zu arbeiten. Nach einigen Minuten erreichte sie einen Schacht, der nach unten in das dritte Tiefgeschoss führte, und rutschte hinunter. Sie drückte ein Belüftungsgitter aus seiner Fassung und ließ sich in einen fünfeckigen Raum fallen.

Er sah aus wie ein Aquarium. Ein Aquarium für Menschen.

Er besaß sogar Glaswände, die aussahen, als könnten sie einem Hurrikan widerstehen.

Hinter dem Glas befand sich ein weiterer, schwach beleuchteter Raum mit Reihen von Betten, in denen Menschen … was? Schliefen? Es waren insgesamt vielleicht dreißig.

Max zuckte zusammen, als sich auf der anderen Seite des Raums eine Doppeltür öffnete. Ihre Flügel raschelten. Dann traten zwei Krankenschwestern ein und unterhielten sich in gedämpftem Tonfall.

Ruhig lasen die Schwestern die Monitore neben den Betten ab und überprüften die Werte der lebenswichtigen Organe.

Wer waren diese Männer in den Betten? Was war mit ihnen geschehen? Wenn sie einen ganzen Tag lang bewusstlos in einem der Belüftungsschächte gelegen hatte – wie lang waren dann diese Männer schon hier? Und wichtiger noch – wo waren die anderen Kinder? Wo waren Frannie und Kit?

Einer der Männer begann sich zu regen. Max konnte seine Worte deutlich verstehen.

»… durstig«, stöhnte er mit rauer Stimme. »Bitte. Einen Schluck Wasser.«

Eine der Krankenschwestern ging zu ihm. Sie goss eine

Flüssigkeit in einen Becher und hob seinen Kopf ein wenig an, damit er besser trinken konnte.

»Bitte sehr«, sagte sie. »Mr President.«

Oh.

Mein.

Gott.

Nachdem die Schwester seinen Kopf gehoben hatte, konnte Max das Gesicht des Mannes sehen. Es war nicht der gegenwärtige Präsident der Vereinigten Staaten von Amerika. Es war der vorletzte Präsident.

Sie schüttelte den Kopf und hätte fast einen lauten Schreckensruf ausgestoßen. Er musste inzwischen achtzig sein, doch er sah keinen Tag älter aus als fünfzig. Wie war das möglich?

Keiner der Männer im Raum sah älter aus als fünfzig.

Ist das Resurrection? Was ist das?

Dann kamen nach und nach mehrere Ärzte und Schwestern und Pfleger in den Raum.

Sie weckten die Patienten auf.

Irgendetwas ging da vor.

Etwas Bedeutsames.

Etwas sehr, sehr Schlimmes.

»Wachen Sie auf, Prime Minister …«

»Wachen Sie auf, Herr Vorsitzender …«

»Wachen Sie auf, Euer Exzellenz …«

»Ein neuer Tag ist angebrochen. Sie sehen fantastisch aus. Sie alle. Herzlichen Glückwunsch.«

Hol Hilfe hol Hilfe hol Hilfe hol Hilfe hol Hilfe. Verschwinde von hier verschwinde von hier verschwinde.

Es war ein Alarm, der in ihrem Kopf schrillte. Blut rauschte in ihren Ohren.

Die wichtigen Männer hier drin werden aufgeweckt. Aber woraus wachen sie auf? Oder sind sie das Projekt Resurrection? Sind sie von den Toten auferstanden? Wer sind sie?

In der Nähe des Eingangs befand sich eine merkwürdige Schiebetür, die aussah, als führte sie zu einem Lift dahinter. Max rannte hin.

Ängstlich hechelnd drückte sie auf den Knopf, der den Aufzug rief. *Komm schon, komm schon!* Endlich glitten die Türen auf. Niemand war drinnen. *Ein Punkt für die guten Jungs!*

Was jetzt? Wohin jetzt? Max trat in den Lift und fuhr ein Stockwerk nach oben in das zweite Tiefgeschoss. Falls sie sich richtig erinnerte, befand sich der Tierraum hier. Hoffentlich auch die anderen Kinder. Vielleicht sogar Kit und Frannie.

Sie stieg aus dem Aufzug und blickte sich vorsichtig um. Niemand zu sehen. Dann hörte sie Stimmen. Jemand näherte sich. Sie musste verschwinden.

Sie erblickte den Tierraum, ohne lange danach zu suchen. Sie rannte zur Tür und riss sie auf. Ihr Herz hämmerte wie verrückt, und sie befürchtete, jeden Augenblick einen Anfall zu erleiden. Jedenfalls fühlte sie sich genauso.

Sie hörte Stimmen im Raum. *Sie saß in der Falle!*

»Max! Du bist zurück!«, rief Wendy. Dann weitere vertraute Stimmen, die ihren Namen riefen, sie willkommen hießen und Fragen stellten, alles durcheinander und alles zur gleichen Zeit.

»Pssst! Pssst! Seid still, alle! Still, habe ich gesagt! Draußen bricht die Hölle los. Irgendetwas Gigantisches geht da vor! Und es ist nichts Gutes!«

Max rannte zu den Käfigen und öffnete die Riegel. Sie nahm sich ein paar Sekunden Zeit, um alle zu umarmen: Peter, Matthew, Wendy und Icarus. Alle bis auf Oz, heißt das.

»Wo bist du gewesen, Max?«, fragte Matthew neugierig.

»In den Lüftungsschächten. Ich habe mich erholen müssen. Ich wurde angeschossen. Genug Fragen für den Augenblick.«

»Was ist denn los da draußen?«

»Du sollst aufhören zu fragen, Matty!«

Die Kinder sahen schrecklich aus. Verdreckt, verängstigt, erbärmlich – ganz besonders der arme Icarus, der sie von sich stieß, als sie versuchte, ihn aus dem Käfig zu ziehen. »Geh weg!«, zischte er. »Lass mich in Frieden. Lass mich hier sterben, Max.«

»Ic, es ist Zeit zu verschwinden, und du wirst mit uns kommen!«

»Lass mich, bitte lass mich. Ich kann nicht mehr. Lass den blinden Jungen zurück. Ich kann einfach nicht mehr, Max!«

»Wir brauchen dich, Icarus! Reiß dich zusammen, mein kleiner Freund! Reiß dich, verdammt noch mal, zusammen!«, fauchte Max ihn böse an.

Icarus wirkte verblüfft, doch dann grinste er. »Das ist die Max, die ich kenne und liebe!«

Verdammt Recht hatte er. Sie hatte wieder die Führung übernommen. Ohne Plan, ohne Waffe, ohne einen Schimmer von Ahnung. Und ohne Kit und Frannie. Sie musste sich beeilen, um die beiden zu finden.

»Matthew, du hilfst Icarus. Peter und Wendy, ihr haltet euch dicht bei mir, verstanden?«, sagte sie.

»Ich lasse die Labortiere frei«, sagte Matthew. »Keine Widerrede, Max. Ich muss es tun. Sie sind genauso verängstigt wie wir. Sie sind unsere Freunde.«

»Ja!«, rief Peter. »Lass die armen Biester frei! Lass die Hunde von der Leine!«

Max verdrehte die Augen, doch sie konnte sich nicht verweigern. Sie konnte es ebenfalls nicht ertragen, die Tiere in den Käfigen zurückzulassen. »Lasst sie frei. Die zusätzliche Verwirrung hilft uns vielleicht.«

Die kleineren Jungs öffneten zuerst die Schimpansenkäfige und alberten dabei herum, als hätten sie alle Zeit der Welt. Dann ließ Wendy Frannies Hund Pip sowie die Beagles aus ihren Käfigen frei.

Max öffnete die Außentür und spähte in den Gang dahinter. Es war verrückt, und es würde noch verrückter werden. Kaltes weißes Neonlicht erhellte jede Ecke und jeden Winkel.

Bald war der Gang voll mit Schimpansen, Kaninchen, Laborratten und Hunden. Vielleicht würde das Chaos tatsächlich helfen. Man hatte die Stimmbänder der Tiere durchschnitten, doch ihr raues Atmen und ihr Krächzen waren weithin zu hören, als sie mit den Nasen am Boden irgendeine geheimnisvolle Spur verfolgten.

Es war das totale Chaos. Der helle Wahnsinn! Welch ein Durcheinander!

Ein Durcheinander, das ihnen wahrscheinlich die beste Chance zur Flucht verschaffte, die sie überhaupt nur haben konnten.

Max hörte schrille, entsetzte Frauenschreie, als die Nager und Affen die Schwesternstation erreichten. Für einen Moment unterbrach sie ihre Suche nach Frannie und Kit und führte die Kinder hastig in einen wartenden Lift. Sie mussten sich eng zusammendrängen, und Pip schien auf keinen Fall hineinzuwollen. Er stand bellend und winselnd da und ging nicht weiter.

»Hör auf damit und reiß dich zusammen!«, herrschte Max das Tier an, und das Bellen verstummte augenblicklich.

Auf dem Paneel gab es ein halbes Dutzend beleuchteter Knöpfe. »Was für ein elender Ort! Ich hasse alles an diesem Hospital!«

Sie drückte auf den Knopf mit der Aufschrift »U«, die Türen schlossen sich, und der Aufzug glitt nach oben, Gott sei Dank.

»Nach oben ist gut«, sagte der kleine Peter.

»Nach oben ist immer gut«, erwiderte Max.

U steht bestimmt für unbeschreibliches Glück, dachte Max, doch sie behielt den Gedanken für sich. Im Augenblick war sie mit anderen Dingen beschäftigt. Frannie und Kit. Die geheimnisvollen Männer unten im Aufwachraum. Die Flucht aus diesem Schlangenloch. Zumindest aus dem Tiefgeschoss, wo Dr. Kane seine verbrecherischen Arbeiten durchführte.

Angst ist nicht die Antwort, rief sie sich ins Gedächtnis. *Niemals!*

Die Aufzugtüren öffneten sich in einen weiteren langen Korridor. Boden, Wände und Decke bestanden aus Beton. Leuchtstoffröhren erhellten den Gang. Am Ende gab es einen Ausgang, ansonsten nirgendwo Türen. Wie ein Tunnel.

Max wusste nicht, wohin der Gang führte, doch sie waren hier und mussten hindurch. Das Schicksal hatte sie hergeführt.

Es konnte ein Fluchtweg sein.

»Los!«, rief sie den anderen zu. »Beeilung, Leute! Setzt euren Hintern in Bewegung!«

Die Kinder und der kleine, japsende Terrier rannten durch den Korridor in Richtung Ausgang.

Max musste zuerst die Kinder in Sicherheit bringen, bevor sie nach Frannie und Kit suchen und ihnen erzählen konnte, was sie gesehen hatte – einen ehemaligen Präsidenten der Vereinigten Staaten und zwei Dutzend seiner besten Freunde in einem Aufwachzimmer tief unter dem Liberty General Hospital.

»Bleibt zusammen!«, rief sie den Kindern zu. »Los, los, Beeilung! Sobald wir draußen sind, wartet ihr auf mein Zeichen, und dann fliegt ihr los, als wäre der Teufel hinter euch her! Bringt euch in Sicherheit! Habt ihr verstanden?«

»Ja!«, rief Peter zurück. »Und wohin sollen wir fliegen?«

Sie hörte den Aufzug hinter sich summen. Das Summen verstummte kurz, dann setzte es wieder ein. Jemand kam in ihre Richtung. *Scheiße! Wer ist das?*

»Schneller, schneller!«, rief sie, während sie durch den Tunnel rannten. »Lauft!«

Max sprang zur Tür. *Bitte, lieber Gott, gib, dass sie nicht verschlossen ist!*

Die Tür war unversperrt und öffnete sich in helles Tageslicht. Es schien eine Ewigkeit her, dass Max die Sonne gesehen hatte! Einen Tag? Zwei Tage? Zur Rechten befand sich ein graues Wellblechgebäude – ein Flugzeughangar –, und vor ihnen erstreckte sich ein Vorfeld, das zur Start- und Landebahn führte.

Und auf dem Vorfeld standen unglaublich viele Privatflugzeuge!

Max orientierte sich kurz. In dieser Richtung lag Washington, D.C. Vielleicht konnten sie dort Hilfe finden. Vielleicht, vielleicht aber auch nicht. Wer waren überhaupt die Guten in diesem undurchschaubaren Chaos? Und wie konnte sie es mit Bestimmtheit wissen? Sie brauchte Frannie und Kit! Jetzt, in diesem Augenblick! *Also zeigt euch, ihr beiden!*

Was natürlich nicht geschah. Keine Frannie und kein Kit zu sehen.

Ihre gehetzten Gedanken wurden unterbrochen vom stotternden Geräusch eines startenden Motors hinter dem Flugzeughangar. Max drehte den Kopf in die Richtung, und in diesem Moment kam ein Flugzeug mit einem roten Streifen an der Seite hinter dem Hangar hervor. Ein Taubenschwarm flatterte erschrocken davon.

Das Flugzeug hielt an, und zwei Männer in blauen Overalls schoben eine Treppe an die Luke. Zwei weitere kleine Privatjets starteten ebenfalls. Hektische Aktivität brach aus.

Zur Linken öffnete sich eine Tür zu einem weiteren Tunnel, und zwei Ärzte kamen hervor. Jeder schob einen Rollstuhl mit einem Patienten darauf. Dann folgten Leibwächter. Wer waren diese Patienten?

Zwei weitere Rollstühle tauchten auf. Dann noch mehr. In allen saßen Patienten.

Alles Männer.

War das der Grund für die Aktivitäten unten in dem geheimnisvollen Raum gewesen? Für die Weckrufe? Zeit zur Heimkehr? Und dann?

Einer der Leibwächter erspähte Max. »Hey!«, brüllte er. »Dort oben, auf dem Dach!« Er sprach aufgeregt in sein Mikrofon.

Die Ärzte starrten zu ihr hinauf, dann half einer seinem wichtigen Patienten die Treppe hinauf ins Flugzeug. Er sah vertraut aus. *Wo habe ich ihn schon mal gesehen?* Der Leibwächter zog seine Pistole und feuerte auf Max! Auf die Kinder!

»In Deckung!«, schrie Max. *Fahrt zur Hölle, ihr verdammten Dreckskerle!* Sie schossen auf wehrlose Kinder, diese feigen Bastarde!

Max hob vorsichtig den Kopf und beobachtete, wie die beiden Ärzte ihren Patienten in das Flugzeug folgten. Die Luke wurde geschlossen, die Treppe zurückgezogen, und der Jet rollte los.

Max war außer sich vor Wut. Auf die Leibwächter, die Ärzte, die Patienten, Dr. Ethan Kane, die ganze gottverdammte beschissene Welt, in die sie selbst und die anderen Kinder – alle Kinder, auch die normalen Menschenkinder – geworfen worden waren.

Sie werden nicht davonkommen mit Resurrection, ganz gleich, was es ist, schwor sie sich.

Sie werden nicht davonkommen!

Auf gar keinen Fall!

Sie durfte sie nicht davonkommen lassen. Und sie *würde* sie nicht davonkommen lassen. Nicht ein einziges stinkendes Drecksflugzeug durfte von der Startbahn abheben.

»Macht euch bereit!«, rief sie den anderen Kindern zu. »Diese Flugzeuge dürfen nicht starten! Der Himmel gehört uns!«

Dann dämmerte es ihr, und plötzlich wusste sie, wer der bedeutende Patient gewesen war.

Miguel Hijeras!

Er galt als einer der reichsten Männer der Welt. Er besaß überall in Süd- und Mittelamerika Kommunikationsgesellschaften. Und er war ein richtiger Mistkerl.

Ein verdammt widerlicher, eiskalter Bastard.

Er war der Patient.

Einer von ihnen.

Wer waren die restlichen? Und was war mit ihnen geschehen in den OP-Sälen tief unter der Erde?

Max wurde bewusst, dass sie zu keinem zusammenhängenden Gedanken fähig war. Ihre Wut und Empörung über den Tod von Oz, über seine *Ermordung*, ersetzten den Mangel an Nahrung, unter dem sie litt. Ihre Wut erfüllte sie mit Tapferkeit und Entschlossenheit.

Oder Dummheit.

Sie streckte ihre prachtvollen Flügel aus, so weit es ging. Mehr als drei Meter. Der Wind strich über die Spitzen und trug sie nach oben.

Max flog, und die anderen folgten ihr. Sie würden ihr überallhin folgen. Ganz gleich, auf welcher Seite man stand, gut oder böse – es war ein wundervoller, ganz und gar erstaunlicher Anblick.

»Der Schwarm!«, heulten Peter und Wendy.

»Passt auf!«, brüllte Max die Zwillinge an.

Sie flatterte energisch mit den Flügeln und stieg höher, während das Privatflugzeug von Miguel Hijeras noch über das Vorfeld zur Startbahn rollte. Es musste eine hübsche Strecke zurücklegen, bevor es auf die Startbahn einschwenken und zum Start beschleunigen konnte. Was hatten sie mit Hijeras gemacht im Hospital?

Max jagte über das Vorfeld. Der Wind half ihr, und als die Maschine die Nase hob, war sie bereits da.

Sie schwenkte direkt vor die Fenster des Cockpits und sah zwei völlig verdatterte Piloten. Der kleine Jet sank zurück auf das linke Rad, dann richtete er sich aus.

Runter!, signalisierte Max den Piloten. *Brecht den Start ab!*

Hinter ihr wurden Rufe laut: Die anderen Kinder feuerten sie an und machten sich selbst Mut.

Dann waren sie zu fünft in einer engen Formation mit Max an der Spitze.

Matthew war zu ihrer Linken; er hatte den Platz des armen ermordeten Oz eingenommen und führte Icarus mit Richtungsangaben und Flugkommandos. Wendy und Peter hielten sich zu ihrer Rechten. Keines der Kinder war verängstigt – nicht mehr.

Sie gingen tiefer über das Flugzeug hinunter und versperrten den Piloten die Sicht. Die beiden wirkten nervös und verängstigt und starrten die Kinder aus hervorquellenden Augen an.

Max signalisierte ihnen erneut, den Startvorgang abzubrechen.

»Runter mit euch, ihr Bastarde! Versucht nicht, mit diesem Ding zu starten!«, brüllte sie in den Wind.

Sie schwang sich nach oben und zurück in die Formation. Sie sah, wie der Pilot sich bemühte, die Nase der Maschine in der Luft zu halten. Er sprach in sein Mikrofon. Dann hörte sie Schüsse vom Rollfeld her.

»Passt auf!«, rief sie den Kindern zu. »Passt auf! Sie schießen auf uns! Löst die Formation auf! Verteilt euch!«

Unten am Boden waren bewaffnete Männer aus dem Hangar gekommen und rannten hinaus auf das kleine Vorfeld. Sie hatten Gewehre und feuerten auf die Kinder!

Max erkannte ein paar von den Bastarden, die sie schon seit Colorado verfolgt hatten. Welche Geheimnisse bewachten sie hier? Welches Entsetzen und welche Gräuel? *Diese reichen Bastarde sind ganz bestimmt nicht zu ihren halbjährlichen Vorsorgeuntersuchungen hergekommen!*

»Bleibt hinter dem Flugzeug in Deckung!«, rief Max den Kindern zu. »Folgt mir!«

Das kleine Flugzeug wurde schneller und gewann an Höhe. Salven aus halbautomatischen Waffen hallten herüber – und dann ging etwas schief! Etwas, das nicht einmal Max erwartet hatte. Etwas Undenkbares!

»O Gott, Max, sieh nur!«, rief der kleine Matthew. »Sie sind getroffen! Es sieht schlimm aus!«

»Wer ist getroffen?«, stöhnte Max und drehte sich zu ihrem Schwarm um.

Doch es war nicht eines der Kinder. Kugeln hatten den rechten Flügel der Maschine durchbohrt. Rote und orangefarbene Flammen waberten aus dem beschädigten Flügel. Dann gab es einen lauten Knall, eine Explosion, und die Turbine stand in Flammen. Das cremeweiße Flugzeug schien für einen Sekundenbruchteil still in der Luft zu hängen. Dann begann es zu trudeln.

»Seid vorsichtig!«, rief Max erschrocken. »Geht in Gleitflug über! In den Gleitflug! Herrgott noch mal, keine Bruchlandung!«

Sie sah, wie der Pilot panisch in sein Mikrofon redete, doch die Nase der Maschine zeigte steil nach unten.

Zu steil. Sie sanken viel zu schnell! Und dann krachte die Maschine auf die Startbahn. Der rechte Flügel riss ab, und das Metall kreischte wie ein sterbendes Tier. Die Maschine drehte sich viermal, überschlug sich, und Teile flogen in alle Richtungen davon. Dann kam sie auf dem Rücken zu liegen.

Plötzlich ging sie in Flammen auf. Schwarzer, öliger Rauch stieg von der zerstörten Maschine auf. Eine zweite Explosion folgte.

Max spürte die sengende Hitze der Flammen bis zu sich hinauf. O Gott, was hatte sie nur getan? Mr Hijeras und seine Ärzte waren tot, zerfetzt von der Explosion oder verbrannt.

Zusammen mit den anderen Kindern ging sie tiefer herab und sah zu, wie ein leuchtend orangefarbener Löschwagen aus einem Wartungsschuppen kam und auf die Unfallstelle zuraste.

Fast gleichzeitig öffneten sich im Südflügel des Hospitals die Türen, und Ärzte und Sanitäter rannten zur Absturzstelle.

Matthew sah ihn zuerst. »Max, sieh nur!«, rief er. »Dort drüben!«

Dr. Ethan Kane stand allein hinter der Menge und beobachtete die Katastrophe. Er trug einen dunklen Blouson über einem weißen Hemd und eine Baseballmütze mit langem Schirm und der Aufschrift PEBBLE BEACH – die gleiche Mütze, die er getragen hatte, als er die Kinder aus dem Bungalow von Alma's Valley Rest entführt hatte.

Zum ersten Mal sah Max den selbstherrlichen Doktor ohne sein widerliches überlegenes Grinsen. Er schüttelte ungläubig den Kopf.

»Ich werde dir trotzdem den Hals brechen, du Mörder«, murmelte Max. »Das ist ein Versprechen!«

Max jagte hinab auf die erbärmliche Schande von einem menschlichen Wesen, das sich Arzt schimpfte. Noch während sie im Anflug auf Ethan Kane war, fiel ihr Oz ein. Auf diese Weise war er gestorben. Tollkühn und von seinem Ego getrieben.

Max wusste es besser. Sie hatte gesehen, wie dieser Film enden würde. Schrecklich. Grauenhaft!

Also winkte sie die anderen Kinder fort und rief: »Verschwindet! Das ist ein Befehl! Macht, dass ihr von hier wegkommt!«

Sie gehorchten ohne Zögern. Sie waren gute Kinder, doch das war nicht der einzige Grund. Das Feuer in Max' Stimme hatte sie erschreckt.

Max setzte ihren Ansturm alleine fort. Ein lebendiger Sturzkampfbomber, der sich nur auf ein einziges Ziel konzentrierte.

Kamikaze.

Selbstmörderisch? Nun ja, vielleicht. Sie wollte zu Oz, mehr als alles andere auf der Welt.

Dr. Ethan Kane sah sie kommen – und winkte ihr. Ja, Max, komm nur! Tragen wir es an Ort und Stelle aus! Bringen wir es zu einem Ende, gleich jetzt!

Er war furchtlos und ebenfalls von seinem Ego getrieben, genau wie Oz.

Und er hatte offensichtlich nicht die geringste Angst vor dem menschlichen Geschoss, das über das Landefeld auf ihn zujagte.

Ich drehe dir den Hals um, dachte Max. *Und wenn es das Letzte ist auf dieser Welt!*

Sie hatte es Oz versprochen.

Dann jedoch zog sie hart nach oben und landete ein Dutzend Meter von Kane entfernt. »Und was ist jetzt mit Ihrer gottverdammten Resurrection?«, keuchte sie außer Atem. »Ist das alles? Diese erbärmlichen Männer? Was ist an ihnen so Besonderes?«

»Diese Männer sind etwas ganz Besonderes, jawohl!« Kanes Stimme war ein bedrohliches Grollen, herangetragen vom Wind. »Diese Männer allein sind es, die uns durch dieses Jahrhundert führen können! Und jetzt werden sie den größten Teil dieses Jahrhunderts überleben, und die Welt wird ein besserer Ort sein, dank ihnen! Vielleicht überlebt die Menschheit sogar. Ich habe meinen Teil beigetragen. Ich war es, der es ermöglicht hat! Aber kommen wir doch zur Sache, Max – ich weiß ein Geheimnis über dich. Es ist wirklich pikant – möchtest du, dass ich es dir erzähle?«

»Ich will *überhaupt nichts* von Ihnen!« Max schüttelte den Kopf und blickte zu den alten Männern vor ihren Privatflugzeugen. Den sogenannten Besonderen. Einige saßen in Rollstühlen, andere lagen auf Bahren und erholten sich noch, doch die meisten waren auf den Beinen. Sie funkelten Max an, als wüssten sie, was sie repräsentierte, als wüssten sie um die Gefahr, die sie darstellte.

»Töten Sie sie, auf der Stelle!«, rief einer von ihnen und drohte mit der Faust. »Schaffen Sie diese Missgeburt aus dem Weg!«

Max sah zu Ethan Kane und schüttelte den Kopf. »Dieser erbärmliche Haufen ist nicht die Zukunft«, sagte sie. »Das wäre zu grauenhaft.«

Sie breitete die Flügel aus und schoss erneut auf Kane zu. »Sie haben Ozymandias umgebracht!«, brüllte sie mit sich überschlagender Stimme.

Kane zog eine Pistole und brachte sie fast noch hoch, doch er war einen kleinen Augenblick zu spät.

Max zielte auf seinen Kopf, seinen kostbaren Kopf, und sie traf ihn mit ausgestrecktem Flügel und voller Wucht. Als wollte sie den Bastard köpfen. Mit all ihrer Kraft und Geschwindigkeit.

Er stand immer noch auf den Beinen. *Das ist unmöglich!*, dachte Max. *Das kann einfach nicht sein!* Sie versuchte sich vorzustellen, was geschehen sein konnte. Es gelang ihr nicht.

Und dann sah sie etwas vollkommen Unglaubliches. Kanes Kopf hing seitlich auf einer Schulter, und sein Genick war eindeutig gebrochen. Es war unheimlich. Er sprach immer noch.

»Du kannst es nicht aufhalten, Max, genauso wenig wie mich«, sagte Kane zu ihr. »Verstehst du denn nicht? Begreifst du es nicht, Maximum?«

Sie startete einen weiteren Angriff auf Kane. Mit maximaler Kraft.

Endlich ging Kane zu Boden. Er sprach *immer noch*! »Es gibt viele Ethan Kanes, du kleine Missgeburt! Du kannst uns nicht aufhalten. Du kannst die Zukunft nicht aufhalten, Max.«

Mit diesen Worten erlosch das Licht in den Augen der grauenhaften Schöpfung, den Augen des Klons von Dr. Ethan Kane. Er war tot.

Max starrte den verkrümmten Leichnam voller Unglauben an. »Da reden diese Leute von Missgeburten!«, murmelte sie schließlich.

In mir schrie etwas auf.

Nein, nein, nein! Macht die Sterne wieder an, die wunderbaren Sterne! Macht sie an! Mein Gott, die Sonne ist so hell, so wundervoll!

Plötzlich wurde ich von Licht über mir fast geblendet. Zwei oder drei Krankenschwestern betasteten mich am ganzen Leib. Jemand drückte mir unsanft eine Atemmaske ins Gesicht.

Scheiße. Ich war immer noch am Leben. Ich befand mich also doch noch nicht auf dem Weg in den Himmel.

Ich hörte, wie jemand wiederholt meinen Namen rief, und als ich den Kopf drehte, war es niemand anderes als Kit. Er nahm meine Hand behutsam in die seine und drückte sie.

Ich erwiderte seinen Händedruck. *Tatsächlich, er ist echt.*

Ich bemerkte, dass sein wunderschöner blonder Haarschopf verschwunden war. Er war kahl rasiert. *Mein Gott, ich ebenfalls!*

»Aaaaaaargh!«, machte ich. »Deine Haare!«

»Ich liebe dich auch, Kahlköpfchen«, flüsterte er. »Willkommen zurück unter den Lebenden, Frannie.«

»Oh, es ist schön, wieder hier zu sein.« Jedenfalls bemühte ich mich, das zu glauben. Mein simulierter Himmel war ein unglaublicher Trip gewesen.

Wir waren im Traumzimmer, der gleichen Station, die ich durch die Glaswand gesehen hatte. Wann war das gewesen? Vor einem Tag? Ich hatte nicht die geringste Ahnung. Noch immer lagen ein halbes Dutzend Patienten mit silbernen Helmen auf dem Kopf in ihren Betten, mit flackernden Monitoren und einer Menge anderer kostspieliger medizinischer Ausrüstung. Eisernen Lungen, Herzmonitoren und Sensoren am ganzen Leib.

Aber kein Dr. Ethan Kane, mochte er in der Hölle schmoren! Kein vierundneunzig Jahre alter Harold Hauer!

Ich hörte den Lärm von trampelnden Füßen draußen auf dem Gang.

Dann sah ich die Kinder! Ich zählte heimlich, ob sie alle da waren. Max, Wendy, Peter, Matthew und Icarus drängten sich um mein Bett und warfen sich förmlich auf mich. Sie jauchzten vor Freude, gurrten, und es war das süßeste Geräusch auf der ganzen Welt.

»Hallo Mama!«, sagte die kleine Wendy.

Jetzt konnte ich mich nicht länger beherrschen. Ich schluchzte und schluchzte und versuchte alle fünf Kinder gleichzeitig in den Armen zu halten, und fast wäre es mir tatsächlich gelungen. Dann kam ich ein wenig zur Besinnung und nahm mir eines nach dem anderen vor. Ein süßes Gesicht nach dem anderen.

Max war dreckverschmiert, und ein Bein ihrer Bluejeans war dunkel von verkrustetem Blut, doch sie lächelte mich strahlend an. Sie umarmte mich, und ich drückte sie. Es war die beste Umarmung aller Zeiten.

»Wir haben es geschafft!«, sagte ich endlich.

»Nicht alle«, antwortete Max und schüttelte den Kopf. Ich wusste, dass sie von Oz redete. »Aber ich habe Ethan Kane erwischt. Er ist tot, Frannie. Er wird uns nichts mehr tun. Ich hab ihm das Genick gebrochen.«

Ich legte die Hand auf Max' wirren Haarschopf, und bei dieser Bewegung fiel mir ein Plastikband auf, das ich am Handgelenk trug.

Und dieses Plastikband trug eine Beschriftung. Ein einziges Wort in fetten schwarzen Buchstaben, das mir Schauer über den Rücken jagte.

SPENDER.

Als Nächstes geschah etwas wirklich Übles.

Etwas Undenkbares und schaurig wie die Hölle – oder noch schlimmer –, als wäre etwas Ungewöhnliches daran, als hätte ich überrascht sein sollen.

Kein Wort stand in der Presse über Resurrection oder die mächtigen Männer, die offensichtlich darin verwickelt gewesen waren. Nicht ein einziges Wort in einer größeren Zeitung oder einem Magazin. Es war, als wäre es nie geschehen. Als hätten wir nicht gesehen, was wir gesehen hatten. Als hätten wir uns alles nur ausgedacht und frei erfunden.

Ich bin kein wirklicher Fan von Verschwörungstheorien, und ich leide nicht an Paranoia – wenigstens litt ich nicht daran, bis ich sah, was geschah.

Nämlich nichts.

Nicht ein Wort.

Einige von Ihnen mögen sagen: »Unglaublich!« Ich kann

nur antworten: Wo waren Sie in letzter Zeit? Nehmen Sie den Kopf aus dem Sand! Die Wahrheit steht dieser Tage nicht mehr besonders hoch im Kurs. Ist Ihnen das vielleicht bis jetzt entgangen?

Nicht ein einziges verdammtes Wort.

Dr. Ethan Kane alias Harold Hauer war überzeugt, dass er die Welt für den Rest des Jahrhunderts verändert hatte, doch niemand in der Presse schien es zu bemerken oder sich darum zu kümmern oder vielleicht auch nur zu glauben, dass sich etwas derart Ungeheuerliches ereignet haben könnte.

Genau wie sie die Bedeutung der Biotechnologie in den Jahren zuvor verschlafen hatten. Die Tatsache, dass unsere Zukunft in der Biotechnologie liegt. Wie es längst erwiesen ist. In Stein geschrieben von irgendjemandem – allerdings niemandem, den Sie oder ich kennen.

Verrückte Dinge geschahen, nachdem mir die Flucht geglückt war. Die Männer, die wir mit unseren eigenen Augen im Hospital gesehen hatten, stritten rundheraus ab, dort gewesen zu sein, und selbstverständlich besaßen sie ausnahmslos Alibis, jeder Einzelne von ihnen. Was wir in den unterirdischen Anlagen des Liberty General Hospital gesehen hatten – ausgeweidete menschliche Leichname, Föten in Flaschen, unvorstellbare Hightech-Maschinerien, all das war längst verschwunden, als die Bundesbehörden vor Ort eintrafen, um nachzusehen. Genau wie der Leichnam von Ethan Kane alias Harold Hauer.

Jedenfalls behaupteten sie das.

Steif und fest.

Das Bestürzendste von allem jedoch war, dass der Leichnam von Oz ebenfalls nicht wieder auftauchte. Wie vom Erdboden verschluckt.

Die einzigen Berichte – die einzigen! – waren die übertrieben schrillen Artikel in den Sensationsblättern. Was sagt das über den gegenwärtigen Zustand unserer Welt aus? Außerdem – Storys in der Art in den Sensationsblättern *garantierten* förmlich, dass niemand glaubte, was sich ereignet hatte. Was wir erlebt und gesehen hatten.

Ein weiterer Monat verging, ohne dass irgendetwas Weltbewegendes, Wahnsinniges, Chaotisches oder Gefährliches geschah. Noch immer keine Meldungen in der Presse oder im Fernsehen über das Liberty General Hospital oder das, was dort geschehen war. Kit und ich kehrten nach Denver zurück. Einmal mehr – und diesmal mit Nachdruck – hatten wir beschlossen, vor Gericht um die Vormundschaft für die Kinder zu kämpfen.

Die fünf von ihnen, die überlebt hatten.

Wir schworen, dass wir für ihre Sicherheit garantieren würden.

Und die Kinder schworen, das Gleiche für uns zu tun.

Wir versprachen uns in feierlichem Ernst, dass wir wenigstens noch einmal zum Lake House zurückkehren würden.

Es war nur eine »Anhörung«, doch Richter Dwyer hatte versprochen, dass er seine vorherige Entscheidung nach einer angemessenen Frist noch einmal überprüfen und nötigenfalls revidieren würde, und unser Anwalt nahm ihn beim Wort. Genau wie die Kinder.

Auf einer Skala von eins bis zehn erreichte das Interesse der lokalen Medien glatte hundert, und einmal mehr drängten sich schier unglaubliche Menschenmassen auf der Bannock Street. Jeder wollte teilhaben an dieser Story. Zur Hölle mit Resurrection und was auch immer Ethan Kane sonst noch alles für Verbrechen im Hospital begangen hatte. Das hier waren die Schlagzeilen. Die Öffentlichkeit konnte nicht genug bekommen von den Vogelkindern.

Genauso wenig übrigens wie Kit und ich.

Eilig marschierten wir in den Saal Nummer neunzehn, wo die Verhandlung stattfinden sollte. Kit trug eine navyblaue Jacke, ein weißes Hemd und eine graue Wollhose. Er sah gut aus – eine Spur von Tom Cruises Frechheit und der Schlauheit von Harrison Ford und sehr, sehr schick.

Ich trug ein waldgrünes T-Shirt-Kleid und hohe schwarze Stiefel und hoffte, dass ich darin wie eine Erwachsene aussah – eine Spur von J. C. Penney mit einem Schuss von Dillard.

Sowohl Kit als auch ich hatten inzwischen anderthalb Zentimeter neuer Haare, was uns einen Kriegsgefangenen-Look verschaffte, von dem unser Anwalt meinte, er könne nicht schaden.

Wir begrüßten Jeffrey, unseren juristischen Pitbull-Terrier, mit gespielter Zuversicht und nahmen auf der rechten Seite des mit Eichenpaneelen ausgekleideten Saals vor der Balustrade Platz, die den Zuschauerraum abgrenzte.

Unsere alte Gegenspielerin Catherine Fitzgibbons, ganz in seriöses Schwarz gekleidet, ging auf der anderen Seite des Mittelgangs ihre Unterlagen durch. Das Miststück aus den Rockies sah aus, als wäre sie bereit, mit uns in den Ring zu steigen.

Bald würden die Kinder eintreffen. Mit ihren »anderen« Familien, ihren biologischen Eltern. Auch die Mutter von Ozymandias wurde erwartet. Sie sollte gegen Kit und mich aussagen.

Es war genau genommen bereits der zweite Tag der Anhörung. Der erste Tag war gelinde gesagt ziemlich hitzig verlaufen. Catherine Fitzgibbons hatte – alles im Namen der biologischen Eltern – polemisiert, was das Zeug hielt, und gemeine Anschuldigungen gegen Kit und mich erhoben. Sie hatte ihren glänzenden Augenblick, als sie auf ihrem polierten Absatz herumgewirbelt war, auf uns gezeigt und gerufen hatte: »Euer Ehren, wenn diese beiden dort Ozymandias nicht entführt hätten, würde er heute noch leben!«

Jeffrey Kussof war von seinem Sitz aufgesprungen. »Einspruch, Euer Ehren! Die Anwältin der Gegenseite hat offensichtlich den Verstand verloren! Außerdem ist ihre Behauptung vollkommen falsch! *War sie vielleicht dabei?*«

»Stattgegeben«, hatte der Richter entschieden. »Und Sie beide halten sich gefälligst zurück!«

In der Zwischenzeit war mein Blick zu den Kindern gegangen, und ich hatte die Tränen auf Max' Wangen gesehen. Ich wusste, dass sie diesen Streit um Oz nicht viel länger ertragen konnte. Es war einfach zu grausam, zu herzlos und vollkommen falsch. Doch so ist unser Rechtssystem nun einmal, oder nicht? Alles ist möglich. Das Ende von Anstand und Manieren, vielleicht sogar der Zivilisation.

Dann jedoch ergriff Jeffrey Kussof das Wort. Er trug unsere Argumentation mit Feuer und Entschlossenheit vor und, wie ich fand, mit Intelligenz und Weisheit. Er berichtete, dass die Eltern immer noch dem Irrglauben nachhingen, dass ihre Kinder »ganz gewöhnliche Menschen« wären, und das waren sie eindeutig nicht. Die Kinder waren einzigartig und hatten einzigartige Bedürfnisse, und die Eltern waren völlig außerstande, diese Bedürfnisse zu befriedigen. War es nicht zutreffend, dass bewaffnete Männer Max und Matthew in ihrem eigenen Zuhause angegriffen hatten? Und was hatten Terry und Art dagegen unternommen? Nichts. Sie hatten die ganze Nacht verschlafen.

An diesem zweiten Tag der Anhörung sah ich hinauf zu der großen, eichengerahmten Wanduhr. Noch fünf Minuten und der Richter würde sprechen, jedenfalls hatte man uns das mitgeteilt. Was würde Richter Dwyer sagen? Konnte die Entscheidung diesmal zu unseren Gunsten ausfallen? Ich bezweifelte es. Trotzdem mussten wir es versuchen.

Die Atmosphäre wurde aufgeregter und drohte bald überzukochen. Jedes Mal, wenn sich die Tür öffnete, strömten weitere Menschen in den Gerichtssaal.

Und dann kamen die Kinder zusammen mit ihren biologischen Eltern und ihren Anwälten. Wie immer boten Max, Matthew, Icarus, Peter und Wendy einen hinreißenden Anblick. Sie waren die besten Kinder auf der ganzen weiten Welt und hatten Besseres verdient als dieses öffentliche Fiasko.

»Frannie! Kit! Halli-hallo!«, riefen sie und winkten uns zu. »Wir lieben euch! Wir vermissen euch!«

»Wir lieben euch auch!«, riefen wir zurück. »Und wir vermissen euch sehr!« Lang lebe die Sentimentalität.

»Hallo Mama!«, gurrte Wendy. Sie war *mein* Baby, mein allerliebstes kleines Mädchen auf der Welt.

Ich grinste ihr zu und streckte den Daumen in die Höhe, als sie auf ihre Stühle kletterten, sprangen und flatterten. Dann breitete sich eine ernste Stille im Saal aus.

Der Gerichtsdiener nahm seinen Platz neben der Richterbank ein und rief den Saal zur Ordnung. »Erheben Sie sich!«

Die Tür zum Richterzimmer wurde geöffnet, und der Richter trat ein. Ich schwöre, er sah um *Jahre* älter aus als am Tag zuvor. Die schütteren grauen Haare waren wirr, und sein Gesicht war völlig eingefallen.

»Hört, hört!«, rief der Gerichtsdiener. »Das Gericht ist zusammengetreten unter dem Vorsitz des Ehrenwerten Richters James Randolph Dwyer!«

Der Richter ließ sich in seinen Sitz fallen. »Bitte nehmen Sie Platz«, sagte er zu uns und den Zuschauern. »Bitte.«

Im Saal wurde es so still, als hätte irgendjemand Unsichtbares sämtliche Geräusche auf der Welt abgeschaltet. Es war fast wie ein Trick der Natur. Richter Dwyers Stimme war das einzige Geräusch, das zu hören war. Ich konnte an seinem Gesichtsausdruck erkennen, dass er seine Entscheidung bereits gefällt hatte. Ich betete zu Gott oder wer auch immer zuhörte, dass es die richtige Entscheidung für alle Betroffenen war.

»Sie können uns die Kinder nicht schon wieder wegnehmen!«, flüsterte ich an Kits Seite. »Sie dürfen es nicht!«

Kit drehte sich zu mir um und sah mir in die Augen. Sein Blick war entschlossen und hart. »Wir werden wieder eine Familie sein. Das verspreche ich dir, Frances Jane.«

Es hatte mehrere Gelegenheiten im Verlauf der vergangenen Wochen gegeben, zu denen ich unwillkürlich die Bilder meines Traums heraufbeschwor. Offensichtlich waren die neuronalen Verbindungen in mein Gehirn eingebrannt worden, die diesen unglaublichen Anblick der Erde von oben erzeugten, und manchmal war die Erinnerung an den ehrfurchtgebietenden Anblick unserer Welt aus dem All die einzige Möglichkeit, wie ich ein wenig innere Ruhe finden konnte.

Auch jetzt wieder rief ich mir die Bilder in Erinnerung, während der Blick des Ehrenwerten Richters Dwyer über den Raum schweifte. Unsere Blicke begegneten sich, und – o mein Gott! – er lächelte!

»Meine Damen und Herren, und natürlich auch ihr, Kinder«, begann er mit seiner tiefen, wohlklingenden Stimme. »Dies ist einer der schwersten Fälle, die ich je zu entscheiden hatte, und Sie alle kennen den Grund dafür.

Alexander Solschenizyn hat einmal gesagt: ›Man kann das Empire State Building errichten, die preußische Armee disziplinieren und eine staatliche Hierarchie errichten, die mächtiger ist als Gott – und doch mag es nicht gelingen, die unerklärliche Überlegenheit gewisser menschlicher Wesen zu bezwingen.‹ Harold Hauer glaubte, er könne ungestraft menschliches Leben manipulieren und zerstören. Vor einer Weile dachten andere Wissenschaftler hier bei uns in Colorado offensichtlich das Gleiche. Und nun wurde mir die Aufgabe übertragen, über das Schicksal dieser außergewöhnlichen Kinder zu entscheiden.

Sämtliche Parteien, sowohl Agent Brennan und Dr. O'Neill als auch die natürlichen Eltern und insbesondere die Kinder selbst, haben außergewöhnlichen und unvergleichlichen Mut bewiesen.

Ich möchte diesen Mut belohnen und jedermann glücklich machen, doch das ist, wie sich alle denken können, leider unmöglich.«

Auf der Galerie wurde Gemurmel laut, und die Leute flüsterten sich leise ihre Meinung zu, wie die Entscheidung aussehen würde.

Richter Dwyer schlug mit dem Hammer auf den kleinen Holzblock und rief den Saal zur Ordnung. »Ruhe, Herrschaften! Bitte!«

In der darauf folgenden Stille sprach er weiter. »Die Gesetze des Staates Kalifornien sind eindeutig. Das Interesse des Kindes ist absolut vorrangig. Das Gesetz entscheidet aus diesem Grund üblicherweise zu Gunsten der Eltern. Doch die biologischen Eltern dieser Kinder sind möglicherweise nicht auf das vorbereitet, was die Zukunft für Max, Matthew, Icarus, Peter und Wendy bereithält – andererseits, wer ist das schon? Ich weiß ganz ehrlich keine Antwort darauf. Wie dem auch sei, die Eltern dieser Kinder haben bewiesen, dass sie exzellente Eltern sind. Ich habe mich wieder und wieder gefragt, wie ich sie oder ihre Kinder ihrer familiären Bindungen berauben kann …«

Ich schob mich ganz dicht an Kit heran und hatte das

Gefühl, als müsste ich anfangen zu weinen. Mir brach das Herz. Es schien völlig klar, was Richter Dwyer als Nächstes sagen würde. Ich versuchte mich darauf vorzubereiten, doch es war unmöglich. Nicht noch einmal.

»Während ich also nachdachte«, fuhr Richter Dwyer fort, »fiel mir etwas ein, das Max während der ersten Anhörung zu mir gesagt hat. Sie sagte: ›Ich weiß, dass Sie ein guter Mensch sind, aber Sie haben einen Fehler begangen. Sie sind nur ein Mensch. Und das ist das Problem, Euer Ehren. Wir sind es *nicht.*‹«

Ich hatte den Kopf aus Kits Schulterbeuge genommen und starrte den Richter an. Und ich war ganz nach vorn auf die Stuhlkante gerutscht.

Richter Dwyer hielt inne, atmete durch und fuhr dann fort. »Nun, sie hatte Recht. Ich bin nur ein Mensch. Vielleicht kann niemand außer euch fünf Kindern wirklich begreifen, dass ihr ein Schwarm seid und zusammengehört. Dass ihr zusammen sein *müsst.* Und dass Frannie und Kit für euch Mama und Papa sind … ich weiß nicht einmal, ob ich es völlig verstehe, Max, aber ich glaube, dass es so ist.

Und somit lautet die Entscheidung dieses Gerichts – die Kinder werden zu Frannie und Kit gehen. Ihr seid wieder ein Schwarm. Und ihr seid eine Familie. Seid ein großartiger Schwarm und eine großartige Familie. Ich bin ziemlich sicher, dass ihr das sein werdet.«

Im Gerichtssaal brach Tumult aus. Alles redete durcheinander, alles applaudierte, und dann waren die Kinder heran und über Kit und mir.

»Wir sind eine Familie!«, jauchzte Peter so laut, dass alle es hören konnten. »Siegesrunde!«

Und dann flogen die unglaublichen Kinder, alle fünf, einmal, zweimal, dreimal durch den Gerichtssaal.

Epilog

Lake House

Und so kam es, dass wir sieben endlich nach Hause fuhren. Ist das nicht wunderbar?

Das Lake House war der Ort, wo wir mit den Kindern hingegangen waren, nachdem wir ihnen bei ihrer Flucht aus der gefürchteten Schule geholfen hatten. Es war abgelegen und lag malerisch auf einem Berg mit Ausblick auf unseren eigenen privaten See. Ich werde Ihnen nicht verraten, wo genau es liegt. Das ist sicherer so für die Kinder. Belassen wir es dabei: Die Kinder lieben es, genau wie Kit und ich. Meine Mutter pflegte stets zu sagen, dass es zwei wichtige Dinge gibt, die man Kindern geben kann: Das eine sind Wurzeln, das andere – Flügel. Ich stimme ihr aus vollem Herzen zu. Genau das war mein Plan. Wurzeln und Flügel.

Eines Nachmittags röstete ich gerade gemeinsam mit Wendy Marshmallows über dem Kaminfeuer, als die ersten federigen Schneeflocken über den Himmel trieben. Kit und die Jungs saßen vor dem riesigen Fernseher und beobachteten zwei Footballteams, die sich gegenseitig niedermachten. Sie hielten zu den »Buffaloes«, wer auch immer die Buffaloes waren. Wahrscheinlich die Mannschaft der University of Colorado.

Mitten aus dem Nichts kam mir ein Gedanke, der mich nicht mehr losließ.

Max war fast den ganzen Tag in ihrem Zimmer gewesen, seit dem Frühstück. Ich machte mir Sorgen, dass vielleicht irgendetwas nicht in Ordnung war.

Wahrscheinlich vermisste sie wieder einmal Oz, dachte ich. Wir alle vermissten ihn. Er war so ein großartiger Junge gewesen, und er hatte solch ein großes Potenzial gehabt. Jedes Mal, wenn ich an Oz dachte, wurde ich selbst ganz traurig.

Max' Zimmer lag oben und ging nach Südosten. Es hatte einen ganz besonderen Ausblick auf den Steinbruch, den See und die Wälder.

Ich schlich auf Zehenspitzen nach oben.

An der Tür meinte ich, sie stöhnen zu hören. *Was hat das nun wieder zu bedeuten? Was ist los?*

Wir alle litten unter nächtlichen Alpträumen und schraken aus dem Schlaf. Posttraumatische Stresserscheinungen, die einfach nicht aufhören wollten. Die bildhaften Szenen aus dem Hospital und der Schule suchten uns immer noch heim. Sie würden uns verfolgen bis ans Ende unserer Tage.

»Max?«, rief ich leise. »Alles in Ordnung mit dir, Süße?«

Sie antwortete nicht. Also öffnete ich ihre Tür einen Spaltbreit und spähte ins Zimmer. Ich entspannte mich, als ich Max im Bett liegen sah, unter einem Berg weicher Decken. Sie streckte eine Hand nach mir aus und winkte.

»Frannie, komm rein. Bitte, Mama. Ich muss mit dir reden.«

»Schon gut, Kleines, ich bin ja da.« Ich schloss die Tür hinter mir und ging zu ihr.

Ich sah, dass Max' Gesicht gerötet war. Sie schwitzte. Und dann bemerkte ich zu meinem Entsetzen Blut an ihrer ausgestreckten Hand!

»Ich brauche deine Hilfe, Frannie! Ich brauche dich ganz dringend!«

Ich unterdrückte meine aufkeimende Angst und durchquerte das Zimmer. Ich zog einen Stuhl neben das Bett und setzte mich zu ihr. »Ich bin da, Max.«

Ich legte meine Hand auf ihre Stirn. Sie war ungewöhnlich heiß. Ihre langen Haare waren matt und feucht.

Die Ärztin in mir erwachte und übernahm das Kommando.

»Liebes, was ist denn los mit dir? Wie fühlst du dich? Wie lange hast du dieses Fieber schon? Warum hast du nicht vorher etwas gesagt? Rede mit mir, Max.«

»Ich bin nicht wirklich krank, Frannie. Ich habe nur sehr angestrengt arbeiten müssen.«

Ich muss sie völlig verblüfft angestarrt haben.

»Arbeiten«, wiederholte sie. »Ich hatte Wehen. Ich habe Babys bekommen. Es war sehr anstrengend.«

Ich riss die Augen auf, als mir endlich dämmerte, wovon sie sprach. Ich glaube, ich bin fast in Ohnmacht gefallen. »Oh, Max! Warum hast du mir denn nichts gesagt? Max, Süße! O Gott, Max! O Gott!«

Sie zuckte die Schultern. »Ich wollte allein sein, Frannie. Aber ich bin wirklich froh, dass du gekommen bist. Nur wir beiden Frauen.«

»Nur wir beide«, versprach ich ihr. »Es bleibt unter uns.«

Und dann starrte ich auf ein Wunder, wie es die Welt noch nicht gesehen hatte. Damit hatte ich nun wirklich nicht gerechnet. *Mein Gott!* An Max' Leib gekuschelt, in ihren Armbeugen, lagen zwei wunderschöne große Eier. Menschliche Eier! *O Max!*

Die Eier waren relativ groß und besaßen elfenbeinweiße Schalen mit einem perlmuttartigen pinkfarbenen Schimmer. Sie waren drei bis vier Pfund schwer, und der Anblick machte mich ganz schwach vor Zärtlichkeit.

Ich stellte mir Max' kostbare Babys im Innern der Eier vor, die Arme und Beine in Fötalposition zusammengelegt, die Flügel auf dem Rücken verschränkt ... zwei wunderschöne Babys mit Flügeln.

»Du wirst Mutter«, flüsterte ich andächtig. »Oh, das ist einfach wunderbar, Max!« Dann fing ich an zu schluchzen vor Glück.

»Sie sind von Ozymandias.« Max flüsterte immer noch. »Ich muss sie warm halten. Ich weiß nicht, woher ich es weiß, aber ich muss sie warm halten. Oh, wie sehr ich mir wünschte, Oz wäre da und könnte sie sehen!«

Ich streckte die Hand nach ihr aus und nahm sie sanft in den Arm. Ich hielt sie fest und sagte leise ihren Namen. Ich spürte, wie Tränen über meine Wangen liefen.

Max' Gesicht war so voller Freude und Hoffnung, so strahlend, und schließlich flüsterte sie: »Sind sie nicht die wunderschönsten Dinge überhaupt? Ist das Leben manchmal nicht ganz wunderbar?

Okay, du kannst es jetzt den anderen Kindern sagen und Kit. Es wird sie umhauen, nicht wahr? Ich werde Mutter!«

Im Verlauf der nächsten paar Wochen lernte Max zum ersten Mal in ihrem Leben eine richtige Engelsgeduld. Sie würde Mutter werden, und sie sehnte sich danach. Es war so still in ihrem Teil des Hauses, dass sie manchmal meinte verrückt zu werden. *Ene, mene, muh.*

Ihr Verstand litt unter dem vielen Alleinsein, darunter, dass sie jede Minute darauf verwenden musste, ihre Eier zu behüten und zu brüten, dass sie ständig an Oz dachte und ihn so sehr vermisste, dass es wehtat. Ständig und andauernd, bis in alle Ewigkeit.

Doch Max hatte allen Grund, wachsam und vorsichtig zu sein. Sie wurde Mutter, und ihre Kinder würden etwas ganz Besonderes werden. Max wusste natürlich, dass jede Mutter genau das Gleiche empfand.

Sie lag eingekuschelt in ihrem Bett und las zum wiederholten Mal im Kerzenlicht Tolkiens *Hobbit*, als sie draußen vor dem Schlafzimmerfenster eine Terrassendiele knarren hörte.

Eigenartig.

Was war das?

Vielleicht hatte das ständige leise Pfeifen des Windes ein Tier erschreckt? Draußen liefen jede Menge Tiere rum, und es raschelte ununterbrochen irgendwo im Unterholz. Ihr ohnehin überlegenes Gehör war in diesen Tagen noch schärfer als gewöhnlich.

Sie streichelte mit den Fingerspitzen über die Eier. *Ene, mene, muh.*

Und raus bist du!

Es gelang ihr einfach nicht, den Blick von den beiden Eiern zu nehmen. Die Babys darin wurden von Tag zu Tag größer. Sie hatten bereits angefangen, sich zu bewegen. Sie konnte ihre Umrisse unter den Schalen erkennen. *Das* ging ihr jedes Mal durch und durch. Nicht mehr lange, und sie würde Mutter sein.

Max blies die Kerze aus und lag ganz still. Sie lauschte erneut. Und hörte das gleiche merkwürdige Knarren.

Wahrscheinlich nichts.

Wahrscheinlich …

Es klang wie ein Ast oder als würde der Wind an der Terrasse zerren – doch es gab keine überhängenden Äste draußen vor dem Haus, oder?

Nein, das Knarren hatte mehr geklungen wie ein verdammter Schritt. Draußen auf den Dielen.

Oder bildete sie sich das nur ein? Spielte ihre Fantasie ihr einen Streich?

Max hielt den Atem an und lauschte erneut. Das war zu dämlich, um es mit Worten zu beschreiben.

Schließlich schlüpfte sie aus dem Bett. *Noch dämlicher.*

Sie schlich drei Schritte zum Fenster, wartete, dann teilte sie die weißen, weitmaschigen Vorhänge, die Frannie für sie genäht hatte, und spähte nach draußen auf die Terrasse vor dem Fenster.

Und sprang entsetzt zurück.

Sie hatte direkt in ein anderes Augenpaar gestarrt.

Augen, die sie kannte!

Und hasste!

Ein Gesicht, das sie kannte und hasste.

Ja, ich bin es, formte der Mund lautlose Worte. *Hallo Max. Ich bin gekommen, um dich zu holen.*

Eine behandschuhte Faust hämmerte gegen die Scheibe, und das Glas flog splitternd nach innen. Überall ringsum regneten Splitter herab. Und dann sprang Dr. Ethan Kane in ihr Zimmer, und Max wusste, dass es ein Traum sein musste, ein schlimmer Alptraum, wie simulierte Realität, aber eine *böse* Realität.

Doch es war kein Traum.

Es war nicht simuliert.

Er war am Leben.

Er war in ihrem Schlafzimmer. Er war gekommen, um sie und ihre Eier zu holen.

»Verschwinden Sie!«, kreischte Max.

Doch Kane-Hauer packte sie um die Hüfte und warf sie auf das Bett. Er hielt ein Skalpell in der Hand. Und er war stark – *viel stärker* als ein gewöhnlicher Mensch. Er war kein gewöhnlicher Mensch.

Natürlich nicht. Er hatte sich selbst verbessert, wieder und wieder. Er war der Erste, der in den Genuss von Resurrection gekommen war. Kane-Hauer war der neue Frankenstein. Max verdrehte sich im Fallen, um dem Nest aus Kissen auszuweichen, das sie für ihre Babys gemacht hatte. Um ein Haar hätte sie die Eier zerdrückt!

Als sie den Kopf wieder hob, spürte sie eine scharfe Klinge an ihrer Kehle. Mit der freien Hand hielt Hauer ihr den Mund und die Nase zu. Er erstickte sie! Wusste er überhaupt, wie stark er war?

»Hallo Max«, sagte er noch einmal. »Wie schön, dich wiederzusehen, meine Liebe. Ja, ich bin am Leben. Du hast nur einen Klon getötet, Max, nicht mich. Aber das hast du wahrscheinlich bereits gewusst, nicht wahr?«

Dann wurde er ernst. »Wage es nicht, dich zu bewegen, du gefiederte Missgeburt«, warnte er sie. »Denk nicht mal daran, um Hilfe zu schreien, sonst töte ich die anderen ebenfalls. Es macht mir nichts aus. Wehr dich, und ich töte dich. Du wirst sterben, ohne deine Babys jemals gesehen zu haben. Du bist schlau, Max. Du verstehst, was ich dir sage, oder?«

Max nickte. Ihre Lungen schmerzten. Sie musste atmen. Endlich nahm Hauer die Hand von ihrem Mund, und sie stieß ein tiefes *Grollen* aus, ein Geräusch, das sie noch niemals vorher von sich gegeben hatte.

»Sie sind die Missgeburt. Sie sind ein gottloses Schwein! Was wollen Sie von mir?«

»Nun ja, ich bin wegen einiger Arbeiten und Unterlagen von mir gekommen, die Frances Jane offensichtlich hat mitgehen lassen. Und natürlich wegen der Eier. Ich bin wegen deiner Eier hier, Max.«

»Die kriegen Sie nicht!«, zischte Max. »Da müssen Sie mich vorher umbringen!«

Hauer zuckte die Schultern. »Das ist mir egal. Entweder du stirbst oder du lebst, aber ich werde mir auf jeden Fall deine kostbaren Eier nehmen. Ich bin Harold Hauer und kein Klon, Max. Weißt du, warum ich hier bin? Weißt du, warum ich dich die ganze Zeit am Leben gelassen habe? Möchtest du das große Geheimnis erfahren? Du bist eine noch größere wissenschaftliche Errungenschaft als Resurrection, Max. Wirklich und wahrhaftig, das bist du! Diese Eier sind bedeutsamer als all meine Arbeiten zusammen. Ich habe die Zukunft gesehen, Max, und sie *fliegt*!«

Zuerst fand Max keine Worte. Endlich begriff sie, warum

man sie nicht getötet hatte. *Ich habe die Zukunft gesehen, und sie fliegt!*

»Sie sind ein kranker Irrer!«, stieß sie schließlich hervor.

Und gab erneut dieses dumpfe Grollen von sich. Was war das für ein Geräusch? Ihr Instinkt? Ihre Art, die Eier zu beschützen?

»Du bist unverbesserlich. Ein hoffnungsloser Fall. Ich hätte es doch schon im Hospital tun sollen. Stirb, du kleine Missgeburt!«

Er stürzte sich auf sie.

»Mir ist aber nicht nach Sterben!«, brüllte Max. Sie sprang hoch und versetzte dem Doktor einen Tritt, der ihn gegen ihre Kommode taumeln ließ.

Er erholte sich überraschend schnell. Er schüttelte es ab wie ein Bär und lachte, genau wie der Kopf des Klons, als sie ihm auf dem Flugplatz hinter dem Hospital das Genick gebrochen hatte. Das gleiche Lachen, Ton für Ton.

Dann fluchte er und tastete nach dem Skalpell, das er im dunklen Zimmer verloren hatte. Und fand es in einer Falte des Flickenteppichs.

»Tot oder lebendig?«, fragte er Max und zeigte ihr die scharfe Klinge. »Du hast die Wahl.«

»Ich wähle meine Babys«, sagte Max.

Sie breitete die Flügel aus und erzeugte eine Wand aus Federn und Knochen zwischen Hauer und ihren Eiern. »Verschwinden Sie von hier! Verschwinden Sie auf der Stelle!«, schrie sie Hauer an. »Ich werde Sie töten, Hauer! Kane! Wer auch immer Sie in Wirklichkeit sind, Sie elender Bastard! Lassen Sie meine Babys in Ruhe!«

Er stürzte vor, und Max wich dem Angriff mit einem Schritt zur Seite aus. Aber nur ganz knapp. Er war unglaublich schnell.

Sie streckte die Hand tastend aus und bekam etwas zu packen. Was? Sie fühlte einen Kerzenständer aus Messing. Sie schwang ihn herum, hart, mit aller Macht und schnell – und sehr genau.

Es gab ein lautes Knirschen, als der schwere Kerzenständer Hauer am Kopf erwischte. Sie hatte ihn getroffen! Sie hatte ihn verwundet! Er stöhnte auf und fiel gegen sie, klammerte sich an sie, zerrte sie mit sich gegen die Wand hinter ihm.

»Lassen Sie los! Fassen Sie mich nicht an!«

»Du kleines Miststück!«, knurrte er zwischen zusammengebissenen Zähnen hindurch. »Ich werde dir etwas zeigen, Max. Ich werde dir Schmerzen zeigen. Richtige Schmerzen. Und dann wirst du sterben.«

Max hörte Schreie und Schritte im Haus. Frannie und Kit kamen hochgerannt. Und die anderen Kinder!

Hauer war unglaublich stark. Offensichtlich hatte er sich in seinem Höllenlabor diese Kraft erschaffen. Er drückte sie unbarmherzig zurück. Max verlor den Halt. Sie drohte zu fallen.

Und sie stürzte durch das geborstene Fenster hinter ihr. Sie hatte keine Chance, es zu verhindern. Rudernd streckte sie die Hände aus. Fand nichts, wo sie sich hätte festhalten können. Packte Dr. Hauer und hielt sich an ihm fest. Klammerte sich an ihn.

»Sie kommen mit mir!«

Das Zimmer war im ersten Stock – das war die gute Nachricht. Nicht besonders hoch.

Die schlechte Nachricht war, dass ihr Zimmer über einer steilen Klippe war, einer Schlucht, dreißig oder vierzig Meter tief, sehr tief also.

Max und Dr. Hauer krachten durch das Fenster und fielen zusammen ein paar Meter, dann ließ sie ihn los. Einfach so. Wie jemand alten Plunder fallen lässt. Auf Wiedersehen. Sie flatterte heftig mit den Flügeln, kämpfte um Auftrieb, doch dann hielt sie sich in der Luft, während sie dem schreienden Dr. Hauer hinterhersah, der in die Tiefe stürzte. Er überschlug sich mehrfach, zappelte, geriet in Kopflage. Er lachte nicht wie der Klon auf dem Flugplatz. Es dauerte ein paar Sekunden, die Max viel länger vorkamen.

»Hilf mir, Max!«, kreischte er. Vielleicht hätte sie es getan, wenn sie gekonnt hätte, doch es war unmöglich. Sie konnte seinen stürzenden Körper nicht auffangen, sie konnte ihn nicht einholen, selbst wenn sie gewollt hätte.

Sie sah, wie er gegen einen Baum prallte, herumgerissen wurde und schließlich auf dem Boden aufschlug. Es gab einen widerlichen, dumpfen Schlag, dann lag er still. Verdreht, die Gliedmaßen in unnatürlichem Winkel abgespreizt, ohne sich zu rühren. Wie sie es gehofft hatte, wie sie Oz versprochen hatte. Sie hatte dem Bastard das Genick gebrochen.

Dr. Harold Hauer, vierundneunzig Jahre alt, war endlich tot. Das menschliche Monster, das Ungeheuer aller Ungeheuer, der kranke Irre, der neue Frankenstein war nicht mehr. Der echte, wirkliche Dr. Hauer, kein Klon, lag unten auf dem Boden der Schlucht und war tot wie Hundescheiße.

»Auch ich habe die Zukunft gesehen«, flüsterte Max. »Und Sie waren nicht darin.«

Endlich wandte sie den Blick von dem Toten ab. Sie hob den Kopf, atmete tief durch und flatterte zurück zum Fenster ihres Schlafzimmers.

Frannie und Kit waren dort zusammen mit den übrigen Kindern und Max' kostbaren Eiern, ihren wunderbaren Babys.

Weniger als vier Wochen später schlüpften sie.

Ein Junge und ein Mädchen, genau wie Max es sich immer gewünscht hatte.

Die wunderschönsten und speziellsten Babys, die es auf der ganzen Welt gab. Winzige Babys mit hauchdünnen Flügeln wie Engel. Vielleicht waren sie Engel.

Frances Jane und Ozymandias.

Sie konnte es kaum abwarten, ihnen das Fliegen beizubringen.